그림자의
사랑

그림자의 사랑

초판 1쇄 찍은 날 § 2003년 12월 23일
초판 1쇄 펴낸 날 § 2003년 1월 3일

지은이 § 연두
펴낸이 § 서경석

편집장 § 문혜영
편집 § 이종민
마케팅 § 정필 · 강양원 · 이선구 · 김규진 · 홍현경

펴낸곳 § 도서출판 청어람
등록번호 § 제1081-1-89호
등록일자 § 1999. 5. 31
어람번호 § 제5-0005호

주소 § 경기도 부천시 원미구 심곡1동 350-1 남성B/D 3F (우) 420-011
전화 § 032-656-4452 팩스 § 032-656-4453
http://www.chungeoram.com
E-mail § eoram99@chollian.net

© 연두, 2003

값 9,000원

ISBN 89-5505-903-5 03810

hungeoram romance novel

그림자의 사랑

연두 지음

도서출판
청어람

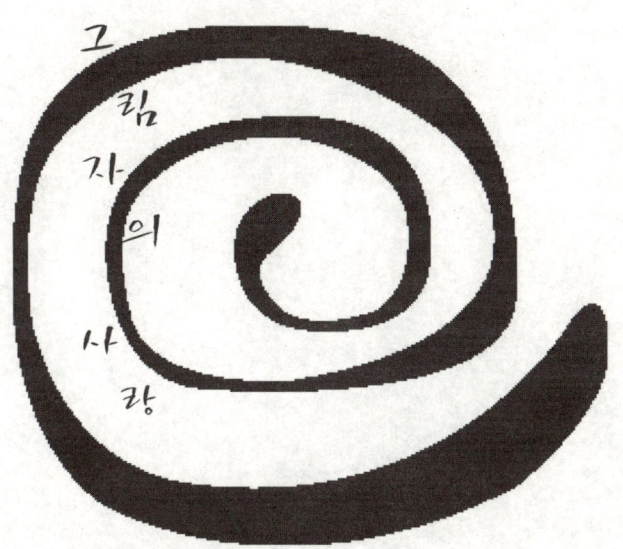

그 림 자 의 사 랑

책상 위에 놓인 서류 봉투를 민철이 조금은 떨어진 거리에 서서 물끄러미 응시했다. 퇴근을 하고 오피스텔에 와보니 우편으로 도착해 있었다. 조사를 부탁할 때 남들이 모르게 해달라는 부탁 때문이었는지 조사원은 직접 찾아와 보고하는 방식은 취하지 않았다. 뭔가를 내리누르려는 듯 그가 바지 주머니에 양손을 꾹 넣은 채로 미동없이 서류 봉투에서 눈을 떼지 않았다. 봉투를 열어 사는 곳을 확인하는 순간 어쩌면 몸은 논리적 근거를 거부하고, 아니면 자신의 마음을 인정하라며 그대로 달려갈지 모르기 때문에 봉투를 열어 확인을 하기 전에 자신의 마음을 정리해야 했다. 그래서 그는 동상처럼 서서 스쳐 지나가는 생각들을 붙잡고 되씹었다.

자신이 빌라에서 오피스텔로 옮긴 지 보름이 지났다. 그건 그녀가 예고없이 빌라를 나간 지 보름이 지났다는 뜻이다. 또 그건 둘의 실질적인 결혼 생활이 끝난 지 보름이 되었다는 뜻이다. 그리고 항상 선택을 보류하고 다른 이의 행동을 관조하던 다운이가 처음으로 그녀의 뜻대로 행동을 취한 지 보름이 된 날인 동시에 자신이 다운이에게 더 이상 집착하지 않겠다고 결심한 날이기도 했다.

미동없이 서류에 시선을 고정시키고 있던 민철이 책상 의자에 앉았다. 그리곤 서류 봉투 옆에 있는 담배를 집어 들었다.

"후우우우……."

그의 입술 사이로 하얀 담배 연기가 한숨 소리와 함께 새어 나왔다. 크면서도 섬세한 그의 긴 손가락 사이로 담배가 자리 잡고 그가 서류에 손을 뻗었다.

치이이익—

몇 장 안 되는 조사 자료가 그의 손에 들려지면서 방 안은 조금 전보다 더 무거운 정적이 감돌았다.

「서울시 봉천동.」

그의 아내가 현재 살고 있는 주소와 방 계약서, 그리고 그녀의 직장이 서류 안에 고스란히 들어 있었다. 느긋하게 종이 위에 있는 단어들을 따라 내려가던 그의 시선이 어느 순간 한곳에 멈춘 채 움직이지 않았다. 방 계약서에 쓰인 보증금과 월세란이었다. 차분하게 가라앉아 있었던 그의 눈빛이 아주 짧은 순간 위험스럽게 일렁였다. 차라리 이런 생활을 해도 날 떠나는 게 낫다? 순간적으로 치밀어 오르는 감정의 동요, 불쾌감과 분노, 그리고 어떤 마음이 그를 덮쳐 왔지만 민철은 눈을 감고 지그시 그 감정의 찌꺼기들을 내리눌렀다.

다운이가 말없이 떠났던 그날 아침, 그는 이제 그녀에 대한 애정에의 욕구를 거둬들이기로 했다. 그러나 이 감정은 뭐란 말인가. 여전히 그녀에게 미련스러울 정도로 그리고 깔끔하지 못하게 끌려가는 이 마음은 뭐란 말인가.

"하아아아아아아아."

그가 한숨 섞인 숨을 깊게 토해내곤 의자에서 벌떡 일어났다. 그리곤 책상 양쪽을 손으로 짚고 눈을 감았다. 이제는 더 이상 그녀에게로 향해 있는 마음에 끌려 다니지 말자는 결심과 아직도 여전히 그녀의 존재를 확인하고 싶어하는 마음 사이에서 그가 혼란스러움으로 미간을 찡그렸다. 그리고 언제나 인간이 자신의 행동을 경멸하면서도 다시 반복하는 것처럼 그도 똑같이 다운이가 살고 있는 집으로 향했다.

밤 10시, 그가 피운 담배가 꽁초가 되어 차 안에 있는 재떨이를 가득 채울 때쯤 그녀의 집이 있는 골목길 한쪽에서 여자의 모습이 보였다. 어두컴컴했지만 민철은 다운이란 걸 느낄 수 있었다. 딱 보름, 그 시간 동안 다운은 많이 변해 있었다. 항상 봐

왔던 편한 니트와 청바지 대신 정장의 느낌이 물씬 풍기는 옷을 입고 있었다. 그러나 긴 머리는 예전처럼 고무줄로 느슨히 묶여 뒤로 내려져 있었다. 아마도 이제야 학원 강의가 끝난 것이리라.

그녀가 민철의 차 옆을 지나갈 때쯤 그의 손이 차 문을 여는 손잡이에서 머물러 있었다. 그러나 다운이 차 옆을 다 지나가도록 그는 문을 열지 않고 그저 다운의 뒷모습만 뚫어지게 응시할 뿐이었다. 어둠 속이라 그런지 다운도 차 안에 민철이 타고 있다는 것을 눈치 채지 못하고 자신의 집으로 향할 뿐이었다.

민철은 다운이 대문을 열고 들어가서 그녀의 뒷모습이 사라질 때까지 그렇게 바라보고만 있었다. 그녀가 들어간 후 그녀의 집에서 불빛이 새어 나와도 그는 여전히 움직이지 않고 그녀가 사라진 대문만을 응시했다. 단정하지만 무심한 아내는 여전했다. 여전히 옆에 있는 그를 돌아보지도, 또는 알려 하지도 않고 자신의 갈 길만을 걸어갔다. 그를 떠난 그의 아내는 평온해 보였다.

그가 시동을 걸고 운전대에 손을 가져갔다. 그리고 조용히 골목길을 빠져나왔다. 너는 평온하구나. 그래, 여전히 평온하구나. 무심한 나의 아내여.

1

1

지구의 어느 지역에 한 사람이 살고 있었다. 누구나 그렇듯 사춘기가 되었을 무렵부터 자신이 왜 태어났는지, 그리고 자신이 누구인지 고민하기 시작했다. 이 사람이 다른 사람과 좀 다른 면이 있다면 누구보다 고집이 세고 뚝심이 있다는 거였다. 그리하여 그 사람은 그 물음의 답이 나올 때까지 매달리기 시작했다. 그 사람은 10년이 지나도록 답이 나오지 않자 모든 생활을 팽개치고 구도자의 길에 들어섰다. 그러나 또 10년이 지나도록 답은 나오지 않았다. 오히려 시간이 지날수록 함께 수행하는 구도자들 안에서 권력 다툼을 하기 시작하는 자신을 발견하곤 홀로 산속으로 들어갔다. 그리하여 산에서 풀뿌리와 열매들로 연명하며 매일 아침마다 산꼭대기에 있는 바위에 올라갔다. 그리고 그 바위에서 가부좌를 틀고 잠도 잊은 채 새벽까지 답을 구하는 데 온 힘을 기울였다. 그렇게 10년이 흘렀다. 그사이에 그 사람의 부모님이 돌아가셨다는 소식을 전하러 형제들이 찾아왔고, 그 사람은 아직 답을 구하지 못했다며 산을 내려가길 거부했다. 어느새 나이가 들어 등은 굽고 허연 수염들이 나기 시작한 그가 산에 들어가 답을 구한 지 30년이 되는 어느 날이었다. 그날도 그는 평상시대로 바위에 앉아 어딘가에 존재한다고 믿는 신을 향해 묻고 있었다.

「인간은 왜 태어나는 겁니까?」

「그냥.」

그 사람은 어디선가 들려오는 울리는 듯한 파장의 소리에 순간 화들짝 놀랐다. 그리고 그 대답이 가히 기가 막힌지라 다시 확인하기 위해 한 번 더 물었다.

「인간은 왜 살아야 하는 겁니까?」

「그냥.」

구도자는 기가 막혀서 입을 벌리고 멍하니 하늘을 쳐다보았다. 하늘에서 무심한 한마디가 울려 퍼졌다.

「원래 사는 데에는 이유가 없단다.」

구도자는 억울한 듯 허공에 대고 발악 같은 외침을 질렀다.

「말도 안 돼애애애―!!」

대학 캠퍼스, 농구장과 주차장이 함께 있는 공간. 그 옆에 둘러져 있는 계단에 앉아서 다운은 책을 읽고 있었다. 뭐가 재밌는지 연신 피식거리는 웃음을 터뜨리며 약간은 놀리는 듯한, 그리고 고소해하는 듯한 웃음이었지만 씁쓸함이 감도는 그런 웃음이었다.

'바보 같으니. 그럼 그 답이 구해질 줄 알았니?'

토요일이라 학교 안은 한산했다. 다운이 읽고 있던 책을 갑자기 탁 덮더니 고개를 들어 하늘을 응시했다. 가을 하늘. 구름 한 조각 없는, 새파란 쪽빛 물을 풀어놓은 듯한 맑고 청아한 색. 다운이 물끄러미 그 색을 바라보았다.

'아름답구나.'

아름다움. 아름다움. 왜 인간은 매번 반복되는 계절의 변화를 그때마다 새롭게 느끼는 걸까. 중국의 어느 시인은 말했다지, 계절을 느끼며 사는 게 가장 제대로 산 인생이라고. 계절을 느낀다. 어제의 가을 하늘이 오늘의 가을 하늘이 아니다. 그걸 느껴가며 산다. 산다. 변화되는 것을 느낀다. 변한다. 인간도 변한다. 계절을 느끼고 한순간 자연의 아름다움에 온 정신을 집중시킨다. 봄엔 나들이를 가고, 여름엔 수영장을 가고, 가을엔 단풍 구경을 가고, 겨울엔 스키장을 간다. 봄엔 산나물을 먹고, 여름엔 수박을 먹고, 가을엔 배와 포도를 먹고, 겨울엔 군고구마를 먹는다. 그렇게 시간이 지나간다. 그렇게 계절의 변화에 정신이 팔려 살다 어느 날 정신을 차려보면 죽음이 기다리고 있겠지.

멍하니 하늘을 응시하고 있던 다운이 가방에 책을 넣으려는

데 가방 안에서 핸드폰 벨소리가 자그맣게 울렸다. 그녀의 손이 약간 멈칫하다가 핸드폰을 꺼냈다.

"네, 한다운입니다."

[다운아, 시간 다 됐는데 왜 안 와?]

다운은 핸드폰을 귀에 대고 무심히 계단 앞에 있는 농구장과 주차장을 보고 있었다. 그녀가 곧 갈 거라는 말을 할 때쯤 멀리서 까만 차 한 대가 주차장 안으로 들어왔다. 풍경화처럼 정지되어 있는 배경 속에서 유유히 혼자만 움직이고 있는 차를 다운은 애니메이션의 한 장면을 보듯 구경하고 있었다. 차는 깔끔한 움직임으로 한쪽에 주차되었다. 그녀의 핸드폰에서는 오늘 동아리 창립제에 어떤 선배들이 오게 되는지 그 명단이 흘러나오고 있었다. 그녀가 그저 고개를 끄덕이며 간단하게 '응'이란 대답할 때쯤 차 안에서 한 남자가 나왔다. 다운의 눈은 그에게 고정되어 유심히 바라보기 시작했다. 남자는 아주 잘생겼다. 키도 꽤 컸고, 옷을 입는 방식도 세련된 스타일이었다. 양복 상의를 한쪽 손에 쥔 채 셔츠는 넥타이 없이 단추 하나가 풀어져 있었다. 이십 대 후반의 나이에 이미 어느 정도 자신의 길을 개척한 자의 당당함과 여유로움이 묻어나고 있었다.

'잘생겼네.'

다운은 방금 전 하늘을 바라보며 감탄한 것처럼 그렇게 그 남자를 보고 감탄했다. 순간 남자가 시선을 느꼈는지 고개를 들어 다운이 있는 곳을 올려다보았다. 다운은 순간 당황해서 하고 있던 통화에 집중하는 척했다. 남자는 그런 다운의 모습을 스윽 보더니 무표정한 얼굴로 돌아서서 주차장을 빠져나갔다. 남자가 한쪽 길을 따라 걸어가는 모습을 보고 있던 다운이 갑자기 피식거리며 자조 어린 웃음을 지었다. 외양을 보고 끌리다니. 너란 애는 참······.

핸드폰 안에서 재촉 어린 목소리가 들려오자 다운이 '지금 가겠다'는 말을 남기곤 전화를 끊었다. 그녀의 표정이 약간 찡그려졌다. 다운은 방금 전 그 남자를 봤을 때 순간 그 남자 외에는 아무것도 보이지 않았던 기이한 현상을 생각하며 스스로에게 비웃음을 던졌다. 그리곤 자리에서 벌떡 일어나 옷에 묻은 흙을 탁탁 털어내곤 계단을 내려오기 시작했다. '타임'이라는 동아리 창립제에 가기 위해서.

어쩌면 학교 다닐 때 동아리 행사에 가는 건 이번이 마지막일 것이다. 졸업을 앞둔 4학년인데다가 취업을 할 것인지 공부를 계속할 것인지에 대해 결정을 해야 했다. 사실 대학원에 가고 싶은 마음이 있지만 어쩌면 지식에의 욕구에 끌려 다니는 게 아닐까 싶어서 회의가 들기도 했고, 다 큰 자식이 부모에게 대학원까지 보내달라는 말을 하기가 민망하기도 했다.

다운이 학생회관을 향해 발걸음을 옮기며 평소의 버릇대로 단어들을 떠올리고 있었다.

파란 하늘. blue sky······ blue. 파랗다. 그리고 우울하다. 또는 창백하다. 흐음, 창백한 가을 하늘.

그녀가 걸음을 멈추지 않은 채 고개를 끄덕였다. 어쩌면 파란 하늘을 보고 사람들이 우울해져서 blue란 단어가 그런 의미가 된 게 아닐까? '안색이 창백하다'에서 온 어원이란 걸 알면서도 다운은 혼자만의 상상을 하며 즐거워하고 있었다.

'겨울이 다가오기 때문에 가을 하늘의 얼굴이 파랗게 질려 있다. 킄킄.'

다운이 학생회관 중강당 입구쯤에 다다르자 'TIME 30주년 창립제'라는 포스터가 보였다. 다운은 입술 양끝을 살포시 올리며 그 포스터를 흐뭇하게 바라보았다. 분명 2학년 아이들이 1학년들에게 소속감을 불어넣어 주기 위해 함께 포스터를 만들었음이 틀림없었다. 사실 포스터라고 하기엔 무리가 있었다. 그냥 종이 위에 갖가지 색깔의 매직으로 직접 쓴 글씨들이 여기저기에 어설프지만 풋풋한 모양으로 자리 잡고 있었다.

다운은 그 포스터를 보면서 잠시 회상에 빠져들었다. 1학년 때 소속감을 느끼지 못하고 계속 겉도는 자신을 선배들이 붙잡고 이것저것 시키고, 또 의욕을 느끼게 해주려고 무언가를 끊임없이 제안했던 그런 기억이었다. 대학을 다니면서 낯선 공간에 온 이방인처럼 그렇게 겉돌던 그녀를 그나마 정붙이고 드나들 수 있도록 만들어준 선배들이 있는 곳이었다. 처음엔 선배들이 권하는 일 자체보다는 다운을 생각하는 그 마음에 이끌려 자주 오게 되었다. 그러다 영문학이란 자신의 전공에 애정을 갖게 됐다. 자신의 비밀스런 장난감이었던 언어가 사회와 연결되는 도구가 될 수 있던 계기가 되어준 곳.

'넌 참 운이 좋구나.'

다운의 눈이 복잡한 빛을 띠며 피식 웃음을 지었다. 그리곤 입구로 몸을 돌려 강당 안으로 들어갔다. 들어가 보니 원래 일 렬로 줄 서 있었던 의자를 밖으로 빼내고 크게 원을 둘러 탁자 가 놓여 있었고, 그 둘레로 꽤 많은 사람들이 앉아 있었다. 낯익 은 얼굴도 보였고, 일부는 이미 졸업해서 사회인이 된 낯선 선 배들이었다. 아직 본격적으로 행사를 시작하지 않았기에 사람 들은 서로 아는 사람들과 어떻게 살고 있는지 근황을 나누고 있 었다.

다운은 구석에 있는 한쪽 의자에 말없이 앉아 주변을 둘러보 며 사람들을 관찰했다. 고개를 천천히 돌리며 사람들을 훑고 있 던 다운이 순간 시선을 한 사람에게 고정시켰다. 아까 주차장에 서 본 그 남자였다. 다운은 고개를 다시 움직여 나머지 사람들 도 관찰했다, 속으론 다른 생각을 하며.

'의외네, 저 사람은 조직에 소속될 것 같지 않은 느낌이었는 데.'

행사가 시작되고 이런저런 공식적인 일정이 한 시간 정도 진 행되었다. 그리고 나선 언제나 그렇듯이 술이 등장했다. 몇몇 후배들은 선배들에게 인사하고, 선배들 몇몇은 오랜만에 만난 동기생들과 이야기를 나누었다.

다운은 사람들 틈에서 오가는 대화를 조용히 들으며 그 남자를 힐끔힐끔 보았다. 이유는 알 수 없었다, 자신이 왜 그러는지. 그저 눈길이 간다고 해야 하나. 아까 행사 시작하기 전에 모두들 통성명을 하면서 그 남자의 이름이 '강민철'이란 걸 알게 됐다. 강민철이란 남자는 어떤 여자 선배와 이야기하고 있었다. 아마도 둘은 동기인 것 같았다. '송미영'이란 이름의 여자는 그의 곁에서 계속 자리를 지킨 채 그에게 말을 건넸고, 그는 엷은 미소를 띤 채 짧은 대답을 하고 있었다. 사실 그 공간에 있던 대부분의 여자들이 그 남자를 훔쳐보고 있었다. 잘생긴 것도 있지만 그 사람만의 어떤 분위기가 사람을 끌어당겼다. 나른하면서 여유로운 동시에 가진 자만이 가질 수 있는 관용이 흐르고 있었다.

다운은 한 후배 여자 아이가 그에게로 가서 자기소개하는 걸 물끄러미 바라보고 있었다. 재밌었다. 여자애들이 그한테 잘 보이려고 겉으로는 잘 드러나지 않는 교태를 부리며 귀여운 표정으로 인사를 건네는 모습이 동시에 그 남자에게 잘 보이고 싶어하는 자기 자신에게도 재밌어했다. 힐끔힐끔 보던 다운의 시선이 이제 그와 그 주변에 있는 여자들에게 고정되었다. 그의 반응이 궁금했기에.

그는 엷게 나른한 미소를 띠고 여자 후배들에게 정중한 인사를 건넸다. 순간 다운의 눈이 의미심장하게 반짝이며 그의 눈을 응시했다. 그의 눈동자엔 만족감이나 우월감이 들어 있을 줄 알았는데 비웃음이 들어 있었다. 그는 다가오는 여자들을 온화한 얼굴로 예의 바르게 대했지만 눈동자 속엔 냉소가 들어 있었다. 아무도 눈치 챌 수 없게 나른한 기운을 풍기며.

다운이 그 눈동자를 가만히 응시했다. 아무리 그 방식이 유치하고 또 한때의 동경 어린 어설픈 행동이라 해도 저 여자들은 그 순간은 진심일 텐데.

'어째서 저런 식으로 대하는 걸까? 왜 저런 식으로 조롱하는 거지?'

다운은 그의 눈동자 속에 들어 있는 실체를 알아차리곤 기분이 약간 불쾌해졌다. 왜냐하면 자신도 그에게 호감이 있었으니까. 그가 진실된 태도를 보이지 않는다는 것에 그리고 그런 여자들의 호감을 비웃는 모습에서 마치 자기 자신이 조롱당하는 느낌이 들었다. 다운이 조용히 침묵을 지킨 채 그를 관조했다.

'당신을 봐요, 당신 스스로를.'

일단의 여자들과 이런저런 얘기를 나누고 있던 민철은 누군가가 자신을 응시하고 있는 느낌을 받아 입으론 옆에 있는 송미영과 말하면서 눈으론 그 시선의 주인을 찾았다. 순간 시끌벅적한 사람들 사이로 아무도 모르게 민철과 다운의 시선이 부딪쳤다. 엷은 미소를 띠며 말을 하고 있는 민철의 눈동자에서 뭔가 반짝하고 예리한 빛을 냈다. 한쪽에서 말없이 자신을 응시하고 있는 여자의 눈을 본 순간 민철은 무언가가 자신의 깊숙한 어딘가를 긁는 느낌을 받았다. 신경을 건드리는 그런 느낌.

여자는 무표정한 얼굴로 그저 조용히 자신의 얼굴을 바라보고 있었다. 그녀의 눈동자는 맑은 물처럼 자신을 비추려 하고 있었다. 민철은 여자를 향해 달콤한 미소를 지었다. 그러자 여자의 한쪽 입술이 살짝 올라가며 아주 미약한 비웃음이 그려졌다. 그리곤 천천히 고개를 돌려 옆에 있는 사람들의 대화에 관심을 기울였다. 순간 민철의 눈동자가 짙게 변했다.

'지금 네가 나를 비웃었니?'

그때부터 민철의 시선은 계속 다운을 향해 따라다녔다. 그는 동기들과 현재 하고 있는 각자의 일들을 말하면서도 '한다운'이란 여자를 나른하지만 짙은 눈빛으로 관찰했다. 마치 거울처럼 자신을 비춰 보이며 그를 비웃었던 여자를.

다운이란 여자는 평범한 스타일이었다. 160cm가 약간 넘는 키에 이목구비도 별 특별한 게 없는 그런 여자였다. 단지 다른 누구보다 맑고 큰 검은 눈동자와 고운 살결이 그나마 그녀를 예쁜 축에 들어가게 하는 이유가 될 수 있을까.

다운을 훑어보고 있던 그의 시선이 그녀의 등 뒤로 단아하게 내려져 있는 머리채에 고정되었다. 그의 마음속에서 뭔가가 스멀스멀 피어오르고 있었다. 분노? 파괴? 아니면 잔인한 괴롭힘? 그녀의 머리채를 잡아채서 한 손에 쥐고 싶은 그런 감정.

예의 바르고 부드럽다는 말을 들어오던 그였다. 물론 그가 만들어낸 이미지다. 그러나 사람들은 그 이미지를 굳게 믿었고, 자신도 그 이미지에서 벗어난 모습은 잘 보여주지 않았다. 사람들은 우월한 자가 겸손한 걸 좋아하지, 우월한 걸 안다는 듯이 행동하면 끌어내리기 시작하니까. 반대로 있는 그대로의 모습을 보여주다가 상대방이 그걸 약점으로 이용하는 경우도 있었다. 민철은 그렇게 만들어낸 이미지가 오랫동안 지켜지면서 이젠 스스로도 어쩌면 이게 내 모습이 아닐까 하는 생각이 들 정도였다. 너무나 익숙해져서 원래 나란 인간은 부드럽고 예의 바른 인간이 아닐까 하며. 그런데 자신마저 잊고 있었던 그 부분을 저 여자가 한눈에 꿰뚫어보았다. 아니, 꿰뚫어 비웃었다.

흥미롭게 그녀를 응시하는 그의 입가엔 나른한 미소가 걸려 있었다. 오랫동안 잊고 살았던 자신의 차가운 일면이 깊은 곳에서 아주 살며시 움직임을 보였다.

늦은 일요일 아침, 이른바 해가 중천에 떴을 때 민철이 어슬렁거리며 방에서 나왔다. 잔뜩 헝클어진 머리를 하곤 식당 쪽으로 걸어갔다. 그가 거실에 지나갔을 때쯤 소파엔 어머니와 몇 번 안면이 있는 중년 여성이 앉아 있는 게 보였다.

'뚜쟁이로군.'

민철이 심드렁한 얼굴로 그 모습을 힐끔 보곤, 술국을 끓이고 있는 가정부에게 꿀물을 부탁했다. 그가 아주머니 옆에 우두커니 서서 꿀물을 기다리고 있는데 뚜쟁이와 어머니의 대화가 들려왔다.

"글쎄, 민철이가 선을 보려 하질 않으니."

"그럼 사진만 두고 갈게요. 그냥 구경하는 셈치고 한번 보여줘요, 사모님."

뚜쟁이는 넉살 좋게 말을 끝맺곤 서둘러 현관 쪽으로 발길을 옮겼다. 민철이 언제나처럼 예의 바르게 고개를 숙여 인사했다.

거실에 조용히 앉아 계시던 민 여사가 민철에게 소파에 앉으라고 시선을 보냈다. 민철은 손에 들려 있던 꿀물로 부대끼는 속을 약간 진정시키고 소파에 어슬렁어슬렁 다가가 앉았다. 거실에서의 대화를 다 듣고도 민철이 아무것도 모르겠다는 얼굴로 무심히 컵을 입가에 갖다 대자 민 여사는 무슨 말을 꺼내야 이놈을 설득할 수 있나 머리 속이 복잡했다. 하나밖에 없는 아들이 서른이 다 되어가는데 이렇다 할 여자 하나 사귀지도 않고 있으니. 물론 민 여사도 알고 있었다. 아들이 만나는 여자가 꽤 있다는 걸. 문제는 결혼을 염두에 둔 여자들은 아니라는 것이다.

민 여사가 속으로 한숨을 깊게 내쉬었다. 손이 귀한 집안인데 더 이상 두고 볼 수 없고, 그렇다고 마음대로 할 수 있는 놈도 아니고. 몇 년 전 민철이 사시가 아닌 행정고시를 본다고 했을 때 그의 뜻을 꺾으려 했었다. 그러나 그때 아들의 진짜 성격을 알게 된 이후 민 여사는 그에게 함부로 명령조의 말을 하지 못하게 된 것이다.

'어릴 때부터 살갑게 구는 놈은 아니었어.'

민 여사가 얼굴을 찡그린 채 탁자 위에 있는 커피를 입에 가져갔다.

"이거 이번에 선 들어온 여자예요?"

민 여사는 아들의 갑작스런 질문에 화들짝 놀라 입 안에 있는 걸 간신히 삼키고 민철을 바라보았다. 민철이 탁자 위에 있는 몇 장의 사진 중에서 한 장의 사진을 뚫어지게 응시하고 있었다.

"어떠니? 맘에 드는 아가씨라도 있니?"

그가 탁자 위에 있던 사진 한 장을 손으로 집어 들었다. 그러곤 그 사진을 민 여사에게 보여주며 한마디를 내뱉은 후 소파에서 몸을 일으켰다.

"이 여자랑 선보겠습니다."

아들의 손에 들려져 있는 사진을 민 여사가 유심히 보더니 살짝 미간을 찌푸렸다. 이층으로 향하는 계단을 민철이 오르고 있을 때 그녀가 못마땅한 듯한 어조로 말했다.

"아휴. 민철아, 꼭 이 아가씨랑 해야겠니? 지금까지 들어온 것 중에 집안이 제일 처지는데. 이 아가씨 부모가 김 여사(뚜쟁이)한테 많이 찔러 넣어준 모양이더라. 차라리 다른 애는……."

민철이 싱긋 웃더니 민 여사의 말을 끊으며 진지하게 말했다.

"꼭 그 아가씨랑 하고 싶습니다."

그는 등 뒤로 들려오는 어머니의 불만에 찬 중얼거림을 무시하고 욕실로 들어갔다. 그가 어젯밤 그대로 입고 잤던 옷들을 술술 벗어 던지며 아까 그 사진의 주인공을 생각했다.

'한다운, 나를 그런 식으로 대해놓곤 너는 뒤에서 잘 나가는

집안에 시집가려고 뒷돈이나 찔러대? 자기 혼자 세상 초월한 것처럼 굴더니.'

샤워를 하는 민철의 눈이 장난감을 발견한 것처럼 반짝였다. 사자가 새끼 고라니를 잡으면 바로 먹어버리지 않고 한참 동안 이리저리 굴려보며 갖고 놀다가 잡아먹는다지.

그의 입에서 흥얼거림이 흘러나왔다. 왕자를 기대하며 나온 그녀가 자신을 보고 짓게 될 표정이 아주 기대됐다. 분명 집안에서 등 떠밀려 나온 표정으로 앉아 있겠지. 그러면서 나를 또다 안다는 듯이 쳐다보겠지.

그가 샤워기를 제자리에 놓곤 씨익 미소를 지었다. 바닥으로 물방울들이 뚝뚝 떨어지며 물기가 욕실 바닥 전체로 퍼져 갔다.

민철이 샤워를 하며 콧노래를 흥얼거리고 있을 때, 다운은 자신의 방에서 공부를 하고 있었다. 번역 공부를 하며 한 단어의 애매한 뉘앙스의 차이 때문에 잔뜩 신경을 곤두세우고 있는데, 문 열리는 소리가 들려왔다.

"바쁘니?"

다운이 문 쪽으로 몸을 돌리곤 괜찮다는 의미로 고개를 살짝 저었다. 조심스럽게 들어오신 어머니가 침대 옆에 살짝 걸터앉아 잠시 그녀를 바라보더니 부드럽게 말을 꺼냈다.

"사실은 네 선 자리 좀 알아봤는데……."

다운이 그런 어머니의 얼굴을 그저 무표정한 얼굴로 가만히 응시하더니 말했다.

"그런데요?"

갑자기 그녀의 어머니가 손뼉을 탁 치더니 환하게 미소를 지었다.

"글쎄, 꽤 괜찮은 데서 연락이 왔더라. 그 집 아들이 네 사진을 보고 너 아니면 선 안 본다고 그런대."

다운은 어머니가 너무 기뻐하는 모습을 보이자 억지로 입가를 올려 웃으며 말했다.

"그래요?"

다운의 말을 긍정으로 해석한 어머니 이 여사는 약간은 흥분된 어조로 말을 쏟아냈다.

"그 집 아들이 선이란 걸 안 보던 사람인데 네 사진 보고 바뀐 거란다. 네가 운이 좋은 거라고 아주 김 여사가……."

순간 방 안엔 어색한 공기가 흘렀다. 다운은 그 어색함과 가라앉은 분위기를 수습하려고 얼른 입을 열었다.

"언젠데요?"

이 여사가 눈은 굳은 채 입술만 위로 올리곤 메마르게 말했다.

"글피야, 이번 주 수요일."

그녀의 어머니는 나머지 장소와 약속 시간을 말하곤 조용히 다운의 방을 나갔다. 다운이 책상 의자에 앉아 어머니의 등 뒤를 물끄러미 바라보았다. 떠올리는 것도 함께하지 않으려 하는 어머니를.

운이 좋은 아이라. 다운의 입술이 살짝 한쪽으로 올라가며 피식 헛웃음을 지었다.

'그래, 난 운이 좋지.'

10년 전 죽은 자신의 쌍둥이를 떠올리며 그녀가 자조 어린 웃음을 흘렸다.

'그래, 운 하난 끝내주게 좋은 아이지. 같은 차를 타고도 하나는 죽고 하나는 전혀 다치지 않았으니. 차라리 그때 다리 하나라도 망가졌다면 이렇게 껄끄럽진 않았을 텐데.'

다운이 깊은 한숨을 내쉬곤 앞에 있는 책에 다시 시선을 보냈다. 종이 위로 한 단어가 눈에 들어왔다.

「communication. 전달, 연락, 소통.」

소통.

「communicative. 격이 없는.」

격이 없다. 거리낌이 없다. 거리낀다. 내가 가장 아끼는 어머니와 아버지가 한 단어를…… 한 사람을 입에 올리는 걸. 한아름. 죽은 내 쌍둥이 남동생을. 알고 있다, 부모님이 한순간 딸보단 아들이 살아서 돌아왔기를 바랬음을. 그리고 그런 생각을 했다는 죄의식으로 자신에게 미안해한다는 것을. 하나라도 살아 돌아온 것에 감사하면서도 동시에 하나도 다치지 않고 돌아온 자신에게 알 수 없는 분노를 가지고 있다는 것을.

한아름. 한다운. 아름다운. 홀로 쓰이지 못하는 글자. 다운.

홀로 존재할 수 없는, 죽어버린 아름이란 단어와 함께 쓰이는…… 다운. 내 이름.

며칠 후 남산 산자락 안에 자리 잡은 힐튼 호텔 라운지에 민철이 앉아 있었다. 그는 약속 시간 20분 전에 도착해 무심히 라운지 이곳저곳에 걸려 있는 그림들을 구경하고 있었다. 그가 세 번째 그림을 구경하고 있을 때쯤 누군가의 시선을 느끼며 고개를 돌렸다. 다운이 움직이던 발걸음을 갑자기 멈추었는지 멀리서 어정쩡한 자세로 그를 바라보고 있었다. 민철이 엷은 미소를 띠며 부드럽게 인사를 건넸다.

"안녕. 저번에 창립제 때 봤었지?"

다운이 살짝 입가만 올린 채 고개를 숙여 인사를 했다. 그리곤 그의 옆을 지나가려고 발걸음을 떼자 민철이 지나가는 그녀의 등 뒤에 대고 말했다.

"선보러 온 거니?"

그녀의 발길이 순간 우뚝 멈추어졌다.

"네."

그렇게 짧은 대답을 마치곤 그녀가 다시 발길을 돌리려는 순간 그의 부드러우면서도 놀리는 듯한 목소리가 들렸다.

"나도 선보러 왔어."

다운이 그대로 그 자세로 멈춘 채 서 있었다. 그녀의 얼굴은 무표정했지만 눈은 살짝 위로 향한 채 뭔가를 기억해 내고 있었다. 민철이 그 모습을 흥미롭게 지켜보고 있었다. 그녀의 미간이 살짝 찌푸려졌다.

"그 집 아들이 너 아니면 선을 안 보겠대."

다운이 상황을 깨달으면서 천천히 그의 맞은편 의자에 앉았다. 그녀가 그의 저의를 알아내겠다는 듯 무표정한 얼굴로 그를 응시했다. 동시에 그녀의 마음속은 혼란스러웠다, 그에 대한 호감이 여전하다는 걸 느끼며.

민철은 그녀의 눈동자 빛이 여러 번 변하는 걸 흥미롭게 지켜보고 있다가 마지막에 그녀가 자신을 뚫어지게 응시하자 내심 김이 새는 느낌이었다. 당황하거나 아니면 뭐라고 쏘거나 그럴 줄 알았는데 가만히 앉아 그를 관찰하고 있었다. 그녀는 다시 자신을 비추려 하고 있었다. 자신이 왜 그랬는지 묻지 않고 그저 관조하며 이 상황을 구경하고 있었다. 민철이 아주 짧은 순간 입술을 일그러뜨렸다가 얼른 그녀를 향해 아주 부드럽고 녹일 듯한 미소를 지으며 낮게 말했다.

"너한테 첫눈에 반했거든."

다운이 무표정한 얼굴로 그를 가만히 응시하고 있었다. 민철은 그녀의 반응을 보면서 슬슬 화가 나기 시작했다. 그녀는 받아치는 게 아니라 또다시 자신을 비추고 있었다. 왜 그렇게 행동하는지 자기 자신을 보라고 그렇게 맑은 눈동자를 자신에게 들이밀고 있었다. 왜 그녀를 괴롭히고 싶어하는지를 스스로에게 물으라고 말하고 있었다. 그가 치밀어 오르는 감정을 살며시 누르고 있을 때 갑자기 그녀가 입을 열었다.

"왜 제게 그런 말을 하고 싶어하는 거죠?"

민철이 피식 웃음을 지으며 그녀를 뚫어지게 쳐다보았다. '안 믿어요' 도 아니고 '정말이요?' 도 아니고, 역시나 그녀답게 그런 말을 꺼냈던 자신을 돌아보게끔 하는 말이었다. 민철이 그런 그녀에게 씨익 미소를 짓더니 툭 하고 말을 내뱉었다.

"네가 원하는 줄 알았는데."

다운의 얼굴이 순간 딱딱하게 굳어졌다.

'그가 알고 있다, 내가 그에게 호감이 있다는 걸.'

상대의 호감과 관심을 어떤 대상으로 취급하는 민철의 태도를 다운이 조용히 관조했다. 왜 그럴 수 있는지. 대상으로 삼아 그 마음을 무기처럼 들이대는 태도를, 어떤 심리이기에 그런 태도를 보일 수 있는지.

카페로 자리를 옮겼지만 둘 사이엔 무거운 침묵이 흐르고 있었다. 다운은 탁자 위에 시선을 고정시키곤 아무 말 없이 입을 닫고 있었고, 그는 그런 다운을 엷은 미소를 지은 채 바라보았다. 그러나 그의 눈은 조롱으로 반짝이고 있었다. 조용히 앉아 있는 그들에게 웨이터가 다가왔다. 민철은 미소를 지으며 예의 바르게 다운에게 뭘 마시겠냐고 물어봤다. 다운은 여전히 탁자 위를 응시하며 낮게 읊조렸다.

"둥글레 차요."

그가 짙게 떫은 미소를 지었다.

'아, 정말 그녀다운 차가 아닌가. 둥글레 차라.'

웨이터가 커피와 둥글레 차를 갖다 놓고 사라진 후에도 둘은 여전히 말없이 앉아 있었다. 다운은 탁자 위를 무심히 응시하고 있었고, 민철은 그녀를 응시했다. 둘 사이에 감도는 침묵이 끝나지 않고 계속되었다. 민철은 그녀의 반응을 기다렸고, 다운은 그 기다림에 부응할 생각이 없어 보였다.

사람들의 말소리로 카페 안은 여기가 살아 있는 인간이 모여 있는 곳이란 사실을 느끼게 해주었다. 그러나 한쪽에 있는 자리는 묘한 고요함이 감돌고 있어서 마치 시간이 정지한 듯한 느낌을 자아냈다. 마주 앉아 있는 남자와 여자는 말 한마디 없이 꽤 오랜 시간을 앉아 있었다.

그런 적이 있는가? 시계의 초침이 똑딱이며 60번의 움직임을 다 한 순간, 멈추어 있던 것처럼 보였던 분침이 아주 짧은 순간 움직여 1분이 지났음을 나타낸다. 그 분침의 움직임을 보기 위해 초침의 60번을 뚫어지게 응시한 적이 있는가? 분명 시간은 계속 흘러가는데도 분침만큼은 멈춘 것처럼 보인다. 움직이지 않는 분침을 보고 있노라면 실제로 시간도 멈춘 것 같은 느낌을 주기까지 한다. 시간이 시계에 맞춰 흐르는 것 같은 그런 느낌. 그러나 시간이 멈춘 것 같은 뉘앙스를 풍기던 분침은 어느 순간 아무도 모르게 움직인다. 그리곤 자기는 원래 그 자리에 있던 것처럼 태연자약한 모습을 보인다. 초침이 50번을 넘을 때쯤 조금은 지겨워서 약간 딴생각을 하다가 다시 돌아보면 어느새 분침은 벌써 움직이고 난 후이다.

지금 민철이 그랬다. 겉으로 무심하고 반응이 없는 분침 같은 다운이가 속으로는 수많은 생각이 오가며 초침을 쌓을 것이라고. 그래서 그 분침이 움직이는 순간을 포착하고 싶다는 그런 마음이었다. 민철이 분침의 움직임을 잡아내고 말겠다는 듯 앞에 앉아 있는 다운에게서 시선을 돌리지 않고 바라보고 있었다. 물론 그는 자기가 의도적으로 그러고 있는 줄은 인식하지 못하고 다운을 그저 뚫어지게 볼 뿐이었다.

흐트러짐없이 자신에게 쏟아지고 있는 민철의 시선에도 무심히 탁자 위를 바라보고 있던 다운은 문득 탁자 위에 있는 냅킨에 시선이 갔다. 냅킨엔 '힐튼'이란 이름이 영어로 아담하게 찍혀 있었다. 다운은 그 글자를 물끄러미 바라보며 공상에 빠져들었다.

'힐튼? 어원이 뭘까? 영국식 같은데. 힐…… 튼. 힐? heal? 고치다. 낫다. 수선하다. hill? 언덕? 작은 산? hilt? 칼의 자루?'

다운은 이제 앞에 민철이 앉아 있다는 것도 잊어버린 채 더 깊게 생각에 빠져들어 갔다. 꼬리에 꼬리를 무는 영어처럼…… 단어의 꼬리를 잡고 그녀는 공상의 세계를 다니고 있었다.

'hotel이란 단어의 어원이 hospital이니까 어쩌면 고치다의

의미일 수도 있어. 아니면 이 호텔이 언덕에 있으니까…….'

그녀가 피식 웃으며 다음 꼬리를 생각했다.

'그럼 이 호텔은 이름 때문에 언덕에만 지워야겠네. 큭큭.'

그녀가 약간 고개를 갸우뚱거리더니 혼자서 고개를 끄덕이며 미소 지었다.

'정말, 그래서 남산에 지은 건가?'

그녀의 얼굴이 계속 변하며 혼자 뭔가 재밌는지 키득거리는 모습을 민철이 눈을 가늘게 뜨고 쳐다보고 있었다. 그가 그녀의 시선을 따라 눈을 움직였다. 그녀는 냅킨을 보고 있었다. 민철은 그녀가 도대체 무슨 생각을 하는지 궁금하기도 했지만 그것보단 불쾌감이 먼저 느껴졌다. 마치 자신은 아무 상관 없다는 듯 이렇게 타인에게 없는 존재로 무시받긴 처음이었다.

딱딱하게 굳은 얼굴로 그녀를 노려보고 있다는 것도 모르고 다운은 계속 단어의 꼬리를 잡고 혼자 즐거워하고 있었다. 그의 입술이 순간 일그러지더니 그녀의 손목을 확 낚아챘다. 그리곤 으스러뜨릴 듯 힘 주어 잡은 채 그대로 힐튼 호텔 안쪽에 있는 문으로 걸어갔다. 다운이 손목에 오는 통증으로 소리없이 아픈 신음을 삼키며 질질 끌려갔다. 그의 걸음이 너무 커서 거의 뛰다시피 했다. 그가 문을 밀자 호텔 뒤쪽에 자리 잡고 있는 숲이 보였다. 순간 다운은 그 정경을 보며 손목의 아픔도 잠시 잊고 감탄했다.

'예쁘다…….'

그녀가 감탄으로 입을 벌리며 눈을 동그랗게 뜨고 정원을 구경하고 있는데, 그가 방금 전보다 더 딱딱하게 얼굴을 굳히며 그녀의 머리 뒤를 한 손으로 꽉 움켜쥐었다. 그리곤 그녀의 몸을 가두듯이 한 팔로 감쌌다.

'정말 너란 여자는. 이 와중에도 딴생각이군.'

순간 놀라서 벌어져 있는 그녀의 입 안으로 그가 거칠게 혀를 밀어 넣으며 키스하기 시작했다. 그녀가 움찔하며 몸을 굳히자 그가 그녀의 머리 뒤를 더 세게 움켜쥐며 벌을 주듯이 강하게 입술을 밀어붙였다. 민철은 그 예의 바르고 부드러운 자신의 이미지를 벗어버리곤 거친 키스로 그녀의 입술을 찍어눌렀다. 그가 이로 그녀의 부드러운 아랫입술을 꽉 깨물었다. 순간 다운이 아픈 비명을 짧게 내질렀다. 그 비명에 고개를 든 민철이 그녀의 얼굴을 아주 무표정한 얼굴로 바라보았다. 다운의 아랫입술에서 피가 방울지고 있었다. 민철이 그 빨간 피를 가만히 응시하더니 혀로 부드럽게 핥아먹었다. 멍한 얼굴로 그를 쳐다보고 있는 다운에게 민철이 느긋한 미소를 지으며 말했다.

"내 앞에서 딴생각하지 마."

다운이 어안이 벙벙한 얼굴로 그를 노려보았다, 마치 신기한 희귀 동물을 뜯어보듯.

'뭘까. 도대체 이 사람은 어떤 사고방식을 갖고 있길래 이렇게 행동할 수 있는 걸까?'

그녀가 기가 막힌 듯한 얼굴로 그저 말없이 그의 얼굴을 응시

하자 그녀의 시선은 상관없다는 듯한 얼굴로 민철이 대뜸 말을
내뱉었다.

"근데, 무슨 생각을 했기에 그렇게 웃은 거야?"

다운이 억울하다는 듯한 얼굴로 그를 스산하게 노려보며 낮
게 중얼거렸다.

"힐이 언덕일까, 고치다일까, 그 생각 했어요. 언덕이면 계속
언덕에 지워야 하나, 뭐 그런 거요."

그는 그녀의 말을 들으며 순간 멍해졌다.

'그 따위를 생각하느라고 날 무시했단 말이야?'

그가 피식 웃음 짓더니 그녀의 얼굴을 빤히 바라보았다. 그의
눈빛이 점점 진해졌다. 다운은 의미심장한 표정으로 그가 자신
을 바라보자 순간 몸을 돌려 그 자리를 빠져나가려고 했다. 그
러나 민철이 재빠르게 그녀의 양손을 자신의 손으로 쥐어 가슴
에 단단히 묶었다. 그가 천천히 그녀의 입술에 자신의 입술을
다시 갖다 댔다. 아까와는 전혀 다른 너무나 부드러운 스침이었
다.

다운이 고개를 이리저리 저으며 그의 입술을 피하자 그가 낮
게 웃음소리를 내며 한 손으로 그녀의 손을 모아 쥐곤 다른 한
손으론 그녀의 얼굴을 쥐었다. 그가 그녀의 입 안으로 들어가려
고 혀를 핥아대자 다운은 힘을 주어 입술을 앙다물었다. 민철의
눈이 반짝 빛을 내며 그녀의 얼굴을 잡고 있는 손에 힘을 주었
다. 순간 다운은 볼을 파고드는 손가락에 엉겁결에 입을 벌렸

다. 민철이 엷은 미소를 띤 채 그녀의 입 안으로 부드럽게 들어갔다. 그녀가 그의 뜨거운 혀를 느끼며 숨을 들이키자 민철이 그녀에게 더 농도 짙은 키스를 하기 시작했다. 방금 전에 했던 거친 키스와는 전혀 다른 마치 연인을 유혹하는 듯한 애태우는 키스였다.

"혹시 연락있었니?"

부엌에서 물을 마시는 다운에게 그녀의 어머니가 조심스럽게 말을 꺼냈다. 지난 일주일 동안 다운을 살피던 어머니는 마침내 궁금증을 참지 못하고 직접 물어보고 있었다. 다운은 입 안에 물이 있어서 그저 고개만 저었다. 실망스러운 기색으로 부엌을 나가는 어머니를 보면서 다운은 속으로 말을 할까 말까 고민을 했다.

'상대방이 사실은 동아리 선배인데 자신을 놀리려고 일부러 그런 거라고?'

다운이 속으로 한숨을 내쉬며 고개를 저었다. 괜히 알려서 좋을 게 뭐 있는가. 어머니만 더 속상해하실 테니.

일주일 전 선보고 온 날 어머니는 다운을 붙잡고 상대가 어땠는지를 계속 물어보셨다. 다운은 그때 대충 말을 얼버무리며 넘어갔지만 한쪽 가슴이 답답했다. 다운은 그날 민철이 보였던 모습을 떠올리며 다시 불쾌해졌다. 다운이 거실을 가로질러 가며 혼자만의 생각에 빠졌다.

'왜 그를 보면 눈길을 뗄 수 없을까, 그토록 자기중심적인 인간한테. 분노의 감정에 휘둘린 건 진짜 오랜만이었다.'

그녀가 자신의 방으로 향하고 있는데 갑자기 한밤의 정적을 가르는 소리가 들리며 현관문이 열렸다. 다운은 거실 한가운데 서서 비틀거리며 술에 거나하게 취해 들어오시는 아버지를 바라보았다. 한 사장은 구두를 벗다가 다운이 있다는 것을 알아차리곤 헛기침을 몇 번 한 후 무뚝뚝하게 말을 툭 내뱉었다.

"아직 안 잤냐?"

다운이 그 자리에 그대로 서서 예의 바르게 대답했다.

"네."

다운의 아버지는 묵묵히 신발을 벗곤 안방으로 들어갔고, 다운도 자신의 방으로 걸음을 옮겼다. 다운이 책상 의자에 앉아 여러 전공 서적과 사전들을 바라보고 있었다. 그러다 그 책을 손으로 살며시 쓸더니 콱 주먹을 움켜쥐었다.

'이따위 수많은 언어들이 무슨 소용이란 말인가. 정작 하고 싶은 말은 꺼내지도 못하는데.'

그녀의 눈에서 눈물이 툭 떨어졌다.

'아버지…… 아버지…….'

그녀가 떨어뜨린 눈물방울이 얇은 종이로 이루어진 사전 속으로 조용히 스며들어 갔다.

'차라리 왜 혼자만 살아 돌아왔냐고 그렇게 말하세요. 그래야 저도 하고 싶은 말을 할 수가 있잖아요. 그러고 싶어서 그런 게 아니라고 말할 수 있잖아요. 차라리 아들이 살아 돌아왔기를 바랐다고 말하세요. 그래야 제가 딸이라서 서글프다는 걸 말할 수 있잖아요.'

그녀가 손으로 눈가를 쓰윽 닦더니 침대 위에 누웠다. 그녀의 귓가로 아버지의 높은 언성이 들려왔다. 그리고 어머니의 한탄 섞인 울음소리도. 아버지가 술에 취해 들어오면 항상 들려오는 두 분의 소리. 다운에게는 내색하지 않으려고 하면서, 다운이 듣고 있다는 것을 알면서도 멈추지 않는 은근한 괴롭힘. 그녀는 귀를 막으며 언어의 세계로 빠져들어 갔다.

exist. 존재하다. not exist. 존재하지 않는다. 난 존재하지 않는다. 난 여기에 없다. empty. 비어 있다. 여긴 아무도 없다.

그 시간, 민철은 늦은 저녁 식사를 하고 있었다. 민 여사는 밤늦게 돌아와 식사를 하고 있는 민철의 맞은편에 앉아 그를 물끄러미 바라보았다. 묵묵히 입 안으로 음식을 넣으며 반찬을 집고 있던 그가 무심히 아무것도 모른다는 표정으로 대뜸 물었다.

"무슨 할 말 있으세요?"

민 여사는 그의 얼굴을 잠깐 뚫어지게 보더니 한숨을 깊게 내쉬며 말하곤 의자에서 일어났다.

"아니다."

민철은 어머니의 뒷모습을 보며 미간을 살짝 찌푸렸다. 선을 한번 보고 나니 어머니는 그때부터 집요하게 다른 선 자리를 디

밀었다. 아마도 어머니는 성문이 열렸다는 신호로 받아들인 것 같았다. 민철은 음식을 우걱우걱 씹으며 다운을 떠올렸다.

'그냥 다운이와 결혼해 버릴까. 앞으로도 결혼 문제로 시달릴 것 같고, 그렇다고 평생 살고 싶은 여자 같은 건 있지도 않고. 다운이라면 그저 조용히 살림하면서 지낼 것 같던데.'

게다가 그녀와의 육체 관계는 꽤 만족스러울 것 같았다. 아마도 그녀는 다른 여자들처럼 찐득거리게 달라붙지는 않을 것이다. 이런저런 생각을 곰곰이 하고 있던 민철이 갑자기 인상을 찌푸렸다, 다운이 자신을 무시하며 딴 세계에 빠져들어 갔던 걸 기억해 내며. 아, 안 돼. 그 여자와 한집에서 계속 살면 아마 뇌출혈로 쓰러질 거야.

민철이 한쪽에 놓여 있는 물을 벌컥벌컥 마시더니 탕 하고 내려놓았다. 왜 그녀를 생각하면 화가 나는 걸까. 그러면서도 왜 그녀를 안고 싶은 걸까. 그의 머리 속으로 그녀의 부드러웠던 입술이 스쳐 지나가면서 그의 눈동자가 욕망으로 짙게 변했다. 그러나 잠시 후 그는 입술을 일그러뜨리며 그 욕망을 내리눌렀다. 섹스하고 싶다고 결혼하는 건 미친 짓이야. 민철은 내일 만나자고 연락한 송미영을 떠올리며 가뿐하게 혼란을 정리했다.

다음날 오후, 그는 모교로 향하고 있었다. 송미영과 만난 지한 시간도 안 돼 그는 따분함을 느끼고 있는데 그런 민철에게 아버지의 전화가 왔다. 친구 분이신 박 교수가 얼굴 한번 봤으면 한다고 술자리에서 귀띔했다는 내용이었다. 생각해 보니 대학 졸업하고 찾아뵌 지가 오래되긴 했다. 사실 나중에 인사드리러 가도 되는 거였지만 민철은 미영과의 만남이 따분함을 넘어서 점점 짜증으로 가고 있었기에 전화를 끊자마자 미영에게 급한 일이 있어 이만 일어나야겠다고 말했다. 민철은 예의 바르게 미영이 차 타는 것까지 기다렸다.

"나중에 술 생각 나면 연락해."

"응, 그럴게."

미영의 여지를 남기는 말에 민철이 엷은 미소를 띠며 대답했다. 미영의 차가 사라지는 걸 보면서 민철은 피곤한 듯 한숨을 내쉬었다. 대화 내내 미영은 요즘 자신은 선보러 다닌다는 얘기와 맘에 드는 남자가 없다는 말을 했다. 그러면서 민철에게 '너는 어때' 라는 질문을 던지며 그가 애인이 있는지 알아보려 했다. 민철은 속 보이는 그녀의 질문을 받으며 그저 부드러운 미소만 그릴 뿐이었다. 자신의 의중을 숨긴 채 머리 쓰는 사람들을 만나면 자신도 모르게 짜증이 치밀었다. 대학 때 활발하고 거침없는 미영과 친했지만 정작 이성 문제 앞에서는 자신을 있는 그대로 보여주지 않고 상대를 떠보려 하고 있었다. 뭐랄까. 의중을 떠보며 머리 속으로 가장 안전한 길을 재고 있다고 해야하나.

그가 학교로 향하는 쪽으로 핸들을 돌리며 다운을 떠올렸다. 그의 입술에서 비틀린 웃음소리가 흘러나왔다. 웃기게도 다운의 눈을 보면 화가 치밀었지만 생각해 보면 자신의 속내를 유일하게 보일 수 있는 편안함이 있었다. 그의 얼굴이 진지해지며 시야에 들어오는 학교 정문을 의미심장한 눈빛으로 응시했다.

"민철 군, 얼굴 보기 힘드네, 이거."
"죄송합니다. 진작 찾아뵈었어야 하는 건데."

민철은 예의 바른 웃음을 지으며 공손히 인사를 했다. 박 교수는 그가 자리에 앉자 한쪽으로 걸어가더니 차를 우려냈다. 조교는 탁자에서 번역을 하고 있었다. 영문학을 가르치는 박 교수의 방은 아담했다. 벽장 가득 그가 오랫동안 하나씩 모아온 수많은 책들이 애정 어리게 놓여 있었고, 한쪽 면은 커다랗게 유리로 되어 있어 어스름하게 초저녁 햇살이 들어오고 있었다.

민철은 박 교수가 차를 우려내는 동안 방 안을 스윽 돌아보며 지그시 미소를 지었다. 비록 그의 속내까지 다 내보이진 않았지만 그래도 이분에게만큼은 예의 바름으로 가장된 이미지만을 보여주지 않았다. 행정고시 때문에 부모님과 대립했을 때 정말 그 길을 원하냐고 물어온 분이었다. 유일하게…… 단지 비교에 의한 높고 낮음을 충고하지 않고.

사람과 사람이 대립하다 보면 어느새 원래의 목적과 의도는 잊은 채 대립상황에서 오는 감정 싸움과 자존심 싸움, 그 외의 여러 가지가 결부돼 혼탁해져 버리는 법이다. 그때 민철도 그랬다. 그런 상황에서 박 교수의 말은 다시 근본으로 돌아올 수 있게 해주는 힘을 발휘했다.

박 교수가 그 앞에 차를 놓을 때쯤 나무로 만든 문이 삐걱거리는 소리를 내며 빼꼼히 열렸다.

"안녕하세요."

다운이 한 손에 파일을 들고 서 있었다. 민철은 무심히 고개를 문 쪽으로 고개를 돌렸다가 다운이 서 있자 뚫어지게 그녀의 얼굴을 응시했다. 다운이 교수에게 고개를 숙이며 인사를 하다가 그가 앉아 있는 걸 보곤 눈을 동그랗게 떴다. 그러더니 무표정한 얼굴로 그에게 살짝 고개를 숙여 말없이 인사를 했다. 그는 그저 가만히 그녀를 바라보고만 있었다. 박 교수는 서로 아는 사이인지는 눈치 못 채고 모르는 사람들끼리 예의상 인사를 나누는 것이라 여겨 민철에게 차 맛에 대해 물었다. 중국에 있는 친구가 보내준 차라며.

민철은 교수와 차에 대해 이야기하면서 한쪽에서 조교와 말하고 있는 다운에게 신경을 쓰고 있었다. 그의 귓가로 그들의 대화 소리가 들려왔다.

"미안해서 어쩌지, 다운아? 내가 요즘에 몸이 안 좋아서."

"괜찮아요. 요즘에 별로 안 바빠요."

"여하튼 고맙다, 다운아."

민철은 교수와 연수원에서 있었던 일들을 얘기하면서도 조교와 다운이 나누는 말에 슬며시 화가 나기 시작했다. 몸이 안 좋다는 조교라는 여자는 정장을 깔끔하게 차려입고 여기저기 신경 써서 꾸민 흔적이 역력했다. 아파 보이기보단 저녁에 어디 놀러갈 태세였다. 그러나 정작 화가 나는 건 다운의 태도였다. 바보같이 뻔히 보이는 저런 거짓말에 휘둘리며 일을 떠안는 그녀가 더 짜증이 났다. 민철은 다운이 나가면 찾는 게 힘들어질까 봐 먼저 나가서 기다리려고 교수에게 이만 가봐야겠다고 인사를 드렸다. 사실 교수도 아직 강의가 하나 남아서 시간적 여유가 없었다. 교수는 다음에 술 한잔하자며 말을 건네곤 민철을 배웅했다.

그녀가 나오기를 기다리며 민철이 건물 정문 앞 벽에 비스듬히 기대고 서 있었다. 잠시 후 다운이 나오자 그가 얼른 몸을 세우곤 그녀에게로 걸어갔다. 그를 발견한 그녀가 그 자리에 우뚝서서 그를 조용히 응시했다. 민철이 그녀 앞에 서더니 팔짱을 끼곤 못마땅하다는 듯한 얼굴로 고개를 삐딱하게 기울였다.

"너…… 남이 떠맡기는 일을 왜 덥석덥석 받는 거야?"

다운이 물끄러미 그를 바라보며 침묵을 지켰다.

'이 사람은 내가 바보로 보이나. 그리고 자기가 뭔데 이러는 거지.'

민철은 그런 그녀를 보며 슬슬 화가 나기 시작했다, 자신을 꿰뚫어보던 그 영민함은 다 어디 가고 다른 사람에게 바보처럼 당하고 있는 그녀에게. 그녀가 당하고 있는 걸 보며 왜 내가 화가 나는 걸까?

"알아요."

그녀의 무심한 듯한 대답에 그의 한쪽 눈썹이 찡그려졌다.

"알아? 알면서 그 일을 다 떠맡은 거야?"

다운이 별거 아니라는 듯 무표정한 얼굴로 중얼거렸다.

"그냥, 언니가 아프다고 하면서까지 하기 싫어하는 것 같아서요. 또 저도 시간이 있었고요."

민철은 그녀의 얼굴을 유심히 바라보고 있다가 고개를 젖히고 하늘에 대고 깊은 한숨을 내쉬었다. 그리곤 무표정한 얼굴로 그녀에게 부드럽게 말했다.

"밥 먹었니?"

다운이 의혹 어린 눈빛으로 그를 응시했다. 민철이 짧게 한숨을 내쉬곤 딱딱하게 얼굴을 굳히며 말을 툭 내뱉었다.

"예의로 물어보는 거 아니야."

그의 말에 그녀가 그를 빤히 쳐다보며 삐져 나오는 웃음을 참듯이 입술을 깨물었다. 마치 악동을 바라보는 사람처럼 지그시 미소를 짓는 모습에 민철은 한순간 넋을 잃고 다운을 응시했다. 갑자기 그가 퉁명스럽게 말을 뱉었다.

"배 많이 고프니?"

다운이 미소 어린 표정으로 고개를 저었다. 민철이 그녀의 한쪽 손을 잡으며 깍지를 꼈다.

"할 말이 있어."

다운이 그의 빠른 발걸음을 뒤쫓으면서 눈이 휘둥그레 커졌다. 그는 말없이 그녀의 손을 잡고 그의 차가 있는 곳으로 걸어갔다. 그가 운전석 옆 자리 문을 열며 다운을 바라보고 서 있자 다운은 미심쩍은 표정을 하면서도 주춤거리며 안으로 들어갔다. 민철이 눈빛으로 들어가 앉으라고 무언의 압력을 주고 있었다. 그가 큰 걸음으로 돌더니 운전석에 앉아 앞 유리를 뚫어지게 노려보았다. 차 안에 긴장된 침묵이 흘렀다. 다운은 이상하게 초조해지는 걸 느끼며 그가 꺼낼 말을 묵묵히 기다리고 있었다.

"널 안고 싶어."

그의 갑작스런 말에 그녀가 순간 몸을 굳히며 차마 고개를 돌려 그를 쳐다보지도 못하고 똑같이 앞 유리를 응시했다. 민철이 그녀의 침묵을 참을 수 없다는 듯 짜증 섞인 말투로 말했다.

"뜸들이지 말고 대답해. 너는 어때?"

그녀가 고개를 돌리며 민철을 물끄러미 바라보았다. 민철은 그녀의 눈동자를 마주 보며 그녀를 유심히 관찰하고 있었다. 어떤 쪽으로 대답이 나올지 긴장한 채.

그녀가 작게 읊조리듯 말했다.

"왜 날 안고 싶은데요?"

민철이 까맣게 짙어진 눈을 그녀의 얼굴에 고정시킨 채 조용히 말을 꺼냈다.

"글쎄, 그건 나도 잘 모르겠다. 싫으면 싫다고 말해."

둘은 서로의 얼굴을 빤히 쳐다보았다. 민철은 다운의 대답을 기다렸고, 다운은 느닷없이 마주한 그의 고백에 버거워하고 있었다. 그가 긴장 어린 침묵에 슬슬 조바심이 나서 대답을 재촉하려 할 때쯤 다운이 말없이 고개를 끄덕였다. 그리곤 약간 붉어진 얼굴을 돌려 창밖으로 시선을 돌렸다. 민철은 그녀가 고개를 끄덕이는 순간 재빠르게 시동을 걸고 기어를 넣었다. 차 안은 조용했다. 아무 얘기 없었다는 듯 민철은 운전에만 집중하고 있었고, 다운은 밖으로 지나가는 풍경을 구경했다. 그러나 운전대를 잡은 민철의 손엔 잔뜩 힘이 들어가 있었고, 다운의 손은 가방 위에서 모아 잡은 채 살짝 떨리고 있었다.

탁—

호텔 객실의 문이 닫히며 방 안엔 민철과 다운만이 남았다. 다운은 머뭇거리며 바닥을 응시한 채 조용히 말을 뇌까렸다.

"씻고 올게요."

그녀는 황급히 어색함을 털듯이 발길을 재촉하며 욕실로 사라졌다. 민철은 그런 그녀의 모습을 물끄러미 보고 있다가 욕실 문이 닫히는 소리를 듣고 피식 비웃음을 지었다. 무슨 첫날밤도 아니고…… 얼굴을 붉히며 씻고 오겠다고? 호텔로 가자는 그의 제의를 화도 내지 않고 쉽게 동의하는 걸로 봐서는 이런 경험이 꽤 있을지도 모른다는 생각이 들었다.

민철은 약간은 냉소적으로 욕실 문을 바라보더니 셔츠 단추를 풀기 시작했다. 그리곤 걸치고 있는 천 쪼가리들을 훌훌 벗어 던졌다. 민철이 욕실 문을 벌컥 열어젖히자 그녀가 눈을 동그렇게 뜨고 그를 응시했다. 그녀는 발가벗은 채 한 손은 샤워기를 틀려고 하고 있었다. 민철이 잠시 문 앞에서 그녀의 몸을 훑었다. 다운은 평소에 헐렁한 티셔츠에 청바지만 입는지라 자세히 알 수 없었던 그녀의 몸이 세밀하게 드러나 있었다. 그의 눈빛이 점점 진해지며 그녀의 몸을 음미하듯 바라보았다. 다운은 속으로 어차피 벗은 몸을 봐야 하는데 상관없잖아라고 생각하며 당황으로 뛰는 가슴을 진정시키고 침착하게 말했다. 약간은 벌게진 얼굴로 그의 몸에서 시선을 비낀 채.

"조금만 기다리지 그랬어요."

다운은 그렇게 말하곤 옆으로 약간 움직였다. 민철은 다운의 반응을 지켜보며 속으로 기가 막혔다. 자신의 눈길에 당황해서 소리를 지르든지 아니면 같이 씻자고 유혹하든지 해야 하는 것 아닌가. 그에게 씻을 공간을 만들어주는 그녀를 보며 그가 비틀린 미소를 지었다.

다운은 그의 시선을 의식하면서도 자신의 할 일이나 해야겠다고 생각하며 샤워기로 몸을 적신 후 한 손으로 스펀지를 들었다. 그리곤 바디 클렌저에 손을 가져가자 민철이 빠르게 낚아챘다. 다운은 그가 스펀지에 바디 클렌저를 발라 거품 내는 모습을 멍하니 쳐다보고 있었다. 그의 큰 손이 스펀지를 주무르며 거품이 이는 걸 신기하게 쳐다보고 있었다.

우와…… 손이 크니까 거품이 단번에 나네.

민철은 무표정한 얼굴로 그녀의 몸에 거품을 묻히기 시작했다. 다운은 차렷 자세로 몸을 굳힌 채 정면을 응시하고 가만히 서 있었다. 그의 입에서 피식 웃음이 새어 나왔다. 스펀지가 그녀의 가슴과 그녀의 여성 부분을 스칠 때 민철은 나른하게 미소를 띠고 있었고, 다운은 숨도 쉬지 않고 뻣뻣하게 정자세로 굳어 있었다. 거품이 다 묻혀지고 민철이 샤워기로 그녀의 몸을 씻겨내자 다운은 작게 숨을 몰아쉬었다.

"다 됐어."

민철이 무뚝뚝하게 말을 꺼내자 다운이 '네'라고 작게 대답했다. 그녀가 수건으로 손을 가져가려고 하는데 그가 그녀의 손 위에 스펀지를 턱 하니 쥐어주었다. 다운이 손 위에 있는 스펀지를 뚫어지게 바라보고 있는 동안 민철은 샤워기로 몸을 적셨다. 잠시 후 샤워기를 잠근 그가 팔짱을 끼고 입가엔 나른하고 여유로운 미소를 띤 채 다운을 바라보았다. 다운이 기계적으로 그를 따라서 거품을 내어 그의 몸을 닦기 시작했다. 조심조심 그의 남성 근처에 닿지 않게 움직이는 그녀를 보며 민철이 입술을 비틀었다. 그러나 그녀의 손길이 피부에 닿는 것을 느끼며 그가 짙게 가라앉은 눈빛으로 자신의 종아리에 거품을 묻히느라 구부려 앉아 있는 그녀를 내려다보았다. 그가 급하게 샤워기를 틀자 그녀가 고개를 번쩍 들곤 황급히 소리쳤다.

"아직 안 끝났는데!"

민철은 아무 말 없이 샤워기로 자신의 몸을 재빨리 씻어내곤 큰 타월로 그녀의 몸을 슥슥 대충 닦아냈다. 그리곤 타월을 휙

하고 바닥에 팽개친 채 그녀를 안아 침대 위에 눕혔다. 그의 몸
엔 여전히 물기가 남아 그녀의 몸에 그 물기가 옮겨가고 있었
다. 안절부절못한 기색으로 그녀가 그의 얼굴을 쳐다보자 그가
엷은 미소를 띠곤 그녀의 가슴 쪽으로 고개를 숙였다. 그의 입
술이 그녀의 한쪽 젖가슴을 베어 물듯이 애무하다가 입 안에 가
득 넣어 빨아댔다. 다운이 약간 새된 신음을 삼키며 허리를 움
찔했다. 그녀는 아픈 듯하면서도 묘한 느낌이 전해져 와 당황스
러웠다.

민철은 천천히 부드럽게 하고 싶었지만 그의 남성이 사나운
욕구로 딱딱하게 단단해져 있는 걸 느껴 조급하게 몸을 움직였
다. 그녀 안으로 들어갈 자세를 잡고는 그가 양팔을 벌려 그녀
의 양쪽 손목을 위로 고정시켰다. 그가 천천히 그녀의 입구에서
지분대기 시작하자 다운이 얼굴을 붉히며 긴장한 얼굴로 그의
얼굴을 마주 보았다. 그녀의 붉어진 얼굴을 본 그가 순간 날카
롭게 눈을 번뜩이며 단번에 그녀 안으로 몸을 밀어붙였다. 그녀
의 안으로 들어가는 아주 짧은 순간 그의 미간이 찌푸려졌다.
생각보다 너무 좁았던 것이다.

"윽!"

다운이 인상을 찡그리며 아픈 비명을 질렀다. 예상치 못한 그
녀의 반응에 민철이 그녀 안으로 들어가던 자세로 움직임을 멈
추었다. 그리고 약간 놀란 눈으로 그녀의 얼굴을 뚫어지게 응시
했다. 그는 그녀의 손목을 잡고 있던 팔로 얼른 그녀의 몸을 부

둥켜안았다. 다운이 눈에서 눈물을 흘리며 몸을 버둥거렸다.

"아파아아!! 너무 아파!!"

민철이 그녀의 얼굴을 물끄러미 응시하고 있다가 그녀의 눈물을 입술로 핥았다. 그녀가 물기 어린 눈동자로 그런 그를 바라보았다.

어느 정도 그녀의 아픔이 가라앉았다는 것을 느낀 그가 그녀의 눈동자를 마주 보곤 그녀에게 완전히 들어가기 위해 다시 움직였다. 다운의 얼굴이 잔뜩 찌푸려지며 질끈 눈을 감았다. 그리곤 양손으로 그의 어깨를 거칠게 밀어내며 다리를 버둥거렸다. 그녀의 입에서 애원 섞인 중얼거림이 흘러나왔다.

"그만⋯⋯."

민철은 그녀를 안고 있는 팔에 힘을 주곤 쥐어짜듯이 말을 내뱉었다.

"가만있어."

여전히 그녀가 버둥거리면서 그를 밀어냈다. 그러나 그녀의 움직임이 그를 자극하고 있었다. 좁은 그녀의 여성이 그의 남성을 죄고, 부드러운 살결이 그의 피부 구석구석을 애무하듯 스치고 있었다. 고개를 가로저으며 눈물을 쏟아내는 그녀를 보며 민철이 가쁜 숨을 토해내고는 더 이상은 참을 수 없다는 듯 그녀의 입을 자신의 입으로 막아버리곤 몸을 사납게 움직이기 시작했다. 그의 입 안에서 그녀가 고통스런 신음을 지르며 웅얼거렸다.

"싫어……. 하지 마."

민철이 쥐어짜는 듯한 중얼거림을 계속하며 그녀를 향한 몸짓을 멈추지 않았다. 그녀를 향해 거칠게 몸을 움직였던 그가 어느 순간 몸을 굳히며 멈추었다. 그의 거친 움직임이 중단되자 다운은 자신의 몸을 타고 오는 아픔에 말없이 그를 응시했다. 민철은 그녀의 눈동자를 마주 보며 입을 벌린 채 인상을 찡그리고 있었다. 너무나 거세게 밀려오는 쾌락에 그가 그녀의 목에 얼굴을 묻곤 새된 외침을 질러댔다.

잠시 후 아직도 경련하듯 몸을 움찔거리며 그가 그녀 안에 있는 채로 누워 있었다. 그가 숨을 가다듬으며 그녀의 얼굴을 마주 보았다. 그녀가 그의 얼굴을 노려보며 중얼거렸다.

"당신이랑은 다신 안 할 거예요."

민철이 다운의 입술에 자신의 입술을 닿을 듯 말 듯하게 가까이 댄 채 감미롭게 속삭였다. 그의 눈동자 속에 욕망이 어른거렸다.

"이미 늦었어."

그녀의 눈이 휘둥그레지는 걸 보며 그가 나른한 웃음소리를 흘렸다. 다운은 몸 안에 뭔가가 가득 채워지는 걸 느끼며 그만하라고 말하기 위해 입을 열었지만 그의 입술에 의해 막혀 버렸다. 그는 그녀의 입술을 막아버리곤 참고 싶지 않은 욕구를 느끼며 그녀 안으로 파고들었다.

객실 안은 침묵으로 가라앉아 있었다. 창밖엔 이미 어둠이 깔려 있었기에 은은한 조명등이 유리창에 그들의 모습을 비춰주고 있었다. 민철이 침대에 걸터앉아 따뜻한 물수건으로 그녀의 여성을 닦아주고 있었고, 다운은 고개를 돌려 그를 외면한 채 반대쪽에 있는 벽을 무심히 바라보고 있었다. 그는 무표정한 얼굴로 그녀의 얼굴을 응시했다.

'화를 내. 한다운. 자, 이제 화를 내.'

그러나 그의 그런 기다림에도 그녀는 화는커녕 인상도 찡그리지 않고 그저 무덤덤한 얼굴로 가만히 누워 있었다. 그가 짜증이 났는지 거칠게 물수건을 바닥에 휙 하고 던지자 그녀가 천천히 몸을 일으켰다. 그리곤 그가 보든 말든 상관없이 자신의 옷이 있는 쪽으로 걸어갔다. 절뚝거리며 뻣뻣하게 경직된 다리로 발걸음을 떼는 모습을 민철이 침대에 걸터앉은 채 조용히 지켜봤다. 그녀가 천천히 허리를 굽혀 체크 무늬 남방을 집어 몸 위에 걸쳤다. 그리곤 단추에만 집중하며 하나씩 채워 나갔다. 민철의 눈빛이 무겁게 가라앉으며 조금씩 일렁이고 있었다. 그의 입술이 일그러지며 그녀를 노려보았다.

'상관없으시다? 내가 너에게 어떤 짓을 해도 아무 상관없다?'

민철 자신도 알고 있었다, 상대가 싫다고 했을 때 멈췄어야 한다는 것을. 그리고 평소의 자신이라면 그럴 때 당연히 그만뒀을 것이다. 그러나 거부를 한 상대가 한다운이었다. 그녀를 몰아붙이고 싶었다. 한다운이란 여자의 내면을 건드리고 싶었다.

그녀의 감정을 끄집어내고 싶었다.

다운은 그가 무슨 생각을 하든지 관심없다는 듯 묵묵히 자신의 옷을 입었다. 남방을 다 채운 그녀가 바지에 조심스럽게 다리 하나를 집어넣었다. 움직임 때문에 그녀의 은밀한 곳에 아픔이 전해져 오는지 다운의 미간이 살짝 찡그려졌다. 그녀가 입술을 꽉 깨물며 의무를 수행하듯 바지를 다 입었다. 민철이 바지 버클을 잠그는 그녀의 손을 뚫어지게 응시했다.

'그래……. 내가 너한테 첫 남자였다는 건 별로 신경 쓰이지도 않는다? 그래서 아무렇지 않게 사라지시겠다?'

그의 입술이 한쪽으로 비틀리듯 올라가며 엷은 비웃음을 지었다. 옷을 다 입은 다운이 가방을 어깨에 멘 후 고개를 살짝 숙이곤 인사를 했다.

"먼저 가볼게요."

그의 얼굴이 분노로 딱딱하게 굳어지며 차갑게 말을 내뱉었다.

"기다려, 데려다 줄 테니까."

그의 말에 바닥에 시선을 두고 있던 그녀가 그를 응시했다. 맑은 눈으로 그를 말없이 바라보더니 문 쪽으로 몸을 돌렸다. 그녀의 등 뒤로 날이 선 그의 목소리가 들렸다.

"기다리라고 했다, 한다운."

그녀가 발길을 멈추고 우뚝 문 앞에서 멈췄다. 그리곤 입 안에 고인 침을 힘겹게 삼킨 후 낮게 중얼거렸다.

"저 혼자 갈 수 있어요."

탁—

다운이 나가고 객실 안엔 그 혼자 남았다. 그는 침대에 걸터앉은 채 날카롭게 날이 선 눈으로 문을 뚫어지게 응시했다. 깊은 곳에서 치밀어 오르는 분노의 불길에 그가 가슴을 들썩이며 숨을 내쉬었다. 민철은 탁자 위에 있는 물 컵을 집어 들고 입가에 가져갔다. 그러나 마시려고 컵을 가까이 대는 순간 다운의 맑은 눈동자가 스치면서 그가 컵을 움켜쥐었다.

팍—!!!

그의 손에 의해 던져진 물 컵이 한쪽 벽에 부딪치며 산산조각으로 깨진 채 사방으로 튀어 있었다. 그의 눈동자가 날카로운 빛을 띠며 번뜩였다. 한다운. 언제까지 네가 나를 그렇게 대할 수 있는지…… 그래, 한번 해볼까?

다음날 민철의 집안이 발칵 뒤집혔다. 아침 식사를 마치고 부모님과 차를 마시는 자리에서 민철이 결혼하겠다는 말을 마치 커피를 마시겠다는 말을 하는 것처럼 내뱉었던 것이다. 민철의 아버지는 진지하게 얼굴을 굳히며 어떤 집안 아이인지를 물었다. 그가 지난번에 선본 한다운이라고 말하자 그의 부친은 못마땅한 기색이 역력한 얼굴로 없던 얘기로 하자고 말했다. 옆에서 어머니는 불안한 얼굴을 하곤 안절부절못하고 있었다. 결혼 생각이 없는 민철이 설마 그 아이에게 마음을 둘지는 꿈에도 몰랐었다. 그러나 민철이 무덤덤하게 마지막 말을 하고 자리를 떴을 땐 부모님은 망연히 소파에 앉아 있었다.

"다운이가 싫다는 걸 제가 억지로 안았습니다. 어쩌면 제 아이를 가졌을지도 모릅니다."

10시쯤 잠이 깬 다운이 찌뿌드드한 얼굴로 방에서 나왔다. 그녀는 욕실로 걸어가다가 방문 밖으로 들려오는 어머니의 말소리에 발길을 멈췄다.

"예…… 예."

누군데 저렇게 어렵게 받는 거지?

다운이 살짝 눈썹을 찡그렸다가 짧게 한숨을 내쉬곤 욕실로 들어갔다. 그녀가 젖은 머리를 수건으로 털며 나오자 어머니가 그녀에게 다가와 기다렸다는 듯이 말을 꺼냈다.

"왜 말 안 했어?"

다운이 멀뚱히 눈을 동그랗게 뜨고 말했다, 여전히 수건으로 머리를 탁탁 털며.

"뭘요?"

다운의 어머니는 그녀의 능청이 얄밉다는 듯 장난스럽게 눈을 흘기더니 웃음기 어린 얼굴로 말했다.

"강민철 어머니가 전화했어, 상견례 날짜 잡자고."

수건으로 머리카락을 털던 그녀의 손길이 순간 딱 멈추어졌다. 그녀가 조심스럽게 입을 열었다.

"상견례라뇨?"

"오늘 너랑 결혼하겠다고 그랬다더라. 어이구, 이것아. 진작 말을 했어야지."

'결혼?'

다운은 그 단어를 듣자마자 어머니가 하는 다른 말들은 귀에 들려오지 않았다. 다운이 넋 나간 듯 고개를 끄덕이더니 자신의 방으로 들어갔다. 그녀의 머리 속으로 어제 그가 했던 말이 떠올랐다.

"기다리라고 했다, 한다운."

그녀의 얼굴이 살짝 일그러지며 눈동자가 화가 난 듯 까맣게 변해갔다. 설마…… 어제 내가 그냥 와서 이러는 거야? 그녀가 기가 막힌다는 듯 헛웃음을 흘렸다. 당신…… 지금 우리 부모님한테까지 상처를 주겠다는 거야? 파혼은 둘이 끝낼 문제가 아니라는 걸 뻔히 알면서?

다운은 급하게 문을 벌컥 열곤 어머니가 있는 안방으로 걸어갔다. 문 밖으로 어머니의 통화하는 목소리가 들렸다.

"글쎄 말이에요. 우리 다운이가 복도 많죠. 그 대단한 집에서 며느리로 달라네요. 네. 네. 호호호, 그러게요."

다운은 우두커니 문 앞에 서서 어머니의 목소리를 듣고 있었다. 그녀의 손이 문고리 앞에서 멈춰져 있었다. 예전의 기억이 그녀의 손을 움직이지 못하게 하고 있었다.

고1 때, 어느 토요일이었던가. 영어 경시 대회와 친구 생일 파티가 겹친 날, 친구 생일 파티에 가고 싶다는 말을 꺼내자 어머니가 보였던 그 묘한 표정. 그때 어머니는 중얼거렸다.

"그래…… 네가 하고 싶은 대로 하렴. 두 개를 손에 쥐면 원래 소중한 걸 모르는 법이니까."

그때부터 다운은 거절을 할 수가 없었다. 특히 어머니가 좋다고 생각하는 어떤 것들에 대하여. 그 말을 중얼거리던 어머니의 눈에서 분노를 읽었으니까. 죽은 아름이는 갖지 못하는 그런 것들을 양손에 쥐고 선택하는 자신에게.

다운은 소리없이 발길을 돌려 자신의 방 안으로 돌아갔다. 문에 기대선 그녀가 허공에 깊은 탄식을 내쉬었다. 한참 동안 눈을 감고 그 자세로 서 있던 그녀가 책상 쪽으로 다가가 핸드폰을 집어 들었다. 그리곤 동아리 사람들의 연락처가 적혀 있는 수첩을 폈다. 두 번의 전화로 그의 전화번호를 알아낸 다운이 핸드폰 버튼을 꾹꾹 눌렀다.

[네, 강민철입니다.]

다운은 잠시 숨을 몰아쉬곤 공손한 어조로 말했다.

"다운이에요. 시간 되면 좀 만나고 싶습니다."

전화기 너머에서 침묵이 흘렀다. 다운이 한 번 더 말하려 하는데 민철이 무뚝뚝하게 말을 마치곤 전화를 끊었다.

[어제 그 방으로 와. 만약 네가 먼저 도착하면 이번엔 기다리

고 있어.]

다운은 한 손에 핸드폰을 꽉 움켜쥐곤 질끈 눈을 감았다.

"이번엔 기다리고 있어."

그가 남긴 말이 그녀를 괴롭히고 있었다.

민철은 내심 다운이 자신을 기다리고 있는 모습을 보고 싶어
늦장을 부렸다. 그는 객실로 가기 전에 호텔 프런트에 그녀가
도착했는지를 알아봤다. 그러나 그녀는 아직 오지 않았다. 운전
을 하는 내내 그녀가 어떤 표정으로 자신을 기다리며 앉아 있을
까 이리저리 상상하고 있던 민철은 잔뜩 굳은 얼굴로 엘리베이
터에 올랐다. 기다리라는 말이 무슨 의미인지 그녀가 모를 리
없다. 민철의 눈에선 평소의 나른하고 여유로운 기운을 찾아볼
수가 없었다.

객실, 수많은 타인들이 오가는 호텔 방. 그러나 그의 기분은
묘했다. 분명 자신의 공간이 아님에도 바로 어젯밤 여기서 그녀
를 가졌기 때문일까 왠지 낯익고 친근한 기운이 그를 감싸는 기
분이었다. 그는 한쪽에 놓여 있는 의자에 앉아 잠시 어제의 기
억을 떠올렸다. 싫다고 몸을 버둥거리던 그녀를…… 정말 그녀
를 몰아붙이기 위해서만 그만두지 않았던 걸까. 어째서 싫다고
몸부림치는 그녀를 보면서도 그만두지 못했을까.

민철이 시선을 창밖으로 돌렸다. 한낮의 가을 하늘이 청명하게 걸려 있었다. 그 하늘을 물끄러미 바라보면서 그는 사실을 인정했다. 그 순간은 멈출 수 없었다는 걸…… 아니, 멈추고 싶지 않았다는 것을. 다운의 눈물 어린 눈동자와 고운 살결을 느끼면서, 그리고 그녀가 처음이라는 걸 깨달은 순간 완전히 자신의 것으로 만들고 싶었다.

달칵—

어디선가 들려오는 문소리에 하늘을 응시하고 있던 민철이 고개를 돌려 문 쪽을 바라보았다. 다운이 무표정한 얼굴로 그를 응시하며 문 앞에 서 있었다. 굵은 실로 얼키설키 짠 스웨터를 걸친 그녀는 여전히 차분하고 고요해 보였다. 가을 햇살에 그녀가 몸을 맡긴 채 가만히 그의 눈동자를 바라보고 있었다. 맑은 물에 검은 잉크가 퍼져 가는 것 같은 눈동자 속에 괴로움의 조각이 눈동자에 언뜻 어른거렸다. 민철이 그 눈동자에 시선을 고정시키며 그녀에게 손을 내밀었다.

"이리 와."

다운은 그의 부드러운 명령을 듣지 못한 것처럼 아무런 변화 없이 그저 침착한 어조로 말했다.

"도대체 왜 그러는 거예요?"

다운이 괴로움과 분노가 담긴 눈빛으로 그를 응시했다. 순간 나른하게 엷은 미소를 짓고 있던 민철이 반짝 눈을 빛냈다. 그가 싱긋 비틀린 미소를 지으며 자신의 턱을 손으로 살며시 쓰다

듣었다.

"글쎄."

다운이 감정을 억누르며 가라앉은 어조로 말을 이었다.

"취소해요, 일 크게 만들지 말고."

다운이 그대로 등을 돌려 문 쪽으로 손을 가져가는데 그녀의 등 뒤로 민철의 무심한 듯한 말이 들려왔다.

"나한테 이럴 게 아니라 부모님께 싫다고 말하면 되잖아."

혼자 초탈한 듯 사람들과 섞이지 않는 그녀를 민철이 지적하고 있었다. 문을 향하고 있던 그녀는 몸을 천천히 돌리며 다시 그를 물끄러미 바라보았다. 그녀의 눈동자를 본 민철이 약하게 미간을 찡그렸다. 다운은 공허함과 슬픔으로 가득 찬 눈빛으로 그를 말없이 바라보고 있었다. 그녀가 침묵으로 무겁게 가라앉은 방 안의 기운을 가르며 살며시 입을 열었다.

"알았어요."

그녀의 얼굴은 공허함을 띠며 엷게 서글픈 미소를 지었다.

'소통이 되지 않아. 왜 사람들은 자기 식대로 생각하고, 자기 식대로 평가하는 걸까.'

"네가 싫어하든 말든 상관없어. 결혼하기로 내가 이미 결정했으니까."

다운이 문을 열려고 가져가던 손을 순간 멈추었다. 짧은 순간이 지난 후 그녀가 손잡이를 움켜쥐고는 딱딱하게 메마른 어조로 말했다.

"결혼식에 난 없을 거예요."

그의 웃음기 어린 경고의 말이 그녀에게 들려왔다.

"아버님께 장부 잘 정리하라고 해. 곧 있으면 세무 조사가 시작되니까."

방 안은 깨지기 직전의 살얼음 같은 위태한 침묵이 감돌았다. 민철은 겉으론 부드럽게 웃고 있었지만 속으론 분노로 끓고 있었다. 이런 치사한 말을 하면서까지 그녀를 협박해야 한다는 게.

다운은 문 손잡이를 뚫어지게 응시하고 있다가 천천히 몸을 돌려 민철이 있는 곳으로 걸어갔다. 그녀가 민철 앞에 우뚝 멈추어 서더니 괴로운 듯 얼굴을 찌푸리며 힘겹게 입을 열었다.

"도대체 나한테 왜 이러는 거예요?"

민철이 그녀의 얼굴을 말없이 바라보았다. 다운은 기가 막힌다는 듯 실소를 터뜨리며 말을 계속했다.

"내가 어제 반항해서 이러는 거예요?"

다운이 고개를 끄덕이며 손을 벨트 쪽으로 가져갔다.

"열렬하게 응하면 되는 거예요? 알았어요. 그러면 되는 거죠?"

그녀가 니트를 벗기 시작했다. 그 모습을 민철이 굳은 얼굴로 노려보고 있다가 몸을 일으켜 그녀를 안았다. 그리곤 엷게 비웃음을 지으며 그녀의 귀에 감미롭게 속삭였다.

"잘됐군. 그렇잖아도 어제는 네가 처음이라 마음껏 갖질 못했거든."

니트를 끌어 올리던 그녀의 손이 딱 멈췄다. 그녀의 분노 어
리던 눈빛은 자취를 사라지고 그저 멍하니 정면을 의미없이 바
라보았다.

'소통이 되질 않아. 내가 뭐라고 하든 그는 마음대로 할 거
야.'

민철이 무표정한 얼굴로 그녀의 니트를 벗겼다. 다운은 그저
그가 하는 대로 가만히 서 있었다. 그의 손이 그녀의 몸에 아슬
아슬하게 걸쳐져 있는 작은 속옷도 찢어내듯 거칠게 잡아당겼
다. 어느새 가을 햇살이 그녀의 몸 위에 자리 잡으며 그녀의 피
부가 환하게 빛을 냈다. 그러나 그녀의 눈동자는 공허했다. 그
리고 지친 눈빛이었다.

가만히 말없이 서 있는 그녀를 보며 민철은 무표정한 얼굴로
자신의 옷을 벗었다. 잠시 후 아무것도 걸치지 않은 그가 그녀
를 침대로 데려가 눕혔다. 조용히 침묵을 지키고 있는 그녀를
벌주듯이 민철이 난폭하게 키스를 하기 시작했다. 다운은 그의
무자비한 키스에 아무런 반응도 안 하고 그저 멍하니 창밖에 하
늘에 시선을 가져갔다.

'새파라네. 쪽빛 하늘이 바로 저런 걸 말하는 걸까. 쪽빛은 영
어로 뭐라고 표현하지?'

민철이 천천히 고개를 들어 그녀의 얼굴을 바라보았다. 그녀
의 시선은 다른 곳에 가 있는 걸 본 그가 잇새로 말을 내뱉었다.

"열렬히 반응을 해야지, 한다운."

하늘을 응시하고 있던 다운이 그의 눈을 응시했다. 그녀의 눈동자가 흐려지면 뿌연 안개가 드리워져 갔다.

'소통이 되지 않아.'

민철이 몸을 굳힌 채 혼란스러운 눈빛으로 그녀의 얼굴을 바라보았다. 그녀의 눈에서 눈물이 조용히 흐르고 있었다. 다운은 자신의 손을 가져가 얼굴을 가리곤 흐느끼고 있었다. 너무나 고통스럽다는 듯 한탄 섞인 눈물을 하염없이 흘리고 있었다.

"다운아……."

그는 조심스럽게 그녀의 손을 떼어내곤 그녀의 얼굴을 감쌌다. 다운은 고개를 돌려 그의 얼굴을 외면했다. 그녀의 눈에서 흐르는 눈물이 침대 시트를 적시고 있었다. 민철은 무거운 돌이 자신의 어딘가를 눌러오는 걸 느끼며 그녀의 눈물을 조심스럽게 손으로 닦아냈다.

"다운아……."

그의 목소리가 너무나 조심스러웠다. 다운이 흐느낌을 참아내자 그녀의 가슴이 들썩였다. 민철이 부드럽게 그녀를 안아서 일으켜 앉게 하더니 자신의 품 안으로 끌어당겼다.

어느 정도 눈물이 가라앉은 그녀가 말없이 그의 가슴에 머리를 기대고 있었다. 그가 그녀의 머리 위에 부드럽게 입맞춤을 하며 그녀의 등을 쓸어내자 그녀가 그의 부드러운 손길에 몸을 맡긴 채 힘없이 읊조렸다.

"나한테 왜 그래요? 내가 혹시 잘못한 게 있다면 미안해요. 사과할게요. 그러니 이러지 말아요."

그가 그녀의 어깨를 잡고 자신의 몸에서 부드럽게 떼어내더니 그녀의 빨갛게 충혈된 눈을 응시했다. 그러더니 그가 갑자기 눈을 질끈 감았다. 그리곤 천천히 눈을 뜨더니 그녀의 머리와 허리를 움켜잡은 채 거칠게 키스를 퍼붓기 시작했다. 그의 갑작스런 키스에 다운이 숨을 들이키며 굳어졌다. 민철은 잔뜩 굳은 얼굴로 그녀의 목과 가슴에 입맞춤을 했다. 그의 얼굴이 욕망으로 붉은빛을 띠어갔다. 그가 그녀의 목에 머리를 묻고 낙인을 찍듯 그녀의 목을 이로 물었다.

'한다운, 나도 모르겠다, 내가 왜 이러는지.'

민철의 소유욕 어린 입맞춤이 그녀의 목에 붉은 흔적을 남겼다. 다운은 그가 부드럽게 자신의 가슴을 핥아대자 당황으로 눈을 동그랗게 뜨고 그를 쳐다보고 있었다. 거부하기엔 너무나 감미롭고, 묘한 짜릿함이 몸 깊숙이 이상한 열기를 지피는 느낌이었다. 다운은 차마 움직이지도 못하고 그가 하는 대로 가만히 지켜보고만 있었다. 그의 혀가 그녀의 허벅지 안쪽을 핥아대자 다운은 놀란 듯 다급하게 그의 어깨를 손으로 밀어냈다. 고운 손가락이 남자의 어깨를 살며시 밀어내는 게 오히려 상대를 더 흥분시킬 수도 있다는 것을 그녀는 알지 못했다. 이상했다. 분명 어제 그와 마지막까지 갔음에도 지금 하는 그의 키스가 더 은밀하게 느껴졌다.

민철은 그녀의 저항 어린 손짓을 느끼면서 고개를 들었다. 그가 그녀의 눈에 시선을 고정시킨 채 그녀의 손을 잡아 입으로 가져갔다. 그리곤 그녀의 손을 뒤집어 손바닥 안쪽에 뜨거운 키스를 했다. 다운은 순간 발끝으로 흐르는 짜릿함에 자신도 모르게 입 밖으로 나올 것 같은 작은 신음을 얼른 삼켰다.

그의 입이 살짝 벌어지더니 그녀의 새끼손가락을 빨았다. 그의 뜨거운 혀가 작고 앙증맞은 새끼손가락을 감아 그의 타액으로 젖어들게 만들었다. 그리곤 천천히 관능적으로 그녀의 손가락을 하나씩 빨아대고 핥았다. 다운은 손을 애무하는데 어째서 온몸이 야릇해지는 걸까 하면서 의아해했다. 그러면서도 몸속 깊숙이 퍼지는 열기에 붉게 달아올랐다.

이 미묘하고 야릇한 공기에 천천히 녹아들듯 민철이 다운을 침대에 눕혔다. 그가 그녀 다리 안에서 자리를 잡고 있다는 것을 신경 쓰지 못할 정도로 민철은 다운의 입술과 귓볼에 뜨겁게 달아오른 숨결을 불어넣어 그녀의 의식을 혼미하게 만들었다. 마치 온몸이 물속에 들어간 것처럼 주변의 공기에 스며드는 느낌이었다. 그가 다운의

까만 머리채를 손가락으로 그러모아 입술에 가져갔다. 까만 머리채가 얇은 비단실처럼 그의 손에 찰랑거리며 휘감기자 그의 눈빛이 욕망으로 짙게 빛을 냈다. 천천히 그녀의 여성 주변에 중심부를 맞대고 부드럽게 스치며 다운을 준비시키고 있던 그가 남성의 끝 부분을 살며시 입구에 갖다 댔다. 그러자 눈을

감고 몸으로 타고 흐르는 느낌에 정신을 차리지 못하고 있던 다운이 퍼뜩 두려움이 감도는 눈빛으로 그를 응시했다. 그녀의 몸이 긴장으로 딱딱하게 굳어지려는 찰나에 민철이 다운의 얼굴에 자신의 얼굴을 가까이 맞대고는 낮게 속삭였다.

"쉬이……. 괜찮아."

열기 어린 속삭임과 동시에 그의 남성이 들어오기 시작하자 다운이 두려움에 눈을 질끈 감았다. 그러나 어제와는 달리 아픔보다는 묵직하고 단단한 무언가가 자신을 채우는 게 느껴지면서 전에는 인식하지 못했던 충족되지 않은 무언가가 깊숙이 채워주기를 재촉하는 게 느껴졌다. 다운의 입술 사이로 흐느낌 같은 신음이 흘러나왔다. 어제의 육체 관계로 지금 다운은 아픔과 쾌락을 함께 느끼고 있었다. 그녀가 여전히 눈을 감은 채로 이어질 민철의 움직임에 신경을 곤두세우고 있자 그가 다운의 귓가에 가쁜 숨소리가 섞인 말을 중얼거렸다.

"날 받아들여."

주문처럼 속삭여지는 그의 말이 떨어지는 순간 다운의 몸이 부드럽게 열리며 뜨거운 공단이 그를 죄어 안으로 들어오게 하자 민철이 급하게 숨을 들이켰다. 자제력을 잃고 난폭하게 그녀에게 욕구를 풀어버릴까. 그가 잠시 눈을 감고 움직임을 멈추었다. 그리곤 자신에게 열려 있는 그녀의 중심부로 그가 신음 소리를 뱉으며 최대한 깊숙이 들어갔다.

민철은 잠시 움직임을 멈추고 가만히 그녀를 바라보았다. 다운은 붉게 홍조를 띤 채 자신에게 느껴지는 이상야릇한 느낌을 의아하다는 듯한 표정으로 그를 올려다보고 있었다. 그가 부드럽게 허리를 움직이기 시작하자 다운의 입에서 옅은 신음 소리가 흘러나왔다. 순간 그녀가 자신의 입에서 나온 소리에 당황해하며 고개를 돌렸다. 민철이 그녀의 몸 안에 깊숙이 파고들며 한 손으로 그녀의 고개를 돌려 자신을 바라보게 했다. 다운이 멍하니 그를 쳐다보자 민철이 나른하게 그러면서도 감미롭게 속삭였다.

"똑똑히 잘 봐……. 한다운."

멍하게 풀려 있던 다운의 눈동자가 크게 떠지며 물끄러미 그를 응시했다. 민철이 그녀의 입술에 자신의 입술을 가까이 대며 뜨거운 숨이 섞여 있는 말을 뱉었다.

"지금 너를 가지는 게 누구인지……."

다운이 순간 뭐라고 말을 하려고 입을 벌렸지만 그의 거센 몸짓에 아무 말도 할 수 없었다. 자신의 온몸으로 퍼져 오는 관능적인 쾌락의 향연에 그저 몸을 맡긴 채 속수무책으로 그의 움직임을 받아들이고 있었다. 다운이 터져 나오려는 신음 소리를 참으며 입술을 깨물자 그가 더 깊숙이 그녀를 채워 나갔다. 둘의 중심부에서 촉촉한 액체가 하나로 결합되어 미끈거렸다.

온통 땀으로 젖은 그가 숨을 헐떡이며 그녀를 품 안에 안고 있었다. 그의 손이 그녀의 젖은 머릿결을 쓰다듬으며 가쁘게 숨을 쉬고 있는 다운의 귓가에 속삭였다.

"명심해, 한다운…… 널 안을 수 있는 남자는 나 한 사람뿐이라는 걸."

눈을 감은 채 숨을 진정시키고 있던 다운이 천천히 눈을 뜨며 그를 응시했다. 맑은 너무나 맑아서 빠져들 것만 같은 눈동자였다. 민철은 그 눈을 뚫어지게 응하다가 그녀의 이마에 낙인과 같은 뜨거운 입맞춤을 했다. 가을 햇살처럼 뜨거우면서 시원하게 그의 입맞춤이 그녀의 뇌리에 깊숙이 자리 잡았다.

샤워를 하면서 다운이 거울에 비치는 자신의 목을 보고 당황과 민망함으로 어쩔 줄 몰라 하자 민철이 짓궂은 미소를 입가에 그리며 그녀의 등에도 키스를 했다. 그리곤 고개를 들어 거울에 비추는 다운과 시선을 마주치자 그녀가 거울 속에 있는 민철을 말없이 노려보았다.

둘은 식사를 하곤 다운이 처음에 감탄해 마지 않았던 호텔 뒤에 있는 숲으로 나갔다. 정원의 작은 돌담길을 민철이 그녀의 손을 잡고 걸었다. 다운은 손 안으로 전해져 오는 열기 어린 따스함에 이끌려 그를 따라 걸음을 옮겼다.

가을…… 한낮…… 울창한 나무들과 색색깔의 물감으로 풀어놓은 듯 변해가는 수많은 잎사귀들. 발자국마다 사박사박 소리를 내는 낙엽들의 소리.

호텔 숲은 평일 한낮이라 한적했다. 벤치에 다운이 앉자 민철이 그녀의 무릎에 머리를 대고 누웠다. 다운은 눈을 감고 바람결에 스치는 나뭇잎들의 소리에 귀를 기울였다.

쏴아아아아—

그러다 무심결에 그녀가 민철의 머리카락을 부드럽게 쓰다듬었다. 눈을 감고 바람을 느끼고 있는 다운을 무표정한 얼굴로 응시하고 있던 민철이 그녀의 손길을 느끼며 스르르 눈을 감았다. 그리곤 그녀의 손길이 주는 어떤 느낌을 즐기고 있었다. 그녀만이 줄 수 있는 느낌. 한다운만이 줄 수 있는 편안함.

다운은 그의 머릿결을 쓰다듬으며 잎사귀들의 노래를 들었다.

'싸라라락. 싸라라라락. 바람결에 흔들려 보면 그 의미를 찾게 될까. 감정을 주고 받아보면 느낄 수 있을까. 살아가는 것의 즐거움을.'

길을 아는 것과 걷는 것은 다르다지. 걸어보면 알게 될까. 왜 그 길이 존재하는지.

다운이 눈을 뜨고 문득 민철의 얼굴을 물끄러미 내려다보았다. 어느 순간 그녀의 손길이 멈춰진 걸 느낀 민철이 여전히 눈을 감은 채 무뚝뚝한 어조로 말했다.

"계속해."

다운이 눈을 말똥말똥 뜬 채 영문을 모르겠다는 얼굴로 그의 얼굴을 쳐다보았다. 민철은 그녀의 손길이 계속 움직이지 않자 그녀의 손을 자신의 손으로 잡고는 쓰다듬듯이 움직이게 했다. 그의 눈은 여전히 감겨 있었다. 다운이 그의 그런 행동에 피식 웃음을 지었다. 그녀의 웃음소리에 그가 눈을 떴다. 그가 그녀

의 눈을 진지하게 응시했다. 그가 다시 눈을 감곤 무뚝뚝하게
말을 내뱉었다.

"결혼하자, 다운아."

그는 아무런 말 없이 그녀가 자신의 머리를 쓰다듬자 다시 눈
을 뜨곤 그녀를 쳐다보았다. 그녀가 엷은 미소를 띠며 고개를
끄덕였다. 민철은 그녀의 눈에서 슬픔과 공허함을 읽어내곤 질
끈 눈을 감았다. 그러나 그녀의 손길이 느껴지자 깊게 숨을 내
쉬었다. 그리곤 그녀가 주는 편안함에 다시 몸을 맡겼다.

'처음부터 모든 걸 가질 수는 없겠지.'

2

2

상견례가 치러지고 민철은 본격적으로 일을 시작했다. 다운은 졸업을 앞두고 논문을 마무리하느라 정신이 없었다. 그가 결혼식을 빨리 치르고 일에 집중하고 싶다고 말했기에 민철의 부모는 어쩔 수 없다는 듯 다운의 집에 사주단자를 보냈다. 그리하여 민철이 다운과 결혼하겠다고 선전 포고를 한 지 두 달 정도가 지났을 때 결혼식은 이제 일주일 정도 남아 있었다. 민철이 따로 독립해서 살고 싶다는 말을 했지만 민철의 어머니는 그것만은 양보할 수 없다고 완강히 버티셨다. 집안의 가풍을 어느 정도 익혀야 한다는 입장이었다.

민철이 결혼식을 5일 정도 남겨두고 다운에게 부모님과 함께 살 수 있는지를 넌지시 물었다. 불편하다면 집을 구하겠다는 말을 덧붙이며. 다운은 그의 말을 조용히 듣고 있다가 엷은 미소를 띠며 그저 묵묵히 고개를 끄덕였다. 그 모습을 민철은 아무런 말 없이 한참 동안 바라보고 있더니, 지그시 웃으며 그녀에게 뜨거운 키스를 하기 시작했다.

어둑어둑한 밤, 민철이 그녀를 한쪽 골목길로 데려가 그녀의 입 안 곳곳을 끊임없이 탐하고 있었다. 일을 시작하면서 그녀를 가질 기회가 거의 없었다. 민철은 욕구 불만에 내심 미칠 것 같았다. 한참을 그녀에게서 헤어 나오지 못하고 있던 그가 다운의 목에 얼굴을 묻고 거칠게 숨을 내쉬었다. 그래, 이제 5일 남았어. 그가 갑자기 고개를 치켜들더니 무뚝뚝하게 말을 내뱉었다.

"그럼, 간다."

그녀가 가쁜 숨을 내쉬며 고개를 끄덕였다. 민철이 그녀를 집 앞까지 데려다 주기 위해 걷고 있는데 다운의 핸드백에서 핸드폰이 울렸다. 걸어가던 발걸음을 멈추고 다운이 집 담벼락 쪽에서서 전화를 받는 동안 그가 다운의 머리카락을 손가락으로 살며시 쓸어 내렸다.

"어, 규헌아?"

그의 손길이 딱 멈추었다. 남자 이름? 민철은 다운이 활짝 웃음을 지으며 전화를 받자 미간을 살짝 찌푸리며 그녀의 얼굴을 유심히 응시했다. 그러나 그의 시선을 알아차리지 못한 다운은 연신 웃음 띤 얼굴로 통화를 계속했다.

"그래. 응, 알았어. 지금 갈게."

핸드폰을 가방에 넣는 다운을 민철이 눈을 가늘게 뜨고 노려보았다.

"지금 가다니? 이 밤에 만난다는 거야?"

다운이 멀뚱히 그를 올려다보며 고개를 끄덕였다. 그리곤 왜 그러냐는 듯 쳐다보며 말했다.

"친구예요. 군대 간 친구인데 오늘 휴가 나왔데요."

그의 미간이 험상궂게 찌푸려졌다. 말없이 그녀의 얼굴을 바라보고 있던 그가 뭔가를 결심한 듯 단호하게 말을 뱉었다.

"같이 가자."

다운이 눈살을 찌푸리면서도 입가엔 웃음기가 어려 있었다.

"갑자기 불편해할 거예요. 민철 씨랑은 나중에 자리 만들게요. 네?"

그가 순간 신기한 듯 한쪽 입술을 위로 올리며 말했다.

"지금 뭐라고 불렀어?"

그녀가 부르는 호칭 하나에 기뻐하는 민철의 태도가 귀여워 다운이 호응하듯 말했다.

"민철 씨로 부르는 거 싫어요?"

민철이 짙어진 눈빛으로 그녀를 뚫어지게 응시했다. 만난 지 두 달이 넘어갔는데도 그동안 다운은 자신을 부르지 않았었다. '저기요' 라고 말을 시작했을 뿐.

"한 번만 더 불러봐."

다운이 피식 웃더니 장난스럽게 눈을 반짝였다. 그리곤 눈을 게슴츠레 뜨고 부드럽게 말했다.

"민철 씨이~ 민철 씨는 나중에 만나요. 응?"

민철은 나른하게 한쪽 입술을 올리며 그녀를 바라보았다. 그녀가 너무 예뻐서……. 그가 그녀의 얼굴을 감싸 쥐곤 그녀의 입술을 강하게 찍어누르더니 휙 하곤 몸을 돌려 차로 걸어갔다.

"어서 타. 데려다 줄게."

그녀의 집에서 출발한 지 10분 정도 지나자 한 카페 앞에서 그녀가 세워달라고 했다. 다운이 내리려고 문을 여는데 갑자기 민철이 그녀의 손을 덥석 잡아챘다. 순간 다운이 고개를 돌려 눈을 동그랗게 뜨곤 그를 빤히 쳐다보았다. 그가 엄한 얼굴로 딱딱하게 말했다.

"11시까지는 집에 들어가. 내가 어머님께 확인 전화 해볼 거야."

다운이 약간 기가 막힌 듯 입술을 벌린 채 그를 쳐다보다가 피식 웃었다.

"엄마한테 말해 놔야겠다, 전화 오면 집에 들어왔다고 해달라고."

"한다운."

그가 잇새로 그녀의 이름을 부르자 다운이 그를 물끄러미 바라보았다. 그리곤 순간 그의 뺨 위에 입맞춤을 하며 속삭였다.

"알았어요, 강민철 씨."

그리곤 그녀가 재빠르게 차에서 내려 카페 쪽으로 뛰어갔다. 민철이 약간 넋이 나간 듯한 얼굴로 자신의 뺨 위에 손을 가져갔다. 그리곤 급하게 뛰어가는 다운의 뒷모습을 바라봤다. 그가 씩 미소를 짓더니 핸들을 돌려 차를 출발시켰다. 집으로 향하며 운전을 하는 그의 얼굴에선 미소가 떠나지 않고 있었다.

"여기야."

다운이 카페 안으로 들어서자 한쪽 소파에서 머리를 짧게 자른 남자가 손을 흔들었다. 다운이 활짝 웃으며 그 남자가 있는 곳으로 걸어갔다.

규헌은 다운의 고등학교 친구였다. 말없이 있는 듯 없는 듯 한쪽 구석에 있던 다운에게 해맑게 웃으며 다가와서 말을 걸던 친구였다. 규헌은 한참이나 군대에서 자신이 얼마나 고생하고 있는지를 하소연하며 장난스럽게 다운에게 어리광을 피었다. 다운은 그런 규헌의 모습을 재밌다는 듯 바라보고 있었다. 그렇게 한참 동안 군대 이야기를 하던 규헌이 대뜸 말을 꺼냈다.

"혹시 희수랑 연락하니?"

다운이 약간 어색한 미소를 지으며 고개를 저었다. 다운과 규헌 사이에 정적이 감돌며 어색한 기운이 감돌았다.

희수와 다운, 그리고 규헌은 고등학교 내내 붙어 다니던 친구들이었다. 그러나 우정으로 시작된 세 사람의 관계는 시간이 지나면서 이상하게 꼬여갔다. 규헌이 다운에게 이성으로서 감정을 느끼기 시작하면서 희수와 다운의 관계는 묘하게 변해 버렸다. 희수가 규헌을 좋아하고 있었기에. 셋은 서로가 고백을 하다가는 서로를 잃을지도 모른다는 것을 암묵적으로 알고 있었고, 그래서 우정의 관계를 지속시켰다. 그렇게 규헌이 군대를 가기 전까지 만나오던 셋은 점점 멀어져 갔다. 서로를 좋아했지만 가슴 한구석 깊이 조심스런 부분이 있어 점점 불편해졌던 것이다.

규헌은 쓰디쓰게 웃음을 지으며 말했다.

"많이 보고 싶었다, 한다운. 그리고 희수도."

다운이 따스함이 깃든 얼굴로 고개를 끄덕이곤 깊게 숨을 들이내쉬었다. 그리곤 규헌을 똑바로 응시하며 조심스럽게 말했다.

"나 결혼해, 규헌아."

담배를 꺼내고 있던 규헌의 손이 허공에서 멈추어졌다. 그가 꺼내려던 담배를 가만히 응시하자 다운이 약간은 미안한 듯한 얼굴로, 그러나 단호하게 입술을 다물고 그를 지켜보았다. 규헌은 천천히 고개를 들어 다운을 바라보았다. 그리곤 경련처럼 떨려오는 입술로 억지웃음을 만들며 가라앉은 목소리로 말했다.

"축하한다."

둘은 말없이 서로를 바라보았다. 규헌이 담배에 불을 붙이곤 한 모금을 깊게 빨더니 크게 연기를 내뿜었다. 그리곤 공허한 웃음소리를 내며 말했다.

"결혼식에 희수랑 같이 갈게."

다운이 말없이 고개를 끄덕였다.

'수많은 길 중에 왜 그 길을 걸어보려 했을까.'

민철은 자신의 서재에서 느긋하게 음악을 듣고 있었다. 샤워를 방금 전에 마쳐서 그의 머리카락은 물기에 젖어 있었다. 조용한 서재에는 '안드레아 보첼리'의 노래가 흐르고 있었다. 보첼리의 부드럽고 서글서글한 목소리를 들으면서 그의 머리 속으로 양쪽으로 흐르고 있었다.

다운에게 확인 전화를 할까? 보첼리의 목소리가 저렇게 맑은 이유는 어쩌면 눈이 보이지 않기 때문이 아닐까? 들어왔겠지. 들어왔을 거야. 왜 보첼리의 목소리를 들으면 편해지는 걸까? 그 사람이 간직하고 있는 기운은 뭘까?

보첼리와 다운. 이렇게 양쪽으로 흐르는 생각을 그저 떠오르는 대로 내버려 두고 있던 민철이 갑자기 핸드폰으로 손을 가져갔다. 물론 다운이가 자신과의 약속을 지킬 것이라고 생각은 들었다. 하지만 상대가 남자 아닌가. 그 점이 계속 신경 쓰였다. 전화번호를 누르는 그의 얼굴은 약간 인상을 쓰고 있었다. 집착이 없는 만큼 남이 힘들다고 매달리면 무심히 받아줄 게 뻔한 여자였다. 갑자기 그의 손이 다급하게 움직였다. 싫었다, 자신이 아닌 다른 사람에게, 그것도 남자에게 다운이 그 맑은 눈으로 위로를 해주는 모습은. 다른 남자를 받아주는 그녀의 모습은 상상도 하기 싫었다. 민철은 동시에 자신이 의처증 기질이 있는 거 아닌가 하는 생각에 피식 웃었다.

[뚜르르르르…… 네, 한다운입니다.]

신호가 몇 번 울리지도 않고 저편에서 소리가 들려오자 민철은 순간 당황했지만 잠시 뜸을 들이며 생각했다. '어디야'라고 물으면 의심한 것밖에 안 되겠지?

[여보세요?]

"잘 들어왔니?"

민철은 평상시의 목소리를 내며 그저 안부 인사한다는 듯 그렇게 말했다. 수화기 너머에서 조그맣게 웃음소리가 들려왔다. 그도 무심결에 너털웃음이 나왔다. 도대체 이 모습이 뭔가. 내가 여자 단속하는 꼴이라니…….

"잘 자라, 한다운."

[네, 민철 씨도 잘 자요.]

뚝—

민철이 가만히 핸드폰을 응시했다. 그가 있는 서재 가득 울려 퍼지고 있었다.

"민철 씨도 잘 자요."

민철이 씨익 미소를 지으며 어색한 듯 자신의 턱을 손으로 쓸었다. 그의 눈은 흐뭇함과 기쁨으로 반짝이고 있었다.

전화를 끊은 다운은 자신의 방 안으로 들어갔다. 현관문에 있을 때 전화가 와서 신발을 벗다가 전화를 받았던 것이다. 다운은 민철이 차마 들어왔냐고 확인은 못하고 잘 들어왔냐고 물었을 때 왠지 웃음이 났다. 은근히 조심스러운 그의 성격을 확인한 것 같아서 왠지 모르게 마음이 놓였다. 항상 독단적이고 자기중심적인 사람이라, 과연 이 사람과 결혼 생활을 잘 꾸려갈 수 있을까 하고 마음 한편으론 무거웠었다.

다운은 갈색 면티로 갈아입고 머리에 헤어밴드를 했다. 그리곤 클렌징 워터를 솜에 묻혀 얼굴을 닦아내기 시작했다. 연신 손을 움직이면서도 다운은 키득거리며 웃음을 흘렸다. 머리 속으로 민철이 목소리가 기억났기 때문에. 무심한 듯한 목소리를 내려고 노력하는 모습이 역력했다. 그래도 내 마음을 배려하려고 노력하는 모습이 꽤 귀여웠다.

다운이 욕실에서 세수를 하고 나왔을 때쯤 어머니가 안방에서 나왔다.

"왔니?"

"네."

"그렇잖아도 할 얘기가 있어서."

다운이 엄마와 소파에 앉으려고 하는데 자신의 방 쪽에서 조그맣게 핸드폰 소리가 났다. 민철 씨인가?

"엄마, 잠깐만."

다운은 천천히 방 쪽으로 걸어갔다. 그녀의 입가에 엷은 미소가 걸려 있었다.

"네, 한다운입니다."

다운은 핸드폰을 들고 상대방이 말하길 기다리며 엄마가 있는 소파 쪽으로 걸어왔다.

[나야, 다운아.]

전화기에서 들려오는 여자의 목소리에 순간 다운이 발길을 멈추었다. 희수였다. 다운은 반가운 마음에 밝게 인사하려고 했지만 들려오는 친구의 목소리가 잔뜩 가라앉아 있어 부드럽게 인사를 건넸다.

[다운아…… 지금 만날 수 있을까?]

밤 11시가 넘었다. 다운은 친구의 목소리가 너무나 어둡게 그늘져 있어 차마 시간이 늦었다는 말을 못하고 망설이며 그렇게 서 있었다.

"지금?"

옆에서 다운을 기다리고 있던 어머니가 미간 사이를 좁히시며 끼어들어 말했다.

"지금 어딜 나가겠다는 거야? 그리고 큰일 앞두고 함부로 돌아다니는 거 아니야."

다운이 핸드폰을 든 채로 엄마를 쳐다보다가 다시 귓가에 들려오는 소리에 집중했다.

[다운아, 지금 안 될까?]

다운이 마른 입술을 축이며 힘겹게 입을 뗐다.

"희수야, 오늘은 너무 늦었으니까 내일 만나자. 응?"

전화기 너머에서 소리가 들려오지 않았다. 정적만이, 그리고 약간의 기계음만이 들릴 뿐. 다운은 왠지 자신이 큰 잘못을 하는 것 같아 잔뜩 인상을 찌푸리고 전화기에 귀를 기울였다.

[알았어…….]

다운은 다급하게 말을 뱉었다.

"희수야, 내일 내가 꼭 연락할게. 알았지?"

뚝—

의미심장하게 들려오는 핸드폰의 기계음 소리에 다운이 우두커니 그 자리에 서 있었다. 누군가에게 자신의 존재를 확인받고 싶어하는 의존적인 친구다. 끊임없이 사랑받고 싶어하는, 그래서 상대에게 사랑해 주지 않으면 안 될 것 같은 감정을 불러일으키곤 했다. 그 친구를 생각하면 항상 미안함과 짜증이 동시에 묻어나곤 했다. 그래도 그 친구를 좋아했다. 이유는 알 수 없지만 그래도 희수에게 마음을 닫을 수가 없었다. 왜 닫을 수 없을까. 다운이 핸드폰을 책상에 내려놓으며 가슴속으로 스쳐 가는 이상한 불안감을 애써 다독였다. 그래, 별일 아닐 거야. 마음을 준 친구에겐 떼를 잘 쓰는 친구니까. 괜찮을 거야.

그렇게 딴생각으로 가득 차 있는 다운을 그녀의 어머니가 부르며 소파를 손으로 탁탁 쳤다. 어머니는 갑자기 그녀가 시부모와 함께 살기로 한 것에 대해 말했다. 다운과 그녀의 어머니는 혼수품에 관한 얘기를 나누었다. 다운은 어차피 들어가면 다 있으니까 기본적인 것만 하고 나머지는 빼자고 말했고, 그녀의 어머니는 안도하는 듯한 얼굴로 애써 웃음을 지으며 그러자고 수긍했다. 사실 그녀의 아버지가 중소기업을 운영하고 있지만 워낙 자금 사정이 안 좋아 집안은 여유가 없었다. 급하게 치러지는 다운의 결혼 결정에 다운의 어머니는 꽤 곤혹스러워하던 참이었다.

어머니와 이런저런 얘기를 하면서도 다운의 머리 속은 아까 통화했던 희수의 목소리가 계속 떠돌아다녔다. 무겁게 가라앉은, 그리고 동시에 체념한 듯한 친구의 목소리가 그녀의 귓가에서 맴돌았다.

"지금 안 될까?"

오랫동안 연락이 없었던 친구라 무슨 일이 있는 건지 가늠이 안 됐다. 집에서 나와 혼자 자취하고 있는 희수는 전문대를 졸업하고 회사에 다니고 있었다. 도대체 무슨 일일까?

다운이 잠자리에 들면서 이렇게 생각하며 스스로를 다독였다. 아니, 스스로에게 이유를 만들어줘서 편안해지려고 했다. 그래, 어차피 삶은 각자 살아가는 건데. 내가 힘들 때 희수가 항상 있어줬던 건 아니었잖아. 괜찮겠지.

다음날 다운은 논문 때문에 교수님과 오전나절을 보냈다. 그녀의 담당교수는 이번에 번역할 책이 있는데 도와줄 수 있겠냐고 물었고, 다운은 결혼 준비로 바쁠 것 같아 정중히 거절했다. 다운은 그녀의 진학 문제를 교수와 잠시 상의하곤 밖으로 나왔다. 가을 하늘이 이제는 파랗다 못해 눈이 시렸다. 그리고 한낮임에도 꽤 쌀쌀했다. 한참을 그 하늘에서 시선을 거두지 못하고 아련하게 스며오는 가을의 슬픔을 느끼고 있었다. 모든 생명들에게 죽음이 다가오는 것을 아는 듯 그들의 얼마 안 남은 시간을 하늘은 더욱 축복해 주고, 아니, 아껴주고 있었다. 그래서 더욱 아련하고 이상하게 서글픈 가을 하늘.

'이제 곧 겨울이 오겠지.'

다운은 문득 뭔가를 떠올리며 가방에서 핸드폰을 꺼냈다. 그리곤 희수의 전화번호를 찾았다. 그녀가 희수라는 이름을 입력하고 있을 때 전화벨이 울렸다. 다운은 잠시 멍하니 핸드폰을 응시하고 있다가 전화가 왔음을 그제야 깨닫고 전화를 받았다. 다운은 전화를 받으며 생각했다.

민철 씨란 존재가 이젠 일상이 된 건가. 문득 그런 생각이 들었다. 항상 걸을 때 사람들은 자신의 다리 움직임을 인식하지 못한다. 그저 무심결에 반복적인 움직임을 할 뿐. 그러나 움직이는 다리 근육의 움직임을 하나하나 인식하며 걸으려고 하면 그때부터는 왠지 어색해진다. 걸으려고 내뻗는 다리가. 그리하

여 곧 꼬여 버린다. 계단을 내려올 때 자신이 계단을 내려오는
움직임을 관찰하기 시작하면 그렇게 어색할 수가 없다. 지금 민
철의 전화를 인식한 순간 다운은 문득 그런 경험들이 기억났다.
기억은 설명될 수 없는, 그리고 분석될 수 없는데도 왜 서로가
비슷한 걸 찾아내는 걸까? 어느새 무심결에 걷는 걸음처럼 민철
씨도 나에게 그런 사람이 된 걸까?

"네, 다운이에요."

전화기 너머로 그만이 낼 수 있는 나른함이 감도는 웃음기가
배어든 낮고 부드러운 소리가 들려왔다.

[오늘 저녁 시간 좀 비울래?]

어째서 그의 목소리를 들으면 이렇게 좋은 걸까? 그의 입에
서 나오는 말은 다운을 화나게 할 때가 많지만 목소리는 그녀를
들뜨게 했다. 다운은 그의 목소리를 음미하며 물었다.

"왜요?"

[음, 오늘 아버지 생신이거든. 결혼식 때문에 크게 하진 않고
어머니가 가족끼리 식사나 하자고 그러시네.]

민철은 6시까지 집 앞으로 가겠다는 말을 했고, 다운은 알았
다고 대답하곤 통화를 마쳤다. 다운은 물끄러미 핸드폰을 쳐다
보았다. 희수한테 오늘은 안 되겠다고 말하면 실망하겠지. 차라
리 내일 연락할까. 다운은 내일은 희수와 꼭 만나겠다는 다짐을
하곤 핸드폰을 가방 안에 넣었다.

민철의 집에서 시부모님과 식사를 하는 다운은 잔뜩 긴장하고 있었다. 어차피 서로 본질은 알아보는 법이고 가식을 떤다고 그게 오래갈 일이 아니라고 생각하며 다운은 마음을 편하게 먹고 왔지만 현관문을 여는 순간 집 안에서 흐르는 어떤 분위기에 약간 움츠려졌다. 뭔가가 편하지 않고 예의와 조심스러움이 묻어나는 숨 막힐 듯한 분위기가 느껴져 다운은 조심스럽게 움직이며 집 안으로 걸어 들어갔다. 그녀의 인사를 무뚝뚝하게, 거의 냉정함에 가까운 태도로 받으시는 시부모님을 보면서 다운은 그때부터 잔뜩 긴장이 되었다.

다운이 공손한 몸짓으로 건네는 과일 바구니를 민철의 어머니가 흘끔 보더니 가정부에게 부엌에 갖다 놓으라는 말을 하곤 부엌으로 들어가셨다. 다운은 약간 멍해지는 걸 느끼며 우두커니 거실에 서 있었다. 민철이 그 어색한 분위기를 상관없다는 듯 다운을 내버려 두고 자신의 방으로 올라갔다. 퇴근하자마자 다운의 집으로 갔기에 샤워를 해야겠다고 하며…….

거실 소파에 앉아 다운은 어떻게 해야 하나 고민했다. 부엌에선 시어머니 될 분이 가정부와 음식을 신경 쓰고 있었고, 소파 맞은편에는 시아버지 될 분이 신문을 읽고 있었다. 처음 집에 온 자신이 부엌으로 가서 도와드리겠다고 하는 건 왠지 뻔뻔해 보일 것 같고, 또 그리 살가운 성격도 아니었기에 다운은 그저 예의 바르게 소파에 앉아 있을 수밖에 없었다. 민철의 아버지는 처음에 인사만 나누곤 아무런 말 없이 그저 신문만 넘기고 있었다.

삼십여 분쯤 지났을 때, 민철이 이층에서 내려왔다. 방금 샤워를 한지라 머리는 약간 물기에 젖어 있었고, 편안하게 면바지와 니트로 갈아입은 모습이었다. 그가 내려오는 순간 다운은 안도감에 속으로 짧게 숨을 들이내쉬었다. 딱딱하게 꼬일 것 같은 위장이 약간은 풀린 듯한 느낌이었다.

식사를 하는 동안 다운은 말없이 음식을 먹으며 괴로워하고 있었다. 긴장해서 그런지 밥이 넘어가지 않았다. 민철은 옆에서 너무나도 편안하게 식사를 했고, 그의 부모님은 민철과 몇 마디 짧게 이야기를 나누더니 침묵을 지킨 채 식사를 했다. 다운은 슬쩍 민철을 보았다. 너무나 편안하게 식사를 하는 그의 모습을 보며 그런 생각이 들었다. 이 집안 분위기가 원래 이런 분위기인가. 그렇지 않고서야 이렇게 자연스럽다니. 민철 씨는 부모님에게도 예의 바르게 행동하는구나.

간신히 밥 한 공기를 뱃속에 밀어 넣은 다운은 식사를 마치고 거실로 나가는 두 남자를 응시했다. 다운은 또 어떻게 해야 하나 갈팡질팡 부엌에 서서 입술을 깨물고 있었다. 주저주저하며 그녀가 과일을 챙기는 민철의 어머니에게 조심스럽게 말을 건넸다.

"저, 도와드릴까요?"

민철의 어머니가 엷게 미소를 지으며 우아하게 말을 했다.

"아니, 됐다. 뭐 손이 많이 필요한 일도 아닌데. 거실에 가 있으렴."

잠시 머뭇거리며 서 있던 그녀가 조심스럽게 거실로 걸어가 민철의 옆에 앉았다. 차와 과일을 들며 민철과 부모님은 청첩장은 제대로 다 보냈는지, 혹시 빠진 사람이 없는지 확인하는 말을 주고받았다. 다운은 그저 앞에 놓인 홍차를 응시하고 있었다. 그의 부모님이 자신에게 혹시라도 질문을 하면 공손히 대답해야지 하는 마음의 준비를 했다. 그러나 그녀에게 질문은 없었다. 한다운이란 사람이 아닌 철저히 강민철의 아내로서의 위치만이 있을 뿐이었다.

어느 정도 대화가 정리되자 민철의 어머니는 민철에게 다운이와 방에서 좀 쉬라고 말하자 그는 어깨를 한번 으쓱하곤 다운의 손을 잡고 이층으로 향했다. 계단을 올라가는 다운의 얼굴은 무겁게 가라앉아 있었다. 웃으며 말하는 어머니의 눈이 너무나 차가웠던 것이다. 경멸감……. 어머니의 눈동자에 감돈 것은 바로 경멸감이었다.

민철이 먼저 계단을 올라가느라 미처 보지 못했지만 어색하게 손을 잡은 채 올라가는 다운만이 계단을 올라가기 전 부모님께 어색한 미소를 지으려고 고개를 돌리는 순간 어머니와 눈이 마주쳤다. 그분의 눈동자에선 아주 찰나의 순간 경멸이 스쳐 지나갔었다. 계단을 올라가는 그녀의 다리가 휘청이듯 힘이 빠져나갔다.

여기서 저분들이랑 같이 살아야 한단 말이지. 후우……. 어디서부터 풀어나가야 하는 걸까. 왜 나를 경멸하시는 거지? 어째서 저렇게 쉽게 나를 경멸하는 거지? 저렇게 경멸하시면서 왜 결혼을 허락한 걸까. 다운의 눈동자 속에 당혹스러움과 난처함, 그리고 괴로움이 자리 잡고 있었다.

결혼식 이틀 전. 결혼식에 필요한 것들이 급하게 휘몰아치듯 준비되면서 되레 결혼식을 앞둔 며칠은 소강 상태였다. 갑자기 할 일이 없어진 그녀가 오랜만에 늦잠을 잤다. 그리곤 하루 종일 집에서 빈둥거리며 끊임없이 떠오르는 시어머니의 눈빛을 생각하고 있었다. 한쪽 마음속 어딘가에서 희수에게 연락해야 한다는 외침이 들려왔지만, 다운은 그 소리에 신경을 쓸 수가 없었다. 아니, 신경이 쓰였지만 쓸 여력이 없었다. 시부모님과의 관계를, 그리고 시어머니의 경멸과 시아버지의 냉정함을 어떻게 대할 것인가, 그 문제를 생각하고 마음을 정리하는데도 마음이 무거웠다.

그렇게 다운에게 남은 미혼 여성으로서의 하루가 지나갔다. 다운은 잠자리에 들면서 내일은 혼자 영화를 보고, 차를 마셔야겠다고 마음먹었다. 온전히 자신의 시간으로 보내리라. 희수는 어차피 규헌이가 연락을 할 테고 청첩장도 보냈으니 결혼식 날 보면 될 것이다. 잠이 든 다운의 얼굴은 약간 인상을 쓰고 있었다. 앞으로 다가올, 그리고 겪어내야 할 결혼 생활에 대한 불안함에.

뚜르르르르르—

뚜르르르르르—

뚜르르르르—

새벽 3시, 핸드폰의 벨소리가 깊게 잠들지 못하고 뒤척이고
있던 다운의 귓가를 파고들었다. 노곤하게 움직여지지 않는 몸
을 다운이 억지로 일으켰다. 그사이에도 벨소리는 끊이지 않고
계속 울렸다. 그녀가 미간을 찌푸리며 눈을 감은 채 옆에 놓여
있던 핸드폰에 손을 가져갔다. 잠들기 전에 민철과 통화를 했기
에 핸드폰은 그녀의 머리맡에 놓여 있었다.

'누구지, 이 시간에?'

"예, 한다운입니다."

[거기, 정희수 씨 친구죠?]

다운은 낯선 아줌마의 목소리에 가슴 한구석으로 뭔가 알 수
없는 두려움의 조각이 비집고 들어오는 느낌이 들었다.

"네…… 그런데요."

[전 그 여자 분 집주인이에요. 지금 빨리 좀 와주실래요?]

다운이 침묵을 지킨 채 상대방의 입에서 무슨 소리가 나올까
하고 귀 기울였다. 상대방은 뭔가 놀란 듯이 중간중간 말이 끊
겼다. 무언가에 쫓기듯 불안함이 가득한 목소리였다.

[수첩에서 제일 먼저 보이기에 연락한 거예요. 지금 빨리 좀
와주셔야겠어요.]

"희수한테 무슨 일이 있는 건가요?"

[죽었어요.]

"죽었어요…… 죽었어요…… 죽었어요, 죽었어요.……"

핸드폰에서 계속 무슨 말소리가 들려왔지만 다운의 머리 속
에서 그 말뜻을 해석하지 못하고 그저 흘려보내고 있었다. 그녀
는 순간 입을 벌린 채 멍하니 핸드폰을 쥐고 앉아 있었다. 그녀
의 입에서 낮게 중얼거림이 나왔다.

"지금 가겠습니다."

20분 후, 새벽이라 택시는 꽤 먼 거리를 빠르게 달렸다.

어떻게 온 걸까. 여기까지 어떻게 왔지? 정신을 차리고 주변
을 두리번거리니 희수의 집 문 앞이었다. 문 앞엔 전화를 했던
아줌마가 서 있었다. 그녀가 온 걸 보더니 자신의 집으로 얼른
들어가 버렸다. 현관문을 여는 다운의 손이 사시나무 떨듯 떨고
있었다.

그녀가 멍하니 발걸음을 집 안으로 내딛으며 방 안으로 들어
갔다. 그 순간 다운은 머리 속으로 어느 날의 기억을 떠올렸다.
이 공간에서 희수와 성규 셋이서 함께 술을 마시고 밤새도록 얘
기했던 예전의 어느 날을. 하나도 변한 게 없구나. 그때도 이 카
펫이 깔려 있었는데. 왜 이런 순간에도 이런 생각이 드는 걸까.
왜 영화에서처럼 이 순간에 몰두되지 않는 걸까. 왜 지금 이런
순간에 카펫의 격자 무늬가 선명하게 들어오는 걸까.

끼이이익—

비스듬히 열려 있는 방문을 손으로 살며시 밀자 다운의 시야에 침대 위에 누워 있는 희수가 보였다. 마치 잠을 자는 것처럼 두 손을 포개고 누워 있는 희수의 얼굴은 평안했다. 조금은 창백한 낯빛이 피곤해서 깊이 잠든 사람처럼 느껴지게 했다. 그래서 금방이라도 흔들어 깨우면 왜 깨우냐고 짜증을 부릴 것 같았다. 다운은 무심결에 침대가로 다가가 희수의 어깨를 살짝 흔들었다. 세게 흔들면 희수가 화낼까 봐.

"희수야…… 희수야……."

다운이 점점 세게 희수의 어깨를 흔들었지만 희수의 몸은 뻣뻣하게 굳은 채 고정되어 있었다. 순간 그녀의 등 뒤로 무언가가 지나갔다. 공포. 시체에 대한 산 자의 공포.

다운이 순간적으로 손을 치우곤 뒤로 한 발짝 물러섰다. 아주 조용히 아주 조금씩 그렇게 뒷걸음질을 치며 친구의 몸에서 멀어졌다. 미세한 움직임으로 그녀가 주위를 둘러보더니 전화기가 있는 곳으로 다급하게 걸어가 수화기를 들었다. 그러나 순간 그녀의 손이 멈춰 버렸다.

'뭐라고 하지. 죽은 사람을 응급실에 데려가도 되나?'

그녀의 손에서 수화기가 천천히 내려졌다. 달칵하는 수화기 소리가 방 안에 울려 퍼지며 음산한 기운을 자아냈다. 다운이 방 안에서 침대와 가장 멀리 있는 곳으로 걸어가더니 핸드폰을 꺼냈다. 그리곤 희수의 집 전화번호를 눌렀다. 잠시 후 핸드폰에선 자신이 도착할 때까지 기다려 달라는 소리가 들려왔다. 지방에 사시는 희수의 어머니가 도착하기까지 3시간 동안 다운이 그 자리에 그대로 앉아 있었다. 차마 고개를 돌려 이제는 시체가 되어버린 자신의 친구를 바라보지 못하고 뚫어지게 바닥을 응시한 채 그렇게 고정되어 있었다. 창밖으로 늦가을의 밤바람이 창문을 흔들 때마다 다운이 몸을 움찔거렸다. 정적 속에 들려오는 바람 소리는 시체가 되어버린 자신의 친구가 벌떡 일어나 자신에게 다가오는 그런 상상을 하게 했다.

그녀의 얼굴이 하얗게 밀랍처럼 굳어졌을 때쯤 현관문이 벌컥 열렸다. 다운이 문 쪽에 서 있는 희수의 어머니를 보곤 무심결에 고개 숙여 인사를 건넸다. 그리곤 침대가로 서서히 다가가는 어머니를 내버려 두고 문 쪽으로 발걸음을 옮겼다. 희수의 시신을 바통 넘겨주듯 그렇게 어머니에게 건네주고 다운이 신발을 신고 있을 때쯤이었다. 침대 위에 누워 있는 희수를 가만히 응시하고 있던 어머니가 여전히 딸의 얼굴에서 시선을 돌리지 않은 채 입을 열었다.

"다운아……."

묵묵히 신발을 신고 있던 다운이 문득 들려오는 말소리에 고개를 들었다. 어머니가 고개를 돌려 다운의 눈을 마주 보았다.

"아무한테도 말하지 않았으면 좋겠구나."

넋을 잃었던 그녀의 멍한 눈동자 속에서 아주 짧은 순간 서늘함이 스쳐 지나갔다. 희수의 어머니는 희수가 고등학교 때 재혼을 하셨고, 희수는 그때부터 혼자 자취를 했다. 지금 희수의 의붓아버지는 지방 선거에 출마 중이었다. 다운은 무표정한 얼굴로 고개를 몇 번 끄덕이곤 돌아서서 현관문을 열었다. 그녀의 등 뒤로 끊어질 듯한 목소리가 들려왔다.

"희수야…… 희수야……."

그녀의 얼굴이 잔뜩 구겨졌다. 목이 메는 듯한 그 목소리를 듣고 싶지 않다는 듯 다운이 현관문을 열고 길로 뛰쳐나갔다. 그리곤 미친 듯이 집 밖으로 뛰쳐나온 그녀가 동이 터오는 새벽 하늘을 보곤 장승처럼 서 있었다. 그 하늘을 다운이 멍하니 바라보고 있었다.

신혼 여행지인 괌으로 가기 위해 비행기에 오른 민철과 다운은 결혼식이 시작될 때부터 말 한마디 나누지 않은 채 그렇게 앉아 있었다. 다운은 조그만 창밖으로 보이는 구름을 응시하고 있었고, 민철은 잔뜩 굳은 얼굴로 치미는 화를 지그시 누르며 눈을 감고 의자에 머리를 기대고 있었다.

잠시 후 그가 살며시 눈을 뜨며 슬쩍 다운의 얼굴을 쳐다보곤 다시 미간을 찌푸리며 눈을 감았다. 민철은 슬슬 화가 나기 시작했다. 아니, 화는 이미 나버렸다. 그는 지금 이 상황이 이해가 되지 않았다. 갑자기 딴 세상에 간 얼굴로 완전히 초탈한 듯한 이 태도를 일관하며 결혼식을 치르던 다운에게 정말 화가 났다. 결혼식 때 반지를 끼워주는 동안에도 다운은 구경하듯 자신의 손을 쳐다보고 있었다. 마치 남의 손에 남의 반지가 끼워지는 것을 구경하듯. 그렇게 결혼식 내내 아무 말 없이 그저 무표정한 얼굴로 구경을 하고 있었다. 자신과는 아무런 상관이 없다는 듯이 둘의 결혼식을 구경하고 있었다. 민철의 입술이 살짝 일그러졌다. 분명 며칠 전까지만 해도 다운이 이 정도로 자신을 무시하진 않았다. 아니, 오히려 자신에게 웃음을 보여주고 멋쩍은 애교까지 부리며 둘은 꽤 가까웠었다.

'무슨 일이 있었던 걸까?

민철이 천천히 눈을 뜨곤 입을 열었다. 화가 나서 굳은 목소리였지만 어쩌면 다운에게 사정이 있을 거라고, 그리고 어떤 이유가 있을 거라는 생각에 그의 어조는 침착하고 부드러웠다.

"다운아, 나 좀 봐봐."

창밖을 무심히 응시하고 있던 다운이 고개를 돌려 민철을 바라보았다. 여전히 그녀의 눈동자는 그에게 집중되지 못하고 딴 세상에 간 눈빛이었다. 민철이 짧게 숨을 들이내쉬곤 걱정스러운 어조로 말했다.

"한다운, 무슨 일 있었니?"

다운은 침묵을 지킨 채 민철을 바라보았다.

지금 이 질문은 그냥 흘릴 질문은 아니었다. 보이지 않게 미묘하게 틀어져 있는 둘의 거리를 좁힐 수 있는, 그리고 다운이 자신을 이해시킬 수 있는 기회였다. 그러나 다운의 머리 속으로는 희수의 어머니와 했던 약속 아닌 약속이 스쳐 지나갔다.

"아무한테도 얘기 안 했으면 좋겠다."

그날, 희수가 죽은 날 다운이 새벽에 조용히 나가 동이 트기 전에 들어왔기에 다운의 부모님은 모르고 있었다. 다운은 굳이 부모님께 알리지 않았다. 언어로 표현할 만큼 자신의 내부가 정리되지 않았고, 또 소통을 나누고 싶을 만큼 부모님과 열려 있는 관계도 아니었다.

다운은 민철이 참을성있게 자신의 대답을 기다리고 있는 모습을 지켜봤다.

'말하고 싶니, 한다운? 하지만 이 사람에게 말하는 걸로 뭘 원하는 거니? 희수의 죽음에 대한 슬픔? 아닐걸. 넌 그에게 위로를 받고 싶을 뿐이잖아. 희수의 죽음을 소재로 삼아 너 자신의 괴로움을 그에게 토로하고 싶을 뿐이잖아.'

다운이 아무 말 없이 멍한 눈으로 그를 바라보자 민철이 근심어린 얼굴로 대답을 재촉했다.

"말해 봐. 무슨 일 있었니?"

다운이 엷게 미소를 지으며 고개를 저었다.

"아녜요, 그냥 피곤해서."

둘 사이에 놓여 있던 거리가 더 넓어졌다. 그걸 둘 다 느꼈다. 민철은 다운에게 말할 기회를 줬고, 다운은 거절했다. 민철의 입술이 살짝 일그러지며 부드러운 목소리를 냈다.

"그래? 알았어. 도착하려면 아직 멀었으니까 잠시 눈 좀 붙여."

그렇게 다운의 거절에 화답하듯 민철이 거리있는 말로 부드럽게 상황을 정리하곤 다시 의자에 몸을 기대고 눈을 감았다. 다운은 다시 딴 세상으로 간 얼굴로 창밖을 쳐다보았다. 어느 순간 다운의 한쪽 손이 미세하게 떨려왔다. 그 손을 반대쪽 손으로 잡곤 가슴 위에 모았다. 희수를 만졌던 손. 친구라는 사이보다 죽은 자와 산 자가 더 거리가 멀다는 것을 깨닫게 해주었던 손. 급하게 친구의 몸에서 치워졌던 자신의 손.

순간 그녀의 머리 속으로 그토록 부정하며 잊으려 했던 기억이 떠올랐다. 10년 전, 자신의 쌍둥이 남동생이 죽었던 그 순간을. 상대방의 차가 둘이 타고 있던 자가용을 덮쳤을 때, 피를 흘리며 눈을 감고 있는 아름이를 두고 자신만 혼자서 미친 듯이 차 안을 빠져나왔던 기억이. 자신이 살았다는 것을 확인하고, 자신이 안전하다는 것을 깨달은 후에야 아름이를 찾았다. 그때 다쳐서 의식을 잃은 동생이 눈앞에 보였다. 거의 모든 것을 공유하고 함께했던 아름이가 뒷좌석에 쓰러져 있었다. 다운이 가까이 가려고 몸을 움직이는 순간 그녀의 눈에 차 본넷트 부분에서 연기가 피어오르는 게 보였다.

'그만—!!'

자신의 의지와는 상관없이 억지로 밀려오는 기억들을 떨치려고 다운이 눈을 질끈 감았다. 모든 사고회로의 정지를 명령하며 그녀가 온몸을 긴장시키고 기억의 횡포를 막아보려 했지만, 가끔은 인간에게 가장 잔인하고 무서운 게 기억이기에 그녀도 손을 쓰지 못하고 다음 기억을 떠올리고야 말았다. 질끈 감은 눈 사이로 기억은 기어코 섬광 같은 한편의 슬라이드를 보여주고는 황급히 달아나 버렸다.

차에서 피어오르는 연기를 보고 혹시나 차가 폭발할까 봐 피 흘리는 동생을 보고도 움직이지 않았던 자신을. 사람들이 와서 동생을 차 밖으로 끌어냈을 때, 그제야 하얗게 밀랍처럼 굳어진 동생을 안고 울었던 자신의 모습을. 쉴 새 없이 타고 흐르던 자신의 눈물을.

다운의 눈동자에 자신에 대한 역겨움과 허무함이 감돌고 있었다. 그녀가 입술을 멍이 들 만큼 세게 꽉 깨물었다.

'널 경멸해, 한다운. 난 너를 사랑하지 않아. 울지 마. 넌 울 자격이 없으니까. 네가 울게 해줄 것 같아?'

기내는 도착을 알리는 방송이 흘러나왔다. 조용히 각자 할 일을 하며 침묵을 지키고 있던 사람들이 웅성거리며 환경의 변화에 반응하고 있었다. 다운은 반응없이 여전히 창밖의 구름 덩어리들을 바라보고 있었다. 어느새 그녀의 눈에 물기가 말라 있었다.

안내원을 따라 호텔 객실에 도착한 둘은 말 한마디 나누지 않고 짐을 풀었다. 모든 것에 무관심한 얼굴로 짐을 풀고 있는 그녀의 모습을 민철이 잠시 눈을 가늘게 뜨고 바라보더니 휙 몸을 돌려 욕실로 들어가 버렸다.

10분 후 쯤, 그가 반바지만 입고 수건으로 물기가 가득한 머리카락을 털어내며 욕실에서 나왔다. 그리곤 그는 무심결에 다운이 있는 곳을 찾아 두리번거렸다. 다운은 침대 한쪽에서 어중간한 자세로 몸을 기대고 잠들어 있었다. 그가 낮은 한숨을 내쉬더니 그녀가 있는 쪽으로 다가갔다. 피곤했는지 잠들어 있는 다운의 얼굴은 오늘따라 유난히 창백해 보였다. 파스텔 빛 연보라색 천에 가는 선으로 자잘한 무늬들이 수놓아져 있는 그런 섬세하고 고급스런 정장을 입고 있었지만 묘하게 그 옷과는 괴리되는 다운만의 느낌을 자아냈다. 참 묘했다. 청바지를 입은 모습도, 정장도 여러 모습을 보았지만 그때마다 그녀는 변하지 않는 그녀만의 느낌을 자아냈다. 마치 지금 입고 있는 옷은 잠시 걸치고 있는 사물에 불과하다고 그렇게 말하는 듯했다.

잠든 다운의 얼굴을 민철이 천천히 조목조목 뜯어보았다. 그녀의 얼굴에 고정되어 있던 그의 시선이 그녀의 귓불과 목덜미로 옮겨갔다. 소매 밖으로 살짝 나와 있는 그녀의 손과 치마 아래로 보이는 종아리와 가는 발목을, 그리고 다른 여자가 다 그렇듯 작은 발과 발가락을. 평범했다. 다른 어떤 여자보다 더 아름답거나 혹은 보기만 해도 흥분되는 그런 건 아니었다. 사실 다운이보다 더 몸매 좋고 육체적으로 끌리는 그런 여자들은 많을 것이다. 그런데 왜 이 평범한 여자에게 눈을 못 떼는 걸까.

한참 동안 그녀를 응시하고 있던 그가 손에 들고 있던 수건을
목에 두르곤 그녀의 몸을 제대로 누울 수 있게 고쳐 주며 그녀
의 정장 상의를 벗겼다. 옷을 벗겨내는 그의 손길은 마음속과는
달리 너무나 부드럽고 조심스러웠다. 그의 손길에도 깨지 않는
그녀를 보며 민철은 어느새 굳어 있던 마음이 누그러졌다.

'진짜 피곤해서 그랬던 걸까. 워낙 사람들과 섞이지 못하는
그녀로서는 결혼식이 꽤 힘든 시간이었을지도.'

민철이 잠들어 있는 다운의 이마를 손으로 부드럽게 쓰다듬
었다. 그가 한결 부드러워진 얼굴로 그녀를 바라보고 있다가 자
신도 그녀 곁에 자리를 잡곤 살며시 그녀의 몸을 안았다. 그리
곤 그녀의 긴 머릿결에 얼굴을 묻곤 그녀의 향기를 가슴 깊이
가득 들이마셨다. 은은한 우윳빛 살 냄새가 그의 코끝을 간질이
며 그의 몸 안으로 스며들어 오는 듯했다. 그녀의 진줏 빛 향기
에 몽롱해진 민철이 눈을 감고 자신도 다운을 따라 잠이 들었
다.

그가 눈을 떴을 땐 밖은 어둠이 깔려 있었다. 너무나 달콤하
고 은은한 향에 민철은 자신도 모르게 미소를 지으며 눈을 떴
다. 그리고 당연한 듯 옆 자리를 손으로 쓸며 그녀의 존재를 찾
았다. 문득 그녀가 없다는 것을 깨달은 민철이 상체를 일으켜
객실 안을 둘러보다가 창가 근처에서 시선이 멈추었다. 그곳을
바라보는 민철의 얼굴에 어두운 음영이 드리워졌다. 다운은 침

대 맞은편의 한쪽 의자에 앉아 창밖에 어둠을 바라보고 있었다.

"이리 와."

갑자기 들려오는 민철의 목소리에 다운이 아주 천천히 고개를 돌려 침대에 있는 그를 바라보았다. 민철은 그녀의 표정을 보곤 미간을 살짝 찌푸렸다. 이제는 가장 가까운 남편이란 존재가 된 그를 다운은 마치 오늘 처음 본 타인처럼 무관심한 얼굴로 보고 있었다. 스멀스멀 화가 피어오르는 걸 살며시 내리누르며 민철이 부드럽게 말했다.

"한다운, 이리 와."

그의 얼굴을 말없이 응시하고 있던 다운이 몸을 일으켜 그에게로 천천히 다가갔다. 그녀의 입에서 무심한 한마디가 흘러나왔다.

"왜요?"

그 한마디에 그의 눈이 얼음장처럼 차가워졌다. 민철이 눈을 가늘게 뜨고 그녀의 얼굴을 노려보았지만 다운은 상관없다는 듯 여전히 무표정했다.

'도대체 갑자기 왜 이러는 거야? 아니면 원래부터 날 받아줄 생각은 없었던 거니?'

민철이 무언가를 가라앉히려는 듯 크게 숨을 들이켰다. 그리곤 천천히 숨을 내쉬며 그녀의 몸에 손을 가져가 그녀의 옷을 잡아채듯 거칠게 벗겨내기 시작했다. 그러자 그녀의 볼록한 젖가슴이 드러났다. 민철이 반응을 기다리듯 그녀의 얼굴을 다시 응시했다. 그러나 다운은 여전히 자신의 몸에서 벗겨지는 옷을, 그리고 그 옷을 움켜지고 벗겨내는 민철의 손을 구경하고 있었다. 그 모습에 민철의 화가 더욱 돋워졌지만 동시에 구경하는 다운을 참여시키려는 의욕 어린 손길이 시작되었다.

그가 다운을 눕히곤 그녀의 하의를 벗겼다. 그의 손길이 그녀의 몸을 쓰다듬으며 그가 들어올 길을 준비시켜도 다운은 여전히 구경만 하고 있었다. 민철은 아무 반응 없이 자신을 무시하는 다운의 태도에 화가 꼭대기까지 치미는 느낌이었다. 그가 가슴을 들썩이며 숨을 내쉬곤 그녀 안으로 들어갔다. 그리곤 그녀를 자극하듯 천천히 움직였다. 마치 잠들어 있는 누군가를 깨울 때처럼.

민철의 얼굴이 점점 더 분노로 일그러지기 시작했다. 이미 그의 몸은 흥분으로 인해 뻐근할 정도로 달아올라 있는데 무심히 자신을 응시하고 있는 다운을 보며 그의 입술 사이로 좌절 어린 신음 소리가 흘러나왔다. 그가 갈구하는 다운에 대한 어떤 것이 지금 철저히 무시받고 있는 느낌이었다. 그러나 너무나 화가 났지만 그녀의 몸이 주는 쾌락을 민철은 차마 포기할 수 없었다. 거의 한 달여 동안 그녀를 갖지 못했다. 그의 몸은 그의 마음과 상관없이 감각적인 희열로 들뜨고 있었다. 다운을 향해 몸을 움직이는 민철의 표정은 너무나 묘했다. 다운에게 무시받고 있다는 불쾌함과 분노, 그러면서도 온몸으로 느껴지는 쾌락과 희열에 붉게 달아오른 그의 얼굴이 일그러져 있었다. 방 안엔 한 남자의 거친 숨소리와 한 여자의 무심한 침묵이 공존했다.

그러나 그 공존도 그리 오래가질 못했다. 거칠게 반복적으로 그녀에게 몸을 밀어붙이며 다운의 얼굴을 노려보고 있던 그가 순간 잔인한 눈빛을 띠며 움직임을 멈추었다. 그를 무심히 응시하며 구경하고 있던 다운이 살짝 시선을 돌려 창밖을 바라본 것이다. 순간 그가 어금니를 꽉 깨물며 한 손을 번쩍 치켜들었다.

짜아아아아악—!!

방 안 가득 따귀를 때리는 소리가 울렸다. 딴 세상에 가 있던 다운의 눈동자에서 약간의 당혹감이 비춰지며 그녀가 천천히 손을 자신의 뺨으로 가져갔다. 뺨에서 불이 나는 것 같았다. 그리고 입 안에서 비릿한 피 맛이 느껴졌다. 얼얼하게 화끈거리는 뺨을 그녀가 손으로 감싸며 그제야 그를 올려다보았다. 화를 내지 않는, 아니, 울며 왜 그러냐고 소리치지 않는 다운을 보며 그가 싸늘하게 말을 뱉었다.

"딴생각하지 마, 한다운."

다운이 말없이 그의 눈동자를 마주 보았다. 그의 폭력에 다운은 반응하지 않고 그저 그를 비추고 있었다. 자신의 분노에 휩쓸려 상대에게 폭력을 가한 민철을 스스로 깨달으라는 듯 그를 응시했다. 다운의 시선에 민철이 입술을 일그러뜨리며 비웃음을 지었다. 그리곤 잇새로 욕을 중얼거리며 그녀 안에 있는 자신의 몸을 다시 움직였다.

그녀를 자극하려 했던 그의 은밀한 몸짓은 이제 노골적인, 그저 다운의 몸을 대상으로 즐기는 움직임으로 변해 버렸다. 마치 수컷과 암컷이 교배하는 것처럼 감정이 담겨져 있지 않은 몸짓으로 그녀의 몸속 깊은 곳에 비릿한 우윳빛 정액을 잔뜩 쏟아냈다.

관계가 끝난 후 다운이 욕실로 가려고 몸을 일으켰지만 민철의 억센 손길에 붙잡혔다. 그녀가 미약한 반항을 하며 몸을 뒤틀자 거칠게 그녀의 몸을 움켜잡아 자신의 몸 안에 가둬 버렸다. 그리곤 철저히 그녀를 배려하지 않고 다시 가지기 시작했다.

'이래도 딴생각을 할래, 한다운? 이래도 그렇게 무심할 거니?'

그가 두 번째로 그녀 안에서 육체적 희열을 맛보고는 무너지듯 침대에 누웠다. 거친 관계를 맺은 그녀도 쓰러지듯 침대에 누웠다. 숨을 고르며 에이듯 아파오는 몸을 추스르고 있는 그녀를 민철이 뒤에서 끌어당겨 품에 안자 그녀가 눈을 질끈 감으며 온몸을 딱딱하게 굳혔다. 그러나 그녀의 반응은 상관없다는 듯 그가 그녀의 허리를 팔로 둘러 자신의 남성 가까이 그녀의 몸을 끌어당겼다. 다운은 눈앞에 보이는 객실 창을 응시하며 반응하지 않으려고 애썼다. 그러나 그녀의 몸 뒤에서 끊임없이 계속되는 그의 손길과 애무를 떨쳐 낼 수 없었다.

한참 동안 민철의 노골적인 몸짓을 가만히 받아내던 다운이 한 손으로 자신의 입을 틀어막으며 구역질을 했다. 배려하지 않고 철저히 그녀의 몸을 농락하는 그의 몸짓에 다운이 갑자기 욕지기를 느꼈던 것이다. 그 순간 민철이 손길을 멈추었다. 다운이 급하게 침대 위에서 내려와 욕실로 뛰어갔다.

신혼부부들을 위해 만들어진 객실은 우아하면서도 로맨틱하게 꾸며져 있었다. 그 객실 전체에 홀로 남은 민철의 깊은 한숨이 퍼져 나갔다. 탄식 같은 한숨이 방 안의 기운을 무겁게 가라앉게 했다. 침대에 대자로 누운 채 민철이 팔로 얼굴을 가리고 있었다. 그의 귓가로 다운이 욕지기를 하는 소리가 들려왔다.

어느 정도 욕지기가 가라앉은 다운이 객실로 나왔을 땐 침대위는 비워 있었다. 그녀는 자신도 모르게 객실 안을 급하게 둘러보며 민철의 흔적을 찾았다. 그녀의 얼굴에 울음을 터뜨릴 듯물기가 어릴 때쯤 한쪽에서 물소리가 들려왔다. 객실 안에 있는다른 욕실에서 그가 샤워한다는 것을 인식한 다운이 그제야 진정된 얼굴로 벽장으로 걸어갔다. 그녀가 옷을 다 갈아입었을 때쯤 민철이 욕실에서 나왔다. 그의 얼굴은 약간 우울해 보였다. 다운이 그가 옷 입는 모습을 긴장하며 바라보고 있었지만 민철은 자신의 할 일만 묵묵히 할 뿐이었다.

사실 민철은 자기 자신에게 화가 나 있었다. 다운의 무관심을 참지 못하는 자신에게. 그녀를 몰아붙여서라도 그녀의 시선을 붙잡고 싶어하는 자신에게. 결국 몰아붙여진 건 다운이 아니라 자기 자신이었다. 폭력을 쓰면서까지 무언가를 원한 적은 없었다.

그녀를 등지고 그가 벽장 문을 응시한 채 셔츠 단추를 채웠

다. 그가 마지막 단추를 채우고 있을 때쯤 뒤에서 다운의 조심
스런 말이 들려왔다.

"미안해요."

민철이 순간 눈을 감았다.

'이 묘한 기분을 뭐라고 표현할까.'

약 오름. 이 감정은 약 오름이었다. 자신이 노력할 땐 그렇게
끝까지 무관심하더니. 게다가 사과를 하는 그녀의 목소리는 얼
마나 부드럽고 차분한가! 정작 사과를 해야 할 건 자신이었다.
폭력을 써가며 그녀를 겁탈하듯 함부로 대한 건 자신이었다. 그
러나 그녀는 그런 것에는 상관없다는 듯 하고 싶은 말을 건넬
뿐이었다.

한참 동안 눈을 감고 있던 민철이 천천히 눈을 뜨곤 다운에게
다가갔다. 다운은 그녀만의 맑은 눈동자로 아무런 감정을 담지
않고 그를 바라보고 서 있었다. 그녀 앞에 가까이 선 그가 그녀
의 얼굴을 유심히 바라봤다. 다운의 입에서 뇌까리는 듯한 소리
가 나왔다.

"미안해요."

민철이 그녀의 말엔 반응도 하지 않고 자신의 손을 천천히 들
어 올리더니 그녀의 목을 살며시 쥐었다. 쓰다듬듯, 그러나 너무
나 부드러워 마치 베어버릴 것처럼. 그의 손이 그녀의 목을 쥐며
천천히 그녀의 고동치는 맥박을 엄지손가락으로 쓰다듬었다.

다운은 이제야 자신 앞에 있는 민철의 존재가 제대로 인식된

듯한 표정이었다. 온통 딴생각에 빠진 듯한 눈빛이었던 다운의 눈동자는 이제야 자신 앞에 있는 민철을 두 눈 가득 담았다. 민철이 슬픈 듯 자조 어린 미소를 그리며 중얼거렸다.

"어째서 내 눈에 띈 거니, 한다운."

그의 목소리에 다운은 말없이 그의 얼굴을 바라보고 있었다. 그녀의 미간이 부드럽게 찌푸려지며 얼굴 가득 혼란의 빛이 나타났다. 그녀의 목을 쥐고 있던 그의 손에 힘이 들어가자 다운이 순간 급하게 숨을 들이켰다. 다운은 그가 하는 대로 가만히 있었다. 민철은 괴로움으로 가득 찬 얼굴로 부드럽게 속삭였다.

"너란 여자를 어떻게 해야 할까. 응? 어떻게 해줬으면 좋겠니?"

그의 목소리에서 묻어 나오는 괴로움이 그녀의 가슴속으로 스며들고 있었다. 다운이 천천히 눈을 감았다. 그녀도 괴로웠다. 그가 무슨 말을 하는지 알고 있다. 그가 자신에게서 뭘 원하는지. 하지만 줄 수 있는 게 아니었다. 온전한 애정을, 온전한 관심을, 그녀 자신도 그녀를 온전히 세우지 못하고 있으니까. 산다는 게, 숨 쉬며 무언가에 집착하며 산다는 게 너무나 허무했다. 그 허무에서 자신도 길을 잃고 헤매고 있었다. 그녀의 눈에서 한줄기 눈물이 볼을 따라 흘렀다. 민철이 그녀의 눈물에 시선을 고정시킨 채 천천히 체념하듯 그녀의 목에서 손을 떼었다.

"내가 너무 나 자신을 과신했던 걸까? 이렇게라도 너를 내 곁에 두는 것에 만족해야 하는 거니?"

그의 혼란스러운 질문에 다운이 마치 선택을 기다리는 사람처럼 그를 지켜볼 뿐이었다. 그의 마음을 잡으려는 시도를 하지 않는 그녀를 보며 그가 피식 웃었다. 그가 쓰디쓴 웃음을 지으며 그녀의 입술에 자신의 입술을 가까이 댔다. 그리곤 그녀의 입 안에 깊게 혀를 집어넣으며 먹어버릴 것처럼 키스했다. 그리곤 냉소적인 미소를 지으며 감미롭게 속삭였다.

"그래, 내 마음대로 하면 되는 거군. 그렇지, 한다운?"

이때의 다운은 몰랐다, 그에게 끌리면서도 그를 관조하듯 내버려 둔 자신의 행동을 후회하게 될 줄은. 민철의 이 말이 그녀에게 엄청난 고통을 가져다 주는 선전 포고가 된다는 것을 이때의 다운은 까맣게 모르고 있었다.

신혼여행을 마치고, 다운의 집에서 하룻밤을 지낸 둘은 곧장 그의 집으로 향했다. 이제는 친정이란 이름이 되어버린 자신의 집을 다운이 차 안에서 물끄러미 바라보았다. 민철은 무관심한 얼굴로 그녀가 누리려는 여운의 끝자락을 싹둑 잘라 버리듯 차에 시동을 걸었다.

그렇게 어느 날 갑자기 그녀의 결혼 생활이 시작되었다. 언제나 함께 있을 것이라고 생각했던 사람이 어느 날 갑자기 떠나버리는 것처럼, 아무 상관 없을 것이라고 생각한 사람이 어느 날 갑자기 자신의 옆에 언제나 함께 있겠다고 약속을 하며 그녀의 옆에 존재했다.

  그녀가 시댁으로 들어가 처음 맞는 아침, 다운은 여행의 피로
와 민철과의 관계에서 오는 긴장으로 녹초가 되었던지라 여전
히 잠들어 있었다. 신혼여행 내내 그는 예전의 부드럽고 여유있
는 모습을 보여주었지만 어딘가 멀어져 있었다. 겉으로 보면 매
너 좋은 행동으로 비췄겠지만 신혼여행 첫날 보였던 감정의 분
출에서 빠져나와 일정한 거리를 두고 그녀를 대했다. 다른 사람
들을 대하는 것과 똑같은 그 거리가 다운에게 묘한 감정을 불러
일으켰다. 뭔가 서운하고 공허한 이상한 감정. 그러나 다운은
그런 감정에 귀 기울이지 않고 그저 평상시처럼 그를 대했다.
무언가를 잃는다는 것은 최소한 그걸 소유할 때 느끼는 감정이
라고 그렇게 스스로에게 되뇌며. 무언가를 소유할 수 있다고 생
각하는 건 착각이야라고 자신에게 일깨우며. 사람은 자기 자신
도 소유할 수 없는 것이라고 자신을 꾸짖으며 그렇게 그의 거리
감있는 행동을 관조했다. 그러나 동시에 그녀의 감정은 계속 그
를 신경 쓰고 있었다.
  다운이 그런 서글픔을 그나마 위안받는 때는 밤이었다. 여전
히 나른하면서도 냉소적인 미소의 얼굴로 그녀에게 다가왔지만
다운을 안는 그의 손길은 뜨거웠다. 그녀 안으로 들어갈 때면
그의 얼굴은 흥분으로 붉게 달아올라 있었다. 물론 달콤한 속삭
임이나 연인을 애태우는 손길 같은 건 없었다. 그저 그녀에게

욕구를 풀어버리는 듯한 메마르고 차가운 태도였다. 그러나 그런 그의 거친 몸짓을 받으며 다운은 그래도 어딘가가 안심이 되었다. 관조하듯 세상을 낯설어하는 다운이 그럼에도 민철의 관심을 받는 게, 여전히 자신을 원한다는 것에 안심한다는 걸 깨닫고는 스스로에게 자조 어린 웃음을 흘렸다.

침대에서 다운이 인상을 찡그리며 이리저리 뒤척이다 갑자기 눈을 번쩍 뜨며 자리에서 일어나 앉았다. 그리곤 주변을 둘러보았다. 낯선 곳. 민철의 방이었다. 그리고 동시에 자신의 방이라고 약속되어 있는 곳. 민철의 존재는 보이지 않았다.

다운은 얼른 침대 옆에 있는 시계를 보았다. 아침 9시였다. 아마도 민철은 출근한 것 같았다. 다운은 온몸이 질러대는 비명을 참으며 욕실과 서재를 둘러보았다. 그는 없었다.

"후우……."

다운이 짧게 한숨을 토해내곤 얼른 몸을 씻고 옷을 갈아입었다. 아직도 몸은 욱신거리고 몸속 깊은 곳에서 아픔이 전해져 왔지만 더 이상은 늦장을 부릴 수는 없었다. 시집온 첫날부터 늦게 일어났으니 그나마 곱지 않은 시선이 매서워질 게 뻔했다. 급하게 자신의 머리를 정돈하면서 다운이 피식 웃었다. 불편했다고 생각했던 부모님의 집이, 그래도 편한 부분이 있었다는 것을 문득 깨닫게 된 것이다. 그러나 떠오르는 생각을 얼른 그녀가 떨쳐 내곤 곧바로 아래층으로 내려갔다. 계단을 급하게 뛰어

내려 가던 그녀의 발이 속도를 늦추며 천천히 걸음을 떼었다. 아래층은 조용했다. 그녀가 조심스럽게 시부모님이 계시는 방문 앞으로 걸어가 노크를 했다.

"어머니."

하지만 대답은 없었다, 노크하는 소리만 집 안에 울려 퍼질 뿐. 다운이 난감한 얼굴로 방문 앞에서 머뭇거리며 서 있었다. 그녀가 문을 열어봐야 하나, 아니면 기다려야 하나 그렇게 골똘히 생각하고 있을 때 갑자기 현관문이 벌컥 열렸다. 다운은 순간 시어머니일지도 모른다는 생각에 온몸을 긴장시키며 현관문쪽으로 시선을 돌렸다. 가정부가 두 손 가득 봉지들을 들고 멀뚱히 그녀를 쳐다보더니 갑자기 활짝 웃으며 말을 건넸다.

"일어나셨어요, 작은 사모님?"

'작은 사모님? 날 가리키는 말인가?'

짧은 순간 그녀의 눈동자가 살짝 위로 올라갔다가 내려오더니 다운이 어색한 미소를 지으면서 말했다.

"제가 좀 늦게 일어났죠?"

그녀가 가정부의 손에서 봉지를 받으려 하자 가정부는 넉살좋게 웃으며 괜찮다고 말했다. 그리곤 부엌 쪽으로 걸어갔다. 다운은 마치 아이처럼 가정부의 뒤를 졸졸 따라가며 물었다.

"저기, 아버님, 어머님은 어디에……."

"아유, 두 분 모두 출근하셨죠."

다운은 멋쩍음에 손으로 자신의 볼을 긁적였다.

"아…… 네."

다운은 가정부가 차려준 아침을 먹곤 설거지를 하려고 했으나 곧 쫓겨났다. 부엌 앞에서 서성거리는 그녀를 보곤 가정부가 물었다.

"과일 드릴까요?"

다운이 황급히 손사래를 치며 '아녜요'라는 말을 하곤 얼른 그 자리를 빠져나왔다. 그리곤 이층으로 올라갔다. 침대 옆에 있는 의자에 앉아 그녀가 잠시 멍하게 앉아 있었다. 그녀의 입술 사이로 깊은 한숨이 새어 나왔다.

'저녁에 오시면 죄송하다고 말씀드려야겠다.'

다운은 뭘 할까 이리저리 살펴보았지만 할 게 없었다. 논문은 이미 제출했고, 번역 일은 거절했다. 게다가 그녀가 끼어들 틈이 없었다. 대학 동기들은 대부분 취업 때문에 정신이 없는지라 만나자고 하기도 애매했다. 게다가 갓 시집에 들어온 자신이 맘대로 나갈 수는 없는 일이었다. 멀뚱히 탁자 위에 있는 커피를 마시던 그녀가 떨떠름한 미소를 지었다.

'나는 민철 씨 부인 자리에 취직한 건가.'

결혼 생활이 시작된 그날, 다운은 하루 종일 책을 읽었다. 그리고 저녁이 되어 이미 바깥이 어두워졌을 때쯤 시부모님이 차례로 오셨다. 다운이 현관문에서 기다리고 서 있다가 아침엔 죄송했다는 말을 꺼냈지만 두 분은 별거 아니라는 표정으로 냉랭하게 인사를 받곤 안방으로 들어가셨다. 다운은 몰래 소리없이 깊은 숨을 들이마시곤 천천히 내쉬었다.

민철이 늦게 온다는 연락이 오고, 다운은 시부모님과 식사를 했다. 두 분은 서로 오늘 있었던 일들에 대해 이야기를 나누셨고, 다운은 절대 낄 수 없는 배타적인 벽을 느끼며 조용히 밥을 먹었다.

밤 11시. 그녀는 침대에서 엎드린 채 몇 시간째 책을 읽고 있었다. 자신도 모르게 감겨오는 눈 때문에 그녀가 무거운 눈꺼풀에 힘을 주었다. 저녁 내내 잔뜩 긴장을 했더니 온몸이 물먹은 솜처럼 무거웠다. 그녀의 눈이 스르르 감겼다.

'안 되는데……. 기다려야 하는데…….'

그녀가 의미를 알 수 없는 말들을 웅얼거리며 잠에 빠져들었다. 그녀가 잠 속으로 빠진 지 한 시간이나 되었을까. 다운은 잠결에 뜨거운 손이 자신의 몸을 쓰다듬는 게 느껴졌다. 몸 아래쪽에 한기가 느껴졌지만 잠에 취한 그녀가 눈을 뜨지 못하고 몸을 뒤척였다. 그러자 그녀의 몸을 억세게 잡아놓으려는 강한 힘이 느껴졌다. 그녀가 그 우악스런 손길에 퍼뜩 눈을 떴다. 민철이었다. 그가 그녀의 엉덩이를 두 손으로 잡고 그녀의 한쪽 젖가슴을 입에 한가득 넣고 혀로 맛보고 있었다. 잠을 자다 갑작스런 애무를 받은 다운은 당황으로 그의 어깨를 밀어냈다. 그러나 그는 밀려나질 않았다.

"민철 씨, 저기……."

그녀의 저항은 상관없다는 듯 민철이 고개를 들곤 그녀의 허리 양쪽을 힘 주어 잡았다. 그의 억센 손길이 허리를 죄어오자 다운이 쥐어짜듯 괴로운 목소리로 말했다.

"민철 씨…… 아파요."

그녀의 입에서 말이 다 끝나기도 전에 그가 그녀의 입술을 자신의 입으로 막아버리곤 그녀 안으로 강하게 남성을 밀어 넣었다. 난폭한 그의 행동에 다운이 고통스러웠는지 얼굴이 심하게 찌푸려졌다. 비명을 지르지 않으려고 입술을 깨물었지만 그녀의 입에서 비명 섞인 신음이 새어 나왔다.

"으으윽……."

그가 천천히 허리를 움직이며 그녀의 귓가에 속삭였다. 감정이 담겨져 있지 않은 차가운 목소리였다.

"조용히 해, 한다운."

그 순간 아픔으로 얼굴을 찡그리고 있던 다운의 얼굴에서 핏기가 사라졌다. 온몸으로 치욕스런 느낌이 훑고 지나가는 느낌에 몸이 떨려왔다. 그러나 그의 움직임은 멈추지 않고 계속되었다. 다운은 체념한 듯 무표정한 얼굴로 그의 몸짓을 받아들였다.

잠시 후 그가 몸을 굳히며 신음 소리를 뱉어냈다. 그리곤 그녀의 몸 안에 폭발하듯 자신을 쏟아내곤 그녀의 위에서 축 늘어졌다. 키가 큰 그가 그녀 위에 힘을 빼고 누워 있자 다운은 질식할 것처럼 버거웠다. 그러나 동시에 그가 주는 무게감이 좋았다. 다운은 눈을 감고 그의 숨결이 진정되기를 기다렸다.

그를 미워할 수가 없다. 자신을 이렇게 대하는 그가 밉지 않았다. 단지 조금 서글프고 섭섭할 뿐. 그래도 그는 그녀를 방치하거나 외면하지 않고 끊임없이 손을 내미는 느낌이 들었다. 그를 좋아하면서도 그 감정에 연연해하지 않는 자신에게 벌을 주는 방식으로.

다운이 천천히 손을 들어 올려 그의 뒷머리를 쓰다듬었다. 순간 그녀의 위에서 숨을 몰아쉬고 있던 그가 그녀의 손을 휙 뿌리치더니 침대 반대쪽으로 몸을 돌렸다. 그리곤 그녀에게 등을 돌린 채 누웠다. 침대. 둘이 누우면 아무리 떨어져 있어도 작은 공간밖에 남지 않는 그 좁은 공간이 너무나 거대하게 느껴졌다. 그 공간을 사이에 두고 다운과 민철이 누워 있었다.

얼마나 시간이 지났을까. 다운의 귓가에 민철의 규칙적인 숨소리가 들려왔다. 다운은 그 숨소리에 알 수 없는 안도감과 왠지 모를 슬픔을 느끼며 자신도 잠에 빠져들었다. 살아 있다는 것을 알려주는 그의 숨소리가 그녀에게 자장가처럼 들려왔다.

새벽녘에 갈증으로 깨어난 민철이 비틀거리며 탁자로 걸어가 물을 마시곤 다시 침대에 누웠다. 그가 한쪽 팔로 자신의 머리를 받치고 다운의 잠든 모습을 바라보았다. 한참 동안 그녀에게서 시선을 떼지 않고 있던 그가 그녀를 가까이 끌어당겨 안았다. 자신의 몸에 한 치의 틈도 없이 밀착되게 그녀를 꼭 끌어안곤 다시 잠을 청했다. 잠이 든 민철의 얼굴은 어느 순간 심통난 아이의 얼굴에서 엷게 미소를 띤 얼굴로 변해갔다. 자신도 모르게 무의식적으로 어딘가 편해지는 느낌을 받으며 그가 깊은 잠에 빠져들었다. 살아오면서 이토록 누군가에게 애정을 요구한 적이 있었던가. 내 자신을 유일하게 드러낼 수 있는 이 여자를 어떻게 해야 할까. 어떻게 해야 그녀가 날 바라볼까. 그의 얼굴이 약하게 찡그려져 있었다. 잠들어 있던 다운이 자세가 불편했는지 몸을 뒤척이며 빠져나가려 하자 그의 손이 더 강하게 그녀의 몸을 잡아끌었다.

3

삭막한 결혼 생활이 계속되었다. 서로 거리를 유지한 채, 그러나 묘하게 편한 분위기를 띠고 시간이 흘러갔다. 다운은 시간의 대부분을 앞으로 뭘 하며 살까를 고민했다. 한세상 사는 거 어떻게 살든 다 그런 거라고 생각하면서도 뭔가를 하고 싶다는 생각이 점점 강해지고 있었다. 살림도 자신의 몫은 아니었고, 여전히 시부모님과의 관계는 냉랭했다. 타인처럼 잠시 머물다가는 손님처럼 시부모님은 그녀를 대했다. 민철도 부모님과 다운의 관계를 내심 느끼고 있었지만 자신도 그렇게 부모님과 속 터놓고 사는 사이도 아니었고, 그저 시간이 지나면 나아지겠지라고 생각하며 관심을 두지 않았다.

그는 아침 일찍 출근을 하고 저녁이면 돌아와 다운과 간단하게 몇 마디를 주고받은 후 서재에서 지냈다. 그리곤 밤이 되면 다운의 의향과 상관없이 자신의 육체적 욕구를 채웠다.

그들이 결혼한 지 두 달 정도가 되었을 땐 다운의 얼굴은 그늘져 있었다. 시부모님과의 냉랭한 관계도 문제였지만 민철의 무관심이 그녀를 괴롭게 했다. 그러나 다운은 가끔씩 움직이는 감정이라든지 집착이라든지 또는 서운함이 섞인 분노를 여전히 관조하며 아무런 대응도 하지 않았다. 그녀의 무반응이 계속될수록 민철은 더욱더 그녀를 냉정하게 대했다.

어느 날은 민철과 시부모님의 출근을 배웅하고 난 후 다운은 멍하니 닫혀 있는 문을 바라보며 자신도 모르게 눈물을 떨어뜨렸다. 다운은 자신의 볼에서 타고 흐르는 눈물을 의아해하며 얼른 손으로 닦아내곤 그나마 가깝게 지내는 가정부 아줌마와 점심엔 뭘 해먹을까를 상의하며 수다를 떨었다. 그리곤 아무 일 없다는 듯 평온한 얼굴로 평상시대로 아줌마와 장을 보러 나갔다. 이미 감정은 눈물을 흘릴 정도로 아픔을 느끼고 있었지만 다운이 그 감정을 들여다보지 않았다.

12월이 된 지 얼마 안 되는 어느 날이었다. 이제는 제법 추위가 매섭게 느껴져 민철이 오랜만에 집에 일찍 들어왔다. 그가 거실로 들어서니 배추들이 절어져 있었고, 집 안 가득 음식 하는 소리가 들려왔다. 아마도 김장을 담그는 모양이었다. 민철이 이층으로 향하며 버릇처럼 다운의 존재를 찾아 두리번거렸다. 부엌엔 가정부와 어머니가 무를 썰고 양념거리를 만지고 있었다. 다운이는 보이지 않았다.

'심부름이라도 간 건가?'

민철은 집에 들어오자마자 다운이를 찾는 자신에게 낮게 코웃음을 치곤 이층으로 향하는 계단을 올라갔다. 한탄하듯 한숨을 내쉬며 그가 고개를 가로저었다. 그리곤 방문을 열었다. 순간 민철이 자신의 시야에 돌아오는 다운의 모습을 우두커니 바라보았다. 의자에 앉아 있는 다운이 의미없는 시선으로 탁자를 바라보고 있었다. 그리고 눈에선 눈물이 조용히 떨어지고 있었다. 아주 짧은 찰나의 순간, 방 안에 정적이 감돌았다. 무언가를 훔쳐본 것 같은, 그리고 무언가를 들킨 것 같은 느낌에 서로가 순간 당혹스러워했다. 그의 시선을 느낀 다운이 민망해하며 눈을 깜빡여 댔다. 그리곤 어색하게 입을 떼었다.

"일찍 왔네요?"

민철이 무표정한 얼굴로 그녀의 얼굴을 바라보며 가만히 서 있었다.

'일찍 왔다? 그럼 일찍 오지 않을 거라고 생각해서 울 수 있었다는 뜻이니?'

그가 아무 말 없이 미간을 찌푸리며 응시하고 있자 다운이 왜 그렇게 서 있냐는 듯한 시선으로 그를 바라보았다.

탁탁탁탁—

아래층에서 무를 채 치는 칼 소리가 어렴풋이 들려왔다. 그 소리에 아주 짧은 순간 다운의 눈동자에 어두운 그늘이 드리워졌다. 민철이 그 소리가 들려오는 쪽으로 잠시 시선을 보내더니 다시 다운의 눈을 응시했다. 그의 마음이 무언가로 내리누르듯 답답해져 왔다. 다운의 무관심이 화가 났지만 그건 미워서는 아니었다. 단지 자신이 쏟는 애정만큼 보답받지 못한다는 마음에 화가 났을 뿐. 이러려고 그녀를 집으로 데리고 들어온 건 아니었다. 숨어서 울게 하려고 다운이와 결혼한 건 아니었다. 그러나 그의 그런 아픈 속마음과는 달리 목소리는 너무나 무뚝뚝하게 튀어나왔다. 결혼하고 쭈욱 서로 거리를 두고 살아왔기에 부드럽고 따스하게 대하는 게 어색해져 버린 것이다.

"왜 여기서 이러고 있어? 아래층에선 김치 담그던데."

다운이 물끄러미 그의 얼굴을 바라보고 있더니 멋쩍은 미소를 살짝 띠며 고개를 끄덕였다. 그러나 그녀의 눈동자엔 곤혹스러움이 한가득 담겨져 있었다.

같이 하려고 손을 대는 다운을 시어머니가 거절했다, 많지도 않으니 아줌마와 하면 된다는 말로. 그리곤 다운에게 이층으로 올라가 쉬라고 했다. 자신은 가끔 집안일을 하지만 다운인 계속 집에 있으니 괜찮다는 말로 그녀를 밀어냈다. 다운은 어머니의 말속에 숨겨져 있는 배타성과 차가움을 느꼈기에 차마 끼어들지 못했다. 그녀를 손님처럼 대하는 어머니에게 다운은 살갑게 다가서질 못하고 있었다.

잠시 머뭇거리며 주저하던 그녀가 떼어지지 않는 걸음을 옮기며 천천히 아래층으로 내려갔다. 그에게 어머니와의 관계를 말하고 싶지 않았다. 민철의 어머니를 욕하고 싶지 않았다. 아마도 자신이 느끼는 마음을 하소연했다간 어머니 흉을 보게 될 것이다. 그렇다고 어머니와 자신의 관계를 바로잡기 위한 태도로 다가가기엔 그녀의 마음이 어머니에게 열리지 않았다.

민철이 짧게 한숨을 내쉬곤 혹시라도 자신이 없으면 또 거절당하고 다운이가 올라올까 봐 그녀의 뒤를 따라 아래층으로 내려갔다. 부엌으로 다운이 조심스럽게 들어가 도와드리겠다는 말을 하며 식탁 위에 마늘을 손에 집었다. 시어머니는 야채를 다듬다가 휙 고개를 들곤 다운에게 뭐라고 말하려는 듯 입을 열었다. 그러나 다운의 뒤에서 장승처럼 버티고 있는 민철을 보곤 다듬던 야채로 시선을 가져가며 말했다.

"왔으면 왔다고 말 좀 하지……."

민철이 약간은 딱딱하게 말을 내뱉곤 거실 소파에 앉았다.

"지금 말하려고 했습니다."

민 여사와 민철 사이엔 이상한 신경전이 오갔다. 그가 아무 말 없이 신문을 집어 들었다. 둘의 침묵 사이로 가정부 아줌마와 다운의 작은 속삭임이 오갔다.

"작은 사모님, 마늘 까려면 눈 매울 텐데."

"괜찮아요."

신문을 무심히 보고 있던 민철의 얼굴이 살짝 찌푸려졌다. 그의 입에서 퉁명스러운 말이 튀어나왔다.

"다운아, 마늘 까지 말고 다른 거 해."

그 소리에 민 여사가 못마땅한 표정으로 힘 주어 무를 썰었고, 다운이 곤혹스러운 표정으로 민철을 바라보며 눈을 흘겼다. 민철이 다운을 향해 씨익 하고 짓궂은 미소를 띠더니 다시 신문으로 시선을 가져갔다. 다운이 소리없이 한숨을 내쉬더니 옆에 있는 파를 까기 시작했다. 신문을 보고 있는 민철의 눈은 딱딱하게 굳어 있었다.

'앞으로는 일찍 들어와서 지키고 있어야겠군. 괴롭혀도 내가 괴롭히는 거지, 왜 어머니가 다운이를 잡는 거야?'

다른 사람이 그녀를 괴롭히는 건 보고 싶지 않았다.

그날 김치가 다 마무리될 때까지 민철은 거실 소파에 떡하니 앉아 움직이지 않았다. 김장은 자정이 다 되어서야 마무리가 되었다.

민철과 다운은 결혼하고 처음으로 침대 머리맡에서 시답잖은 농담을 하며 웃었다. 민철의 농담에 다운이 피식거리며 맞장구를 치자 그가 유심히 그녀를 바라보더니 결혼하고 처음으로 그녀에게 부드러운 키스를 하며 흥분시켰다. 사랑스럽다는 듯 그녀의 온몸을 그가 혀로 핥고 맛봤다. 그러다 그녀의 손가락을 핥았을 때쯤엔 다운의 손가락에서 마늘 냄새가 난다고 투덜거리며 다운이 결국 마늘을 간 것에 대해 못마땅한 심기를 드러냈다. 다운이 장난스럽게 손가락을 민철의 코앞에 계속 갖다 대자 민철이 다운을 몸으로 눌러 버렸다.

"어쭈, 이 여자 봐라."

다운이 짓누르는 그의 몸을 느끼며 저항하듯 몸을 비틀면서도 웃음을 터뜨렸다. 웃음은 이내 뜨거운 무언가로 변하며 민철이 그녀에게 유혹된 듯 사람을 애태우는 애무를 했다. 결혼하고 처음으로 다운과 민철은 달콤한 열기에 휩싸였다. 서로의 몸을 끊임없이 애무하고 손으로 쓰다듬으며 서로를 갈구했다. 어떤 여배우가 말했던 것처럼 아름다운 밤이었다.

그러나 일찍 들어와 다운을 지켜야겠다는 민철의 생각은 결국 이뤄지지 못했다. 그의 뜻대로 세상이 돌아가질 않았던 것이다. 다운과 오랜만에 데이트를 하고 함께 시간을 보냈던 주말이 지나고 그가 다음날 출근을 해보니 사무실은 무언가로 술렁이고 있었다. 공무원 비리 사건이 터진 것이었다. 꽤 규모가 컸던지라 검찰에선 연루된 자가 더 있는지 조사를 하며 사무실에 있는 사람들을 계속 불러댔고 수많은 자료를 요구했다. 민철은 그야말로 눈코 뜰 새 없이 바빴다.

밤늦게 자정이 되어서야 그가 들어오면 다운이 따스하게 맞아주고 지친 듯 침대에 누우면 다운이 그가 잠들 때까지 그의 머릿결을 쓰다듬으며 그를 편안케 했다. 그러면 잔뜩 인상을 쓰고 눈을 감고 있던 민철이 서서히 엷은 미소를 띠며 잠에 빠져들었다. 그리곤 무심결에 그녀를 손으로 찾으며 그녀가 옆에 있다는 것을 확인했다. 손으로 그녀의 몸이 만져지면 민철은 잠결에도 그녀를 품 안으로 끌어당겨 안았다.

그렇게 한 달이 지났다. 검찰 측의 조사도 거의 마무리되고 사무실은 다시 예전의 평안을 찾아갔다. 그 한 달 동안 민철은 자신의 일에 대해 다시 생각하기 시작했다. 그저 여유있게, 그리고 평범하게 살고 싶어 공무원이 되었던 건데 이 일을 겪으면서 민철은 자신의 일을 다시 바라보게 되었다. 결국 어디 가나 힘든 건 마찬가지고 소용돌이에 휩싸인다는 것을 철저히 깨달으며 자신의 태도에 문제가 있었음을 조금은 인정하게 되었다. 세상을 살면서 어중간한 태도는 통하는 않는다는 것을.

겨울을 재촉하는 스산한 비가 내리던 날, 정말 오랜만에 민철이 일찍 집으로 향했다. 민철은 오랜만에 일찍 들어오는 자신을 눈을 동그랗게 뜨고 반겨줄 다운을 상상하며 즐거워했다. 들어가면 그녀의 부드럽고 따스한 몸에 푹 잠겨 있어야겠다는 생각으로 그의 눈동자가 진해졌다. 문득 자신의 머릿결을 쓰다듬었던 다운의 손길을 떠올리며 그가 행복한 미소를 입가에 그렸다. 차가운 비가 오는데도 민철은 웃음 띤 얼굴로 현관문으로 조급하게 발걸음을 옮겼다. 그리곤 다운을 놀래켜 주려고 조용히 현관문을 열었다. 분명 부엌에서 아줌마와 수다를 떨다 자신을 보곤 멍하니 바라볼 것이다.

"집 안이 온통 기름 냄새네."

예상치 않게 어머니의 짜증이 묻어나는 목소리가 들려오자 민철이 그 자리에 우뚝 서서 조용히 들려오는 소리를 듣고 있었다.

"기름이 들어간 음식을 할 땐 창문 열고 하는 것도 모르니?"

"죄송합니다."

조심스러운, 그리고 중얼거림 같은 다운의 낮은 목소리가 민철의 귓가를 파고들었다. 굳이 변명을 하지 않고 그냥 오해하는 대로, 그리고 왜곡하는 대로 가만히 있는 그녀의 모습에 짜증이 났지만 민철은 어머니에게 더 화가 나기 시작했다. 민철의 마음속에서 뭔가가 싸늘하게 가라앉는 느낌이 들었다. 날카롭게 날이 서 있던 그의 눈빛이 이내 딱딱하게 굳어지면서 그가 주방 쪽으로 걸어갔다.

어머니는 갑작스럽게 나타난 그를 보곤 헛기침을 몇 번 하시더니 휙 하니 안방으로 들어가셨다. 다운이 그의 굳은 얼굴을 보고 당황스러워했고, 가정부 아줌마는 민망해하며 서 있었다. 민철이 말없이 주방 안을 스윽하니 둘러보았다. 탁자 위엔 부침개가 놓여 있었다. 우습게도……. 다운이 난처한 얼굴로 계속 서 있자 민철이 조용히 그녀를 불렀다.

"다운아, 이리 와."

다운이 얼굴을 살짝 찌푸리며 그를 응시했다. 여기선 이러면 어머니와 골이 더 깊어진다는 뜻의 시선이었다. 그러나 그녀의 그런 시선조차 짜증난다는 얼굴로 민철이 버럭 소리를 질렀다.

"이리 와아아—!!"

다운이 순간 흠칫 놀라며 몸을 굳혔다. 그녀가 놀란 가슴을 진정시키며 천천히 민철에게 걸어갔다. 자신에게 걸어오는 다운의 모습을 뚫어지게 응시하고 있던 민철이 그녀의 손을 거칠게 움켜잡곤 이층으로 올라갔다. 다운은 차마 손을 뿌리치지 못하고 말없이 계단을 올라갔다.

타아아아앙—!!

방 전체에 문 닫히는 소리가 울려 퍼졌다. 그 진동으로 창문이 파르르 소리를 내며 떨었다. 민철이 움켜진 다운의 손을 확 끌어당기더니 던지듯 다운을 침대 쪽으로 밀었다. 그 반동으로 그녀의 머리카락이 흔들거리며 그녀의 얼굴 옆으로 헝클어졌다. 다운은 갑작스런 그의 행동에 가쁘게 차 오르는 숨을 진정시키며 침대 위에 가만히 걸터앉았다. 민철이 그녀 맞은편에 서서 노려보며 인상을 찡그렸다. 그가 잇새로 말을 뱉었다.

"어머니가 왜 저러시는지 다 알면서 왜 가만히 있는 거야?"

방바닥에 시선을 고정시키고 가만히 앉아 있던 다운이 천천히 고개를 들어 민철을 응시했다. 그녀의 미간이 살짝 좁혀졌다.

'뭐라고 말을 해요? 날 경멸하는 거 다 안다고요? 그러니까 부침개로 꼬투리 잡지 말라고요?'

그녀의 입에서 피식하고 비웃음 섞인 소리가 흘러나왔다. 그녀가 침묵을 지키고 그를 빤히 응시하자 민철이 잔뜩 구겨진 얼굴로 어금니를 꽉 물었다. 갑자기 민철이 손을 올려 자신의 머리를 마구 헝클어뜨렸다. 어느새 그의 입술이 비틀리듯 일그러지며 큭큭거리는 웃음소리를 냈다. 그의 눈은 차가운 기운을 내뿜고 있었다. 그가 한쪽 입술을 올리며 비웃는 표정으로 그녀를 노려보았다. 그의 입에서 비아냥거리는 소리가 쏟아졌다.

"그래, 그러시겠지……. 어머니가 널 어떻게 생각하든 상관없겠지. 그런 것에 노력을 쏟아 부을 만큼 나한테 애정이 없지. 그치?"

그의 비아냥거림이 시작되면서 다운의 표정이 점점 어둡게 변해갔다. 짧은 순간 그녀의 눈동자에 억울함과 슬픔의 빛이 나타났지만 곧 체념의 빛을 띠었다. 다운이 너무나 맑은 눈 안에 생명이 깃들지 않은 것 같은 탁한 기운이 감돌고 있었다.

'어머니께 뭐라고 말을 하죠? 어머니 앞에서 당신 욕을 하라는 건가요? 당신이 억지로 날 안았다고요? 그렇게라도 해서 어머니 앞에 떳떳해지라고요? 아니면 사실은 그걸 가만히 받아들인 건 나라고 그럴까요? 그러니 계속 경멸하세요라고 말할까요? 그것도 아니면 당신이 뭔데 날 경멸하냐고 대들기라도 할까요? 설혹 내가 창녀라 해도 당신께서 날 경멸할 자격은 없다고 말씀드릴까요?'

그를 응시하고 있던 다운이 고개를 휙 돌리며 질끈 눈을 감았다.

'당신 어머니가 맘대로 왜곡하고 단정 짓는 걸 왜 내가 풀어야 하는 거죠?'

다운이 퍼뜩 눈을 뜨더니 앞에 있는 탁자에 눈길을 고정시켰다. 그리곤 고집스럽게 입을 다물고 말없이 그 탁자를 뚫어지게 응시했다.

'어쩌면 당신은 다를 거라고 기대했는데……. 맘대로 생각해요. 상대방이 무슨 생각 하는지 모른다고 자기 맘대로 단정 짓는 건 그건 당신 삶의 방식이니까. 그걸 내 탓으로 돌리다니. 그럼 이 세상에 사는 벙어리는 마음대로 규정 지어도 된다고 생각하나요? 맘대로……. 당신 맘대로 생각해요.'

다운이 아무런 감정이 담겨져 있지 않은 얼굴로 물끄러미 탁자를 바라보고만 있자 민철의 눈이 점점 잔인한 빛을 띠었다. 그의 눈이 광포한 기운을 뿜으며 그녀를 노려보았다. 그녀의 무관심이 그의 분노를 부채질하고 있었다. 아니, 무관심을 넘어 아예 무시해 버리는 그녀의 태도에 민철의 얼굴이 심하게 일그러졌다. 그의 가슴팍이 심하게 오르내리며 코로 뜨거운 숨을 내뿜으며 씩씩거렸다.

민철이 한쪽 손을 휙 그녀를 향해 치켜들었다. 순간 다운이 움찔하며 질끈 눈을 감자 그녀에게로 향하던 그의 손이 허공에서 멈췄다. 그의 손이 분노로 미세하게 떨고 있었다. 다운은 여전히 눈을 감은 채 가만히 그의 폭력을 기다리고 있었다.

'맘대로, 당신 맘대로 해요. 자신의 감정을 참지 못하고 휩쓸리는 건 결국 당신이니까.'

그가 그런 다운을 보며 빠드득 이를 갈았다.

"으아아아아아아아아아아—!!!"

민철이 괴성 같은 소리를 내지르며 허공에 있던 주먹으로 탁자를 내려쳤다. 그의 주먹질에 탁자 가운데가 부서지는 소리를 내며 움푹 파여 들어갔다. 그의 주먹에서 빨간 상처와 피가 엉겨 지금 민철의 속마음을 드러내는 듯했다. 분이 풀리지 않는다는 듯 씩씩거리며 그가 말없이 탁자를 노려보고 있었다.

멀리서 누군가가 계단을 급하게 뛰어올라 오는 소리가 들려왔다. 팽팽한 침묵이 감돌고 있는 방 안을 발자국 소리가 찌르는 듯했다. 다운은 여전히 눈을 감고 앉아 있었다. 민철이 냉랭하게 차가워진 표정으로 그녀를 바라보았다. 어느새 그의 숨이 차분해지고 있었다.

조용히 문이 열리는 소리가 들려왔다. 민 여사가 굳은 얼굴로 방 안을 훑어보더니 부드럽게 말을 꺼냈다.

"무슨 일 있니?"

거리감. 예의 바름. 다 알면서도 모른 척하는 어떤 마음. 민철의 입가가 살짝 일그러지며 미소를 지었다. 그가 예의 바르게 아무 일 없다는 듯한 얼굴로 어머니를 향해 고개를 돌렸다. 무표정한 얼굴 위에 입술 끝만 약간 올라간 표정으로 그가 정중하게 말했다.

"어머니, 다운이 한의원에 데려가서 약 좀 지어주세요."

"응? 어디 아픈 데 있니?"

민 여사는 약간 의아해하는 표정으로 중얼거렸다.

"아뇨, 아기를 갖고 싶은데 빨리 안 생겨서요. 부탁 좀 드릴게요."

그의 말에 다운이 퍼뜩 눈을 떴다. 그녀가 민철의 뒷모습을 뚫어지게 노려보았다. 민 여사는 민철의 예의 바른 말투에 차마 거절을 못하곤 알았다는 대답을 짧게 하고 일층으로 내려갔다. 민철도 어머니처럼 아무것도 모른다는 듯한 태도로 어머니가 하고 싶지 않아하는 걸 하게 했다.

다운이 이해할 수 없다는 표정으로 입을 약간 벌리며 민철을 바라보았다. 민철이 천천히 고개를 돌려 다운을 향해 엷은 미소를 지었다. 그의 입가엔 평상시의 그 나른하고 부드러운 미소가 걸려 있었다. 그러나 그의 눈동자는 차가웠다. 민철이 부드럽지만 그 안에 가득 비틀린 마음을 담아 말을 건넸다.

"왜? 내 아기 가지기 싫어?"

다운이 미간을 찌푸리자 민철이 그녀의 눈을 응시하며 달래는 듯한 어조를 가장한 말을 했다.

"아기를 가지면 나아질 거야. 그러니까 빨리 가졌으면 좋겠다. 그리고 난 너 닮은 아이를 갖고 싶거든."

그의 말을 조용히 듣고 있던 다운이 지친 듯 짧게 한숨을 내쉬며 다시 눈을 감았다. 그녀가 약하게 인상을 쓰며 고개를 돌려 창밖을 바라보았다. 창밖으로 마른 나뭇가지가 다운의 시야에 들어왔다. 다운은 멍하니 그 메마른 가지를 응시했다.

메마른 가지. a dry branch······ a dry branch of a family.

집안이 단절된 분가. family. familiarize. 익숙하게 하다. 통달하게 하다. family…… famine. 기근, 부족, 결핍. 가족. 왜 가족과 제일 비슷한 단어는 결핍과 익숙함일까.

익숙하다…… 민철 씨의 몸에 익숙하다. 그의 말과 행동에 익숙하다. 결핍되다…… 민철 씨와의 관계에서 뭔가가 결핍되다. 그게 무얼까. 여전히 이 사람을 좋아하면서 왜 그토록 어긋나는 걸까. 무엇이 결핍되어 있는 걸까.

한겨울이 시작되었다.

4

4

그날, 서로의 마음이 완전히 어긋나 버린 그날 이후, 결혼 생활은 더 이상 서로를 위해주는 것이 아닌 서로를 상처 주기 위한 전쟁터로 변해 버렸다. 다운은 더욱더 민철에게 향하는 집착의 끈을 닫으며 침묵을 지켰고, 민철은 다운을 골탕 먹이려고 작정한 사람처럼 모든 걸 맘대로 했다. 자존심을 지키려고 애쓰면서도 다운에게 향하는 그의 욕구를 어쩌지 못해 밤마다 그녀를 안았던 그의 메마른 몸짓조차 이젠 사라져 버렸다. 그날 이후 민철은 다운을 안지 않았다. 배란기가 되는 며칠 동안만 다운의 몸에 씨를 뿌리듯 그렇게 기계적인 성행위를 했을 뿐이었다.

인간이란 참 묘한 존재인 것 같다. 상대에게 애정이 있으면서도 상대를 괴롭힐 수 있는 게 또 인간인 것 같다. 그러나 그런 괴롭힘조차 아직은 상대를 포기할 수 없다는 마지막 몸부림일 것이다. 상대를 괴롭혀서라도 반응을 끌어내 속에 있는 진심을 들으려는, 치졸하지만 지극히 인간적인 방식. 민철과 다운 둘 다 그걸 알고 있었다. 그걸 알고 있었기에 더욱더 잔인하게 상대를 대했다. 서로에 대한 집착과 욕구에 지긋지긋해하면서도 그 마음을 어떻게 할 수 없어 온통 상대에게 그 비난의 화살을 돌리고 있었다. 민철의 냉담한 태도가 심해질수록 다운은 점점 더 소통의 의욕을 잃어갔다.

그렇게 시간이 흘렀다. 흘렀다. 시간은 흐른다. 무슨 일이 있어도 시간은 흐른다. 아무리 그 감정이 특별해도 시간은 공평하게 흐른다. 그리고 시간은 더욱더 상대의 발목을 잡는다. 미움이 짙어지는 만큼 시간에서 오는 관계의 깊이가 서로의 발목을 잡고 놓아주지 않는다. 그래서 서로를 놓기 힘들어진다.

한 달 후, 민철이 저녁 식사가 끝나고 난 후 가볍게 차를 마시는 시간에 불쑥 독립하겠다고 말을 꺼냈다. 물론 다운과는 한마디 의논도 없었다. 주방에서 과일이 담긴 쟁반을 들고 오던 다운이 그 순간 걸음을 멈추고 그를 바라보았다. 민철이 그녀의 시선을 인식하곤 살짝 고개를 틀어 다운의 눈을 마주 보았다. 민철 특유의 나른한 비웃음이 담겨져 있는 눈빛이 다운의 얼굴에 고정되는가 싶더니 이내 고개를 돌려 버렸다.

차를 마시고 있던 민 여사가 고개를 돌려 다운을 잠시 물끄러미 응시하더니 다시 찻잔에 입을 갖다 댔다. 민철을 바라보던 다운이 시어머니의 시선을 느끼며 고개 숙여 과일 쟁반으로 눈길을 돌렸다. 다운은 여러 과일이 단정히 깎여 있는 접시를 살며시 탁자 위에 놓았다. 다운은 그의 시선이 느껴져 한쪽 볼이 따끔거릴 정도로 신경이 타 들어가는 느낌이었다. 다운은 입술을 깨물며 천천히 몸을 돌려 주방으로 향했다. 주방에선 그녀와 친해진 가정부 아줌마가 그런 다운을 안타까운 눈빛으로 바라보고 있었다.

"갑자기 독립이라니?"

아버지의 말에 민철이 담담한 목소리로 말했다.

"종로 청사까지 출퇴근하려니까 좀 힘들어서요."

민철의 예의 바른 말에 거실은 순간 살얼음 같은 침묵으로 채워졌다. 거실에 있는 그 누구도 그게 진짜 이유가 아니란 걸 알고 있었다. 사실 동교동에서 종로 국세청까지의 거리가 그렇게 먼 거리는 아니지 않은가. 그러나 진짜 이유를 드러내 놓고 말하는 사람은 아무도 없었다. 민철 먼저 다른 이유를 들이대며 문제의 핵심을 비껴갔고, 민 여사도 다운과의 관계 문제를 거론해서 상의할 만큼 다운에게 애정이 없었다. 처음엔 민철이 다운에게 휘둘릴까 봐 들어오게 했지만 시간이 갈수록 민철의 태도는 민 여사가 걱정할 만큼 다운에게 휘둘리는 모습은 아니었다.

그리고 민 여사 자신도 다운과의 관계로 점점 피곤해져 갔다.

강 회장은 이렇게 드러내지 않는 상황에서 계속 함께 살다간 아들과의 관계마저 악화될까 염려스러웠다. 강 회장의 입에서 아주 낮은 한숨이 흘러나왔다.

"네 뜻대로 하려무나."

그 말을 남기곤 강 회장이 소파에서 몸을 일으키더니 안방으로 들어갔다. 그러자 민 여사도 가만히 찻잔을 탁자 위에 놓더니 강 회장을 뒤따라 들어갔다.

소파에 앉아 있는 민철의 얼굴엔 씁쓸한 미소가 감돌고 있었다. 다운이와 어머니 사이에 흐르는 긴장감을 보고 있기가 더 이상은 괴로웠다. 그녀에 대한 분노로 계속 모른 척했지만 그렇다고 다운이 이 집에서 계속 겉도는 모습을 보는 건 마음이 편치 않았다. 어쩌면 민철은 이런 식으로 괴로움을 토로해 보고자 했는지도 모른다. 예의 바름으로 다운에 대한 경멸감을 감추고 있는 부모에게 뭔가를 기대하며 말을 꺼냈는지도 모른다.

탁자 위를 뚫어지게 응시하고 있던 민철이 입술을 일그러뜨리며 비틀린 듯 입가에 곡선을 그리더니 다시 무표정한 얼굴로 돌아왔다. 그가 고개를 들어 주방을 바라보니 다운이 식탁 의자에 앉아 있었다. 감정이 깃들지 않은 무표정한 얼굴이었다. 그 모습을 한참 동안 응시하고 있던 민철이 휙 몸을 일으켜 이층으로 올라갔다.

그의 걸음 소리가 들려오자 다운이 고개를 돌려 민철을 바라보았다. 괴로움과 미안함, 그리고 분노와 안타까움. 너무나 복합적인 감정의 소용돌이가 그녀의 눈동자에서 일렁이고 있었다. 그가 자신 때문에 힘들어하는 걸 보는 게 괴로웠다. 그러나 시어머니와의 관계는 맘대로 되지 않았다. 한쪽이 마음을 닫은 상태에서 한쪽에서 자신의 속내를 토로하는 건 결국 마음을 열어달라는 구걸밖에 되지 않는다. 다운은 시어머니에게 마음을 구걸하고 싶진 않았다. 단지 기다리고 있었다. 살다 보면 서로에게 마음이 열릴 만한 계기가 오기를, 자연스럽게 서로의 관계가 풀릴 날을 기다리고 있었다. 관계라는 게 억지로 한쪽에서 어떻게 할 수 없는 문제라는 걸 부모님과 살 때 경험했기 때문이다. 그런 다운의 입장을 고려하지 않은 채 마음대로 그 끈을 끊어버리는 민철에게 화가 났다.

이층 방문 닫히는 소리가 메아리처럼 울렸다. 다운의 입에서 탄식 같은 한숨이 새어 나왔다.

'어디서부터 어긋난 걸까. 분명 서로가 미워서 결혼한 건 아니었는데…… 어디서부터 어긋난 걸까. 아니면 처음부터 어긋나 있었던 걸까.'

다운이 시댁으로 들어간 지 6개월여가 되던 날, 집 앞은 이삿짐으로 가득 채워졌다. 트럭 위로 인부들이 이층에 있는 물건들을 내와 차곡차곡 트럭 위로 실어 올렸다. 이사가 평일 날 이루어졌기에 집엔 가정부와 다운만이 있었다. 모두가 출근한 날,

다운의 곁에서 가정부 아줌마만 부산스럽게 움직이며 가라앉아 있는 그녀의 마음을 어루만져 주었다.

인부들의 빠른 손놀림과 재촉 어린 움직임에 다운은 다른 생각에 빠져들 새도 없이 종로 위쪽에 계약된 빌라로 향해야 했다.

"작은 사모님, 같이 가요."

"아뇨, 괜찮아요."

"아이고, 저걸 어떻게 다 혼자 하려고 그래요?"

윤씨 아줌마가 너스레를 떨며 혼자 감당해야 할 그녀의 지금 상황을 그냥 내버려 두지 않았다. 사실 혼자 이삿길을 가는 것만큼 외로운 게 없는지라 윤씨가 따라나선다고 하자 다운은 내심 반가웠다. 그러나 나이 든 분이 혹시라도 몸이 축날까 염려스러워 다운이 얼른 대답을 못하고 머뭇거리고 있자 윤씨가 다운의 손을 부여잡고 앞장을 섰다.

"내가 가고 싶어서 그런 거예요."

다운이 못이기는 척 걸음을 떼면서 작은 웃음을 터뜨렸다.

오랜만에 사람들 사이에 섞여 있던 다운은 지하철 문 유리 사이로 들어오는 햇살에 멍하니 고개를 들었다. 봄 햇살이 가득 그녀의 눈 안으로 들어왔다.

'봄이었구나. 벌써 봄이구나.'

그 햇살 가득한 하늘을 다운이 물끄러미 바라보았다. 몇몇 사람들의 옷차림은 봄에 어울리는 밝은 파스텔 색상이었다. 다운은 급하게 나오며 걸친 모직 코트를 내려다보며 잠시 민망한 얼굴로 서 있었다.

'계절이 바뀐지도 모르고 있었다니. 계절의 변화를 깨닫지 못할 만큼 뭐에 그렇게 정신을 뺏긴 걸까.'

마음속 깊이 그 답을 알고 있었지만 인정하고 싶지 않은 마음에 다운이 그 질문으로 사색을 멈추었다.

지하철 안의 길을 따라 걷다 보니 어느새 빌라 앞이었다. 멀리서 트럭이 오고 있었다. 다운이 문을 열어주자 인부들이 알아서 짐을 옮겨 자리에 놔주었다. 간간이 침대와 가구 위치를 다운에게 물었고, 다운은 그저 알아서 좋은 대로 놔달라고 하곤 한쪽 공간에 서 있었다. 윤씨는 윤씨대로 부엌 살림을 주로 맡아서 챙겼다.

새롭게 이사한 집 안은 아직 주인의 손을 타지 않아서 가구들만 덩그러니 놓여 있었다. 그림도, 화분도 놓여 있지 않은 공간이었다. 물건에 별 집착이 없었던 다운은 공간을 꾸미는 데에 별로 신경 쓰지 않고 살았다. 공간이란 건 인간으로 살면서 그냥 머무르다 가는 곳 그 이상의 의미가 아니었기에. 그러나 가구만 덩그러니 놓여 있는 집 안은 왠지 황량해 보였다.

다운은 인부들이 가고 난 후 거실 한가운데 서서 집 안을 천천히 둘러보았다. 봄 햇살이 베란다 안으로 가득 쏟아져 들어오고 있었다. 저곳에 화분을 놓으면 예쁘겠다. 거실 벽엔 액자를 걸까? 그녀가 새로운 공간을 둘러보며 이리저리 살펴보고 있는

데 윤씨가 다운을 불렀다.

"배 안 고프세요?"

문득 핸드폰을 확인해 보니 벌써 점심 시간이 훨씬 지나 있었다.

"어떻게 할까요?"

주문한 가전제품들은 저녁이 되어서야 도착할 것이다. 윤씨가 필요한 물건도 쇼핑할 겸 백화점으로 가자고 했다. 다운이 흔쾌히 고개를 끄덕이곤 다시 모직 코트를 집어 들었다. 옷들이 다 포장되어 있는지라 갈아입기가 애매했다.

오랜만에 와본 백화점은 역시 언제나 그렇듯 화려하게 반짝이고 있었다. 꽤 긴 시간을 집 안에서만 지내서 그런지 다운이 약간은 적응을 못하고 마치 길 잃은 아이처럼 두리번거렸다. 그러나 윤씨 아줌마가 누군가? 시댁의 그 큰 살림을 도맡아하시는 분이 아닌가. 윤씨 아줌마가 마치 미로 속의 해답을 아는 것처럼 거침없이 다운의 손을 잡고 길을 열었다. 개선장군처럼 돌진해 가는 아줌마의 뒷모습을 다운이 놓치지 않으려고 걸음을 재촉하면서도 오랜만에 사람들과 뒤섞여 걷는 재미에 입가에는 미소가 어리고 있었다.

둘은 점심을 먹고 백화점 구석구석을 돌아다니며 먼저 필요한 물건을 사 모으는 데 집중했다가 돌아가야 할 시간이 다 되어서야 소품 비슷한 것을 파는 그릇 가게에 들어갔다. 실용적이기보단 갖가지 다양한 디자인과 색감으로 인간의 미적 욕구를 자극시키는 그런 곳이었다. 윤씨가 가게에 들어서자마자 색색깔의 쿠션에 시선을 맞추곤 가까이 다가갔다. 다운은 그런 아줌마의 모습을 물끄러미 바라보다가 문득 시야에 들어오는 찻잔을 발견하곤 그곳으로 걸음을 옮겼다.

원색의 꽃무늬가 큼지막하게 사람의 시선을 사로잡으며 그 존재감을 주장하고 있는 찻잔, 잘잘한 꽃과 쑥색의 잎들이 전체에 고루 퍼져 은근한 멋을 풍기는 찻잔, 모던한 선과 면 배치로 마치 하나의 기하학처럼 묘한 느낌을 일으키는 찻잔, 아주 단순한 동그란 무늬가 파스텔 색으로 띄엄띄엄 찍혀 있어 앙증맞은 찻잔, 우윳빛 백자처럼 하얀 살결 위에 고급스럽고 전통적인 문양이 입체적인 모양을 하고 있는 찻잔, 일본에서 수입된 자연스러운 흙빛의 색감 위에 동양적인 풀과 문양을 스미듯이 그린 찻잔.

한참 동안 찻잔이 보여주는 미의 세계에 눈을 못 떼고 있던 다운이 손으로 찻잔 하나씩을 들어 올려 눈앞에서 이리저리 움직여 보았다. 빛의 각도에 따라 변화무쌍하게 자신의 외양을 뽐내고 있는 그 모습을 관찰하며 그녀가 그 안에 담긴 만든 사람들의 마음이 무얼까 생각해 보며 즐거워했다. 다운이 두 개의 찻잔을 한쪽에 같이 놓고는 유심히 살피기 시작했다. 무엇이 더 예쁜가를 평가하며 어떤 쪽에 더 마음이 끌리는지, 오래 써도 쓸 때마다 새로워서 쉽게 질리지 않는 그런 찻잔을 고르고 있었다. 그러나 워낙 고급품을 소량생산해서 파는 곳인지라 다운의 눈에는 하나하나 다 예뻐 보였다.

쾌 오랜 시간 동안 찻잔에 골몰해 있던 다운은 문득 머리 속이 멍해지는 느낌이 들었다. 집에는 이미 충분히 쓸 만큼의 찻잔이 있음에도 그와 상관없이 생겨 버린 자신의 욕구를 어느 순간 인식하게 된 것이다. 방금 전까지 찻잔을 사고 싶어했던 욕구가 없었음에도 물건을 보고 생겨 버린 욕구를.

생산한다. 소비한다. 물건을 사도록 끊임없이 인간의 욕구를 자극시키는 물건이 만들어진다. 그리고 인간은 그 물건을 사기 위해 일을 하고, 다시 그 물건을 고르는 데 시간을 보낸다. 이 작은 찻잔을 고르는 데 시간을 보낸다. 무엇이 더 예쁠까, 무엇이 나란 인간에게 더 좋은가에 골몰하면서. 사회가 끊임없이 인간의 마음을 자극하고 인간은 그 자극에 생긴 욕구에 반응하며 휩쓸려 간다. 어느새 마음을 놓고 있으면 거대한 물살에 휩쓸려 간다. 그 물살은 어디를 향해 가고 있을까. 그 물살 속에 살고 있는 사람들은 어디를 향해 가고 있을까.

다운이 찻잔에 있던 시선을 들어 가게 안에 있는 수많은 물건들을 응시했다. 그리곤 다시 고개를 숙여 찻잔을 바라보았다. 이미 생겨 버린 자신의 욕구가 찻잔에 투영되고 있었다. 아름다운 물건을 소유하고 싶다는 마음과 그와 함께 그 찻잔으로 차를 마시고 싶다는 마음을. 아마도 찻잔을 광고하며 연인들이 등장하는 이미지와 내 욕구가 연결되어 있겠지.

그녀가 피식 자조 어린 웃음소리를 내며 찻잔 하나를 집어 들었다. 그리곤 계산대로 걸어갔다. 다운이 계산을 마치고 작은 종이 가방을 건네받고 있을 때 누군가가 그녀의 어깨를 탁 치며 이름을 불렀다.

"너, 다운이 맞지?"

그녀가 고개를 돌려보니 대학 때 동기였던 친구가 서 있었다. 대학 때 동아리 동기였던 친구가 말쑥하게 정장 차림을 하고 화사하게 웃고 있었다. 다운은 너무나 오랫동안 연락이 없었던, 그리고 대학 때 가끔 친구의 친구로 지낸지라 약간은 어색한 미소를 지으며 고개를 끄덕였다. 대학 때 약간은 푼수기가 있을 정도로 활발했던 이 친구는 졸업하자마자 취직을 해서 곧바로 사회활동을 하고 있다는 얘기를 얼핏 듣긴 했었다.

"어떻게 지내?"

자연스러운, 너무나 자연스러워서 형식적인 것 같은 질문에 다운이 짧은 순간 난감한 표정을 지었다. 흘러가는 대로 대답을 해야 할지, 있는 그대로 얘기해야 할지 순간적으로 판단이 안 되어서였다. 스치듯 사람을 많이 만나오질 않았던지라 이러한 대화에 꽤 약했던 것이다. 다운이 상황을 파악하고 자연스럽게 말을 꺼냈다.

"응, 그럭저럭. 여기서 일하니?"

친구는 다소 민망한 듯하면서도 자신감있는 얼굴로 고개를 끄덕였다. 다운이 눈을 반짝이며 그녀를 쳐다보자 친구는 이내 어색한 표정을 지었다. 학교를 다닐 땐 모두 전공에 따라 직업을 찾을 거라고 생각하지만 길은 그렇게 단순하지 않았다. 그러나 친구의 태도와는 다르게 다운은 그런 친구의 모습이 꽤 좋아 보였다. 그리고 당당히 자신의 할 일을 찾아 그 몫을 하고 있다는 느낌을 주면서 지금 자신은 무엇을 하고 있나 하는 그런 생각도 들었다.

대화가 끊겨 둘이 서로 빤히 쳐다보고 있는데 윤씨가 쿠션 두 개를 골라 계산대에 다가오다가 둘을 발견하곤 그들 곁으로 걸어왔다.

"어머, 작은 사모님, 친구 분이세요?"

윤씨의 말에 다운이 웃음을 머금고 고개를 끄덕였다.

"네, 대학 동기예요."

"안녕하세요. 이성주라고 합니다."

친구는 회사생활을 해서인지 약간은 똑 부러지는 말투로 인사를 했다. 다운이 그런 친구의 모습을 물끄러미 바라보았다.

뭐랄까. 자신에게도 사회에서 이렇게 자기 몫을 하고 있는 당당한 친구가 있다는 것을 보여주고 싶은 마음이랄까. 개인적 능력이나 경험을 사회적으로 인정받거나 통과해 본 경험이 없는 다운으로서는 졸업하자마자 결혼해서 집에만 있는 자신이 그렇게 당당하게 느껴지질 않았다. 그러나 고개를 끄덕이면서 타인의 존재를 통해서 자신의 존재를 확인하고자 하는 자신의 모습이 순간 부끄럽게 느껴졌다.

다운이 이제 차를 마시자고 해야 하나, 아니면 그냥 헤어져야 하나 아리송해하고 있을 때 멀리서 친구의 동료가 걸어왔다. 아마도 다른 매장을 조사하는 게 끝이 난 것 같았다. 친구는 다음에 연락하자는 형식적인 인사를 건네곤 동료와 함께 떠났다.

그날 밤, 환하게 밝은 빛이 새어 나오는 거실에서 분주히 움직이는 다운의 모습이 보였다. 그리고 베란다 한쪽엔 낮에 사온 작은 화분이 여러 개 놓여 있었다. 어느 정도 살림을 정리한 다운이 잠시 식탁 의자에 앉아 있었다. 짧은 순간 무언가를 주저하며 미간을 찌푸리고 있던 그녀가 핸드백에서 무언가를 꺼내더니 먹었다. 피임약이었다.

'이사 왔다고 관계가 달라진 건 아니니까.'

이런 상태로 민철의 아이를 낳고 싶진 않았다. 그날 민철이 가면을 쓰고 비아냥거리듯 임신을 거론한 날부터 다운은 몰래 피임약을 먹어왔다. 금방이라도 민철이 문을 벌컥 열고 들어올 것 같은 느낌에 그녀가 탁자 위에 있던 약 포장지를 얼른 쓰레기통에 넣었다. 그리곤 나머지 약을 핸드백 깊숙이 찔러 넣었다.

혼자 의욕적으로 뭘 챙겨 먹을 만큼의 기운이 없어 다운이 안방으로 걸어갔다. 사실 6개월 동안 시댁에서 지내면서 팽팽하게 곤두서 있던 줄이 툭 하고 끊기는 느낌이었다. 게다가 집 안을 정리하고 나자 온몸에 피곤함이 몰려왔다. 그러나 다운이 침대에 누우려는 순간 벨소리가 들려왔다. 그녀가 무거운 눈꺼풀을 간신히 뜨고 현관문을 열었다. 민철이었다. 퇴근하고 바로 온 것 같았다. 다운은 손 하나 까딱할 수 없을 정도로 몸이 무거웠기에 아무 말 없이 그가 들어올 수 있도록 몸을 비켜주곤 서 있었다. 민철이 집 안을 스윽 둘러보더니 다운의 얼굴을 쳐다봤다. 그녀의 눈가에 자리 잡은 검은 그늘을 민철이 유심히 뜯어보더니 작게 한숨을 쉬었다. 그가 부드럽게 입을 열었다.

"혼자 하느라 많이 힘들었니?"

감정이 담겨져 있지 않은 무뚝뚝한 목소리였지만 얼핏 걱정스러움이 묻어 있는 목소리였다. 다운이 그의 손에 들려 있는 가방으로 가져가던 손을 멈추곤 민철을 바라보았다. 다운이 그의 눈을 빤히 쳐다보고 있다가 고개를 가로저었다.

민철은 그냥 고개를 살짝 끄덕이곤 안방으로 들어갔다. 그가 넥타이를 풀자 다운이 옆에 다가와 받았다. 그녀가 장롱 문을 열고 넥타이를 정리하는 모습을 민철이 우두커니 서서 응시하고 있었다. 금방이라도 다운에게 손길이 갈 것 같아 민철이 주먹을 움켜쥐었다. 그의 눈빛이 점점 더 까매지며 다운의 옆모습을 노려보았다. 부모님과의 이야기가 있은 후 다운은 이사에 대해 아무 말이 없었다. 그저 일정에 따라 움직일 뿐이었다. 아무런 기색 없이 이사를 하고 정리하는 그녀를 보며, 아무렇지 않은 얼굴로 자신의 넥타이를 받아주는 그녀에게 설명할 수 없는 분노가 치밀어 오르기 시작했다. 무덤덤한 다운의 반응에 여전히 상처받는 자신이 지긋지긋했다. 그리고 여전히 그녀를 보면 안고 싶어지는 자신의 몸에도 짜증이 치밀었다. 가슴속 깊은 곳에서 뜨거운 불길이 타는 것 같았다.

다운이 무표정한 얼굴로 옆에 다가와 그의 상의에 손을 댔다. 순간 민철이 딱딱하게 굳은 얼굴로 그녀를 노려보며 그녀의 손목을 잡아챘다. 갑작스런 그의 행동에 다운이 아픈 신음을 흘리며 놀란 듯 민철의 얼굴을 빤히 쳐다보았다. 영문을 모르겠다는 듯한 그녀의 맑은 눈동자를 그가 잠시 내려다보더니 피식 웃었다. 그리곤 상의를 벗어 바닥에 내동댕이치곤 욕실로 들어가 버렸다.

다운이 멍하니 바닥에 있는 민철의 옷을 바라보고 서 있었다. 슬프게 가라앉은 물기 어린 눈동자로 그 옷을 한참 동안 응시하고 있다가 찬찬히 몸을 숙여 옷을 집었다. 그리곤 손으로 혹시라도 묻어 있을 먼지를 털어내곤 옷걸이에 걸었다. 옷을 장롱 안에 걸고 다운이 장롱 문을 닫으려고 손을 가져가려는 순간 그녀의 몸이 공중으로 들어 올려졌다. 민철이 언제 안방으로 왔는지 뒤에서 다운이를 안아 올렸던 것이다. 다운이 놀라서 커진 눈으로 뭐라고 말하기 위해 입을 열었지만 덮쳐 오는 그의 입술에 그녀의 목소리는 밖으로 나오지 못했다. 민철은 와이셔츠를 벗은 채 바지만 입고 있었다. 그의 얼굴은 딱딱하게 굳어 있었지만 그의 손길이 다급하게 그녀의 옷을 벗겼기에 다운은 정신을 차릴 수가 없었다.

"민철 씨…… 잠깐만……."

다운이 간신히 목소리를 쥐어짜 말했지만 민철은 아무런 대꾸 없이 그저 급하게 그녀의 옷가지를 벗겨냈다. 그리곤 휙 하고 다시 안아 올리곤 침대 위에 눕혔다. 그녀를 침대 위에 눕히곤 민철이 서둘러 옷을 벗었다. 그 모습을 보고 있는 다운의 눈동자엔 괴로움으로 어두워져 갔다. 그가 마침내 알몸으로 침대 위에 올라오자 다운이 손으로 그를 제지하며 다급하게 말했다.

"더 이상은 싫어요…… 이런 식으로……"

순간 급하게 그녀를 향해 움직이던 그의 손이 딱 멈추었다. 그가 고개를 살짝 틀며 차가운 비웃음을 지으며 말했다.

"이런 식? 내가 내 아내랑 하겠다는데 뭐가 문제지?"

다운이 벌린 입을 다물지 못하고 그 자세 그대로 굳어 있었다. '이런 식'이란 말이 무얼 의미하는지 서로가 뻔히 알고 있었다. 어떤 의미인지…… 처음으로 다운이 먼저 손을 내밀었지만 민철이 그 손을 덥석 받아줄 만큼 마음이 열려 있지 않았다.

그의 차가운 말과 표정에 다운이 입을 꽉 다물며 옆으로 고개를 돌렸다. 그녀가 시선을 외면한 채 침대를 바라보고 있자 민철이 입술을 일그러뜨리며 웃음을 지었다.

"큭큭큭."

내민 손 한번 받아주지 않았다고 그렇게 쉽게 시선을 외면해? 내가 네 손길만 기다리는 개로 보이는 거야? 그래, 너의 애정은 그 정도겠지. 너한테 난 그 이상의 노력은 할 가치도 없는 존재라는 거냐?

웃음을 흘리던 민철의 얼굴이 순간 험상궂게 굳으며 다운의 따귀를 세게 쳤다. 집 안 가득 뺨 때리는 소리가 날카롭게 울려 퍼지며 그녀의 얼굴이 한쪽으로 돌아갔다. 따귀를 맞은 다운이 그 자세 그대로 움직이지 않고 멍하니 침대 시트만을 응시했다. 민철이 그녀의 머리채를 휘어잡곤 다운을 그의 품 안으로 끌어 당겼다. 한쪽 볼이 빨갛게 부풀어 오른 다운이 믿을 수 없다는 듯 비난 어린 시선으로 그를 올려다보았다.

민철이 그녀의 머리채를 더 힘 주어 움켜쥐자 다운의 입에서 아픈 신음이 흘러나왔다. 그가 냉소적인 미소를 지으며 그녀의 귓가에 입술을 가져가더니 그녀의 귓불을 세게 물었다. 아픔으로 그녀가 움찔하고 몸을 움츠렸다. 그런 다운의 반응에 상관없이 민철은 그녀의 귓가에 뜨거운 숨을 불어넣으며 잇새로 말을 씹어뱉었다.

"딴 세상에 가든 말든 알아서 하시죠, 부인. 저는 제가 알아서 즐길 테니."

그의 말에 다운이 눈을 감아버렸다. 그녀의 얼굴을 쥐는 억센 손길을 느끼며 다운이 울컥 치밀어 오르는 눈물을 삼켰다. 그녀의 입 안으로 거침없이 그의 혀가 들어왔다.

방 안은 칠흑같이 어두웠다. 이사 온 당일이라 방 한구석엔 아직 풀지 못한 짐들이 놓여 있었고, 창문은 커튼 없이 휑 하니 그 틀을 드러내고 있었다. 그 틀 사이로 작은 손톱만한 달이 희미하게 빛을 발하고 있었다. 그 칠흑 같은 까만 공간에 다운과 민철이 잠들어 있었다. 불빛이 없어 어두운 방 안임에도 다운의 얼굴이 하얗게 빛을 발했다. 너무나 창백해서 그녀의 피부가 투명한 빛을 냈다.

밤늦게까지 계속된 민철의 요구에 반항하기를 포기하고 다운은 그의 몸짓을 다 받아내었다. 그리고 결국 마지막엔 다운이 기절하듯 잠들어 버렸고, 민철은 그런 다운을 보며 깊게 한숨을 내쉬곤 함께 잠들었다. 잔뜩 인상을 찡그리고 잠이 들어 있는 민철의 귓가에 무슨 소리가 들려왔다.

쌕— 쌕—

거친 숨소리였다. 다운을 품 안에 끌어당겨 자고 있던 그에게 그 숨소리는 점점 더 크게 들려왔다. 그리고 한쪽 귀에 뜨거운 김이 연신 닿았다. 이상한 느낌에 민철이 억지로 눈을 뜨고 자신의 품 안에 있는 다운을 바라보았다. 창백한 그녀의 얼굴이 새하얀 빛을 뿜고 있었다. 다운이 잠든 채로 뜨거운 숨을 토해내고 있었다. 민철이 그녀의 허리에 있던 자신의 손을 천천히 들어 올려 다운의 이마에 갖다 댔다. 불덩어리처럼 뜨거웠다. 민철의 눈이 점점 커지며 몸을 일으켜 급히 스탠드를 켰다. 다운은 미간을 살짝 찡그린 채 여전히 잠들어 있었지만 거친 숨결을 토해내며 식은땀을 흘리고 있었다. 다급하게 그녀의 어깨에 손을 가져간 민철이 약하게 그녀를 흔들었다.

"다운아…… 다운아."

그녀의 어깨를 흔드는 그의 손짓이 점점 더 거칠어졌다.

"한다운…… 일어나 봐."

다운이 잠들어 있는 채로 아픈 신음을 흘렸다. 아주 작은 신음 소리였다. 민철이 당황으로 어쩔 줄 몰라 하며 순간 자신의 손으로 턱을 마구 쓸더니 이리저리 고개를 돌려 뭔가를 찾았다. 그가 찾던 것은 바로 침대 옆에 있는 탁자 위에 있었지만 순간 당황으로 민철이 허둥지둥하며 계속 이리저리 고개를 돌렸다. 전화기였다, 그가 찾은 것은. 마침내 전화기가 눈에 들어온 그가 급하게 버튼을 눌렀다. 신호음을 듣고 있던 그가 문득 탁자 위에 있는 탁상시계를 보았다. 새벽 2시였다.

'빨리 좀 받아라. 뭔 놈의 늙은이가 이렇게 새벽잠이 깊어?'

민철이 신호음이 계속 들려오자 입술을 일그러뜨리며 낮게 욕설을 중얼거렸다. 마침내 수화기 너머에서 잠에 취한 중년의 남자 목소리가 들려왔다.

[하아함……. 예.]

"죄송합니다. 늦은 시간에……. 마음이 급해서."

[아, 민철 군인가? 무슨 일 있는가?]

늦은 시간에 걸려온 민철의 전화에 김 박사는 혹시나 강 회장에게 무슨 일이 있나 싶어서 잠이 확 달아났다.

"아…… 저, 집사람이…… 그러니까……."

집사람이란 말에 김 박사가 안도의 숨을 소리없이 내쉬며 조용히 말을 꺼냈다.

[차근차근 말해 보게. 어떻게 아픈 겐가?]

"그러니까…… 많이 아픕니다. 계속 깨워도 정신을 못 차리고 얼굴도 창백하고……."

김 박사는 수화기로 들려오는 민철의 당황이 가득한 목소리에 잠시 수화기를 멀리 떼어내 쳐다보았다.

'민철이 맞나. 이놈은 무슨 일이 있어도 허둥대지 않을 줄 알았는데.'

[열이 있는가?]

"예."

민철이 중요한 시험을 보는 사람처럼 진지하게 대답했다. 김 박사는 삐져 나오는 웃음을 간신히 참으며 질문을 계속했다. 몇 번의 질문과 진지한 대답이 오간 후 김 박사가 단호하게, 그리고 간단하게 처방을 내렸다.

[감기일세. 집에 해열제 있으면 먹이고 차가운 물수건으로 열을 내려주게.]

민철이 아까보다 더 진지한 목소리로 불쑥 말을 꺼냈다. 그의 시선은 계속 아픈 신음을 흘리는 다운에게로 가 있었다.

"응급실로 가야 되지 않을까요?"

[이 사람아, 누가 감기로 응급실에 가나? 열만 내려주면 괜찮을 걸세. 내일 아침 되면 병원에 가든가.]

김 박사의 말에 제정신이 돌아온 민철이 잠시 민망한 표정을 짓더니 예의 바르게 감사하다는 인사를 하곤 수화기를 내려놓았다. 민철이 의자 위에 걸쳐져 있는 가운을 입곤 부엌으로 걸어나갔다. 냉동실엔 다행스럽게도 얼음이 있었다. 냉동실에 있는 얼음을 죄다 큰 그릇에 쏟아내곤 민철이 수건을 적셨다.

달그락. 달그락.

얼음이 물에 둥둥 떠서 그릇에 부딪치며 소리를 냈다. 수건을 적신 물기를 짜내면서 민철은 무언가에 골몰해 있었다.

'저 짐 속 어딘가에 해열제가 있을까. 없으면……'

민철이 잔뜩 찡그려진 얼굴로 한숨을 길게 내뱉더니 다운에게로 갔다. 그리곤 수건을 그녀의 이마 위에 올려놓았다. 수건이 닿자마자 그녀의 이마에서 김이 났다. 찬물에 달군 쇠를 담글 때처럼 김이 피어오르는 것만 같았다. 그 모습을 멍하니 바라보고 있던 민철이 다시 다급하게 몸을 움직였다. 한쪽에 놓여 있는 짐들을 그가 미친 듯이 풀기 시작했다.

새벽 4시쯤이었을까. 방 안과 거실은 풀어 헤쳐진 짐으로 완전히 아수라장이었다. 마침내 어느 귀퉁이에서 약상자를 발견한 그가 순간 한 손을 허공에 번쩍 치켜들었다. 그의 얼굴 만면의 미소가 어려 있었다. 찬찬히 약들을 살피며 드디어 해열제를 발견한 민철이 부엌으로 가 컵에 물을 담아 침대가 있는 곳으로 급하게 걸어갔다. 여전히 다운은 뜨거운 숨을 뱉으며 잠들어 있었다. 열이 있음에도 얼굴은 새하얗게 창백했다.

민철이 잠시 그녀를 깨울까 망설이다 자신의 입 안으로 약하고 물을 털어 넣었다. 그리곤 그녀의 입 안으로 그것들을 넣어

주었다. 그녀가 삼킬 수 있게 약간 고개를 뒤로 젖혀주자 다운의 목으로 꿀꺽하고 뭔가가 넘어가는 모습이 보였다. 그 모습에 일단 안심을 한 그가 수건을 집어 들었다. 얼음물로 차가웠던 수건은 이미 뜨듯하게 데워져 있었다. 민철이 얼음이 담아 있는 그릇을 방 안으로 가져와 다시 차가운 물기를 머금은 수건을 다운의 이마에 놓아주었다. 그리고 어느 정도의 시간이 지나자 그가 다운의 이마 위에 있는 수건을 살며시 떼어내 다시 그릇에 넣었다.

'이 여자야, 몸이 안 좋으면 안 좋다고 말을 해야 할 거 아냐? 아프면 아프다고 떼를 써야 할 거 아냐? 정말 너란 여자는.'

창밖으로 동이 터오고 있었다. 아직은 어둑어둑한 방 안에 한 남자가 연신 수건을 적셔 여자의 이마에 올려주기를 반복했다.

다음날 아침, 햇살이 방 안 가득 들어오며 잠들어 있던 다운의 눈을 찔러댔다. 다운이 인상을 찡그리며 천천히 눈을 떴다. 그러곤 눈앞에 보이는 물체를 인식하려고 눈을 깜빡이다가 앞에 있는 물체가 민철이란 걸 알고 동그랗게 눈을 크게 떴다. 의자에 민철이 앉아 고개를 꾸벅거리며 졸고 있었던 것이다.

'어? 왜 저기서 자고 있지?'

다운은 물먹은 솜처럼 무거운 몸을 느끼며 힘겹게 일어나 앉았다.

'이마가 왜 이리 시원하지?'

그녀가 손으로 자신의 이마를 만지자 이마 주변이 축축이 젖어 있었다. 다운은 손으로 이마를 만지다가 눈앞에 있는 광경에 입을 벌렸다. 방 안의 짐들이 풀어헤쳐져 그야말로 난리판이었다. 방문 너머 보이는 거실도 마찬가지였다.

'도둑이 들어왔나?'

다운은 경악으로 커진 입을 다물지 못하고 의자에서 졸고 있는 민철을 흔들어 깨웠다. 꾸벅꾸벅 졸고 있던 민철이 순간 머리를 흔들며 정신을 차렸다. 그리곤 충혈된 눈으로 다운을 물끄러미 응시하더니 꽉 잠긴 목소리로 말했다.

"크흠……. 당신 괜찮아?"

"민철 씨, 집에 도둑 들어왔나 봐요."

그녀의 벙찐 소리에 민철이 약하게 얼굴을 찌푸리곤 주위를 둘러보았다. 방 안 가득 어제 자신이 풀어놓은 물건들이 나뒹굴고 있었다. 그 물건을 멍하니 바라보던 민철이 찌뿌드드한 얼굴로 다운을 쳐다보더니 깊게 한숨을 쉬었다.

"도둑…… 들어왔었어."

다운이 경악으로 눈을 동그랗게 뜨곤 새된 외침을 내질렀다.

"예??"

그녀의 얼굴을 뚫어지게 노려보던 민철이 퉁명스럽게 한마디를 하곤 침대 위로 몸을 뉘었다.

"내가 어제 쫓아냈어."

베개에 머리를 대자마자 민철이 코를 골았다. 다운이 어리둥절한 얼굴로 그런 민철을 흔들어 깨웠다.

"민철 씨…… 민철 씨, 진짜예요?"

더 이상 말할 기운이 없는지라 민철은 잠 속에서 웅얼거렸다.

"그래, 이 여자야. 감기라는 도둑을 내가 쫓아냈다."

민철의 입술이 달싹이며 뭐라고 웅얼거렸지만 다운은 알아들을 수가 없었다. 그의 입술 가까이에 그녀가 귀를 가까이 댔지만 더 이상 아무런 소리도 들리지 않았다. 약하게 코 고는 소리만이 들려올 뿐.

쪼로록—

하얀색 위에 파스텔 빛의 물방울 무늬가 찍혀 있는 머그컵 안으로 갓 뽑아낸 커피가 채워졌다. 깊은 맛의 브랜드와 고소한 향의 헤이즐넛을 반반씩 섞은 커피가 따라지면서 집 안 전체로 커피 향이 퍼져 나갔다. 다운은 식탁 의자에 앉아 잠시 눈을 감고 집 안에 감도는 그 커피 향을 음미했다. 시간이 약간만 흐르면 집 안에 가득 채워져 있는 커피 향은 느껴지지 않을 것이다.

'온몸을 감싸는 이 향에 익숙해져 집 안에 커피 향이 도는 줄도 모르게 되겠지. 그러다 밖에 나갔다 돌아오면 갑자기 깨닫게 되겠지, 발을 들여놓은 공간에 커피 향이 맴돌고 있다는 것을.'

무언가에 익숙해진다는 것, 누군가의 존재에게 익숙해진다는 것, 그리고 살아 있다는 것에 익숙해진다는 것. 그게 잘 되지 않았다. 어느 정도의 익숙함 그 이상은 되지 않았다. 익숙해졌다는 것을 문득 인식하게 되면 다시 낯설음.

다운이 커피 한 모금을 마시곤 금방 치워놓은 거실을 둘러보았다.

'이 공간이 언젠가는 익숙하게 될까?'

집 안은 말끔히 치워져 있었다. 그가 잠든 후 다운은 밥 먹는 것도 잊고 민철이 깊은 잠을 잘 수 있도록 시끄럽지 않게 조용히 하나하나 치워 나갔다. 민철이 잠든 후에야 다운은 어젯밤 비몽사몽간에 누군가가 자신의 이마 위에 차가운 무언가를 놓아주었던 기억을 떠올릴 수 있었다. 그리고 조용히 낮은 소리로 울리는 그의 코 고는 소리를 신기하게 듣고 있다가 침대 한쪽에 놓여져 있는 그릇과 수건을 보게 되었다. 물수건을 보면서 처음 느낀 감정은 고마움이 아니라 낯설음이었다. 아플 때 누군가의 보살핌을 받는 것이 낯설고 어색했다. 아프면 그저 홀로 방 안에 틀어박혀 나을 때까지 기다려 왔다. 동시에 육체로 전해오는 아픔에 살아 있다는 것을 계속 확인했을 뿐이다. 아름이가 죽은 후로 아프다고 떼쓰는 걸 왠지 할 수 없었다. 죽음으로 가버린 남동생 아름이가 있는데 살아남은 자신이 죽을병도 아닌데 호들갑을 떨 순 없었다. 그저 담담히 아픈 몸을 바라보며 어색하게 몸과 대화를 나누곤 했다.

'많이 아프니, 몸아?'

'네가 이번에 나를 너무 혹사시켰어. 추위에 네가 나를 방치시켰잖아.'

'미안해, 몸아⋯⋯. 다음부턴 조심할게. 많이 힘드니? 너에게 함부로 해서 미안해.'

주말이라 빌라 근처는 조용했다. 다운이 비스듬히 열려 있는 안방을 바라보았다. 틈 사이로 곤히 잠들어 있는 민철의 모습이 보였다. 다운이 소리나지 않게 조심스러운 발걸음으로 침대가로 걸어가 그의 옆에 살짝 걸터앉았다. 미처 커튼을 달지 못해 창문으로 햇살이 쏟아져 내리고 있었다. 그 햇살에 민철이 미간 사이를 좁히며 자고 있었다. 다운이 그의 얼굴을 물끄러미 응시했다.

'무엇에 끌리는 걸까. 이 사람의 어떤 면이 날 붙잡고 있는 걸까.'

그녀의 머리 속으로 지난밤 자신의 얼굴을 쓰다듬던 그의 손길이 떠올랐다. 조심스럽고 부드러운 손길이었다. 다운은 나지막이 숨을 몰아쉬곤 한 손으로 그의 얼굴을 쓰다듬었다. 손가락 끝으로 살며시 그의 이마와 코, 그리고 그의 입술을. 간밤에 새로이 나기 시작한 수염이 그녀의 손끝을 타고 까끌까끌한 느낌을 전해주었다.

살아 있는 사람. 이 수염은 그가 나를 간호해 주는 순간에도 당연하듯 말없이 자라고 있었겠지.

다운이 손바닥으로 그 수염을 어루만졌다. 부드러운 살결과 꺼칠한 수염의 감촉이 손바닥 안으로 느껴졌다. 손바닥으로 전해져 오는 촉감이 살아 있음의 증거처럼 다가왔다. 어느 순간 다운이 그의 얼굴에서 손을 떼고 두 손을 모아 그러쥐고는 창문으로 쏟아져 내리는 햇살을 응시했다. 봄 햇살이 참 따사로웠다.

"크흠……."

갑작스럽게 들려오는 목소리에 다운이 고개를 돌려 민철을 바라보았다. 민철이 피곤한 듯 갈라진 목을 가다듬으며 눈을 게슴츠레 떴다.

"일어났어요?"

다운이 부드럽게 말을 건네자 민철이 말없이 그녀의 얼굴을 응시했다. 민철의 눈으로 파랗게 부어오른 그녀의 한쪽 볼이 들어왔다. 그녀의 눈가를 응시하던 그가 그녀의 입술 쪽으로 시선을 옮겼다. 입술 한쪽이 조금 헐어 있었다. 아마도 어젯밤 그가 상처 입힌 것이리라. 민철이 다시 눈을 감고 팔을 자신의 얼굴 위로 드리웠다. 그의 입에서 무뚝뚝하고 퉁명스러운 목소리가 흘러나왔다.

"물 좀 줘."

그의 귓가에 버석거리는 시트 소리와 낮은 발자국 소리가 들려왔다. 민철이 팔을 내리고 주방으로 걸어가는 다운의 뒷모습을 바라보았다. 그의 눈동자에 미안함과 자괴감이 가득 들어 있었다. 스스로가 한심스러워 견딜 수 없을 정도로 괴로웠다.

다운이 물을 가져오자 민철이 자리에서 일어나 앉았다. 말없이 물만 벌컥벌컥 들이마시는 그를 다운이 조용히 바라보고 있었다. 그가 다 마신 컵을 다운에게 건네주자 다운이 컵을 받으며 부드럽게 말했다.

"민철 씨……."

민철이 입술을 한 손으로 스윽 닦아내다가 그녀의 목소리에 고개를 들어 그녀를 유심히 쳐다보았다. 다운이 그의 눈을 마주 보며 차분한 목소리로 말을 이었다.

"민철 씨, 나 대학원 가고 싶어요."

대답을 기다리는 듯 다운이 침묵을 지킨 채 민철의 얼굴을 응시했고, 민철은 무표정한 얼굴로 그녀의 얼굴에 시선을 고정시킨 채 움직이지 않았다. 굵고 부드러운 남자의 목소리가 낮게 뱉어 나왔다.

"안 돼."

순간 다운이 얼굴을 살짝 찡그리며 공허함을 담은 눈으로 그를 바라보았다.

'그와 소통하길 바라는 건 정말 바보 같은 짓일까.'

그러나 그녀의 머리 속으로 지난밤 쓰다듬었던 그의 손길이 스치면서 다운이 작게 숨을 들이마시곤 다시 부드럽게 말을 꺼냈다.

"민철 씨…… 나 공부하고 싶어요."

민철이 그녀를 뚫어지게 바라보았다. 처음으로 그녀가 거절한 손을 다시 잡았다. 그 목적이 민철의 마음을 얻기 위한 것이 아니라 공부인 게 좀 아쉬웠지만 처음으로 그녀의 재시도를 받은 민철은 어느 정도 마음이 누그러졌다. 게다가 다운이 눈을 동그랗게 뜨고 자신의 눈을 바라보고 있었다.

'도대체 이런 어색한 아양은 어디서 배운 거야.'

잠시 후 그가 짧은 한숨을 토해내더니 피식 웃음을 지었다. 그의 웃음에 다운이 눈을 더 크게 뜨고 아이처럼 그를 올려다봤다. 민철이 입술 한쪽을 올리며 슬며시 미소를 지었다. 그가 나른한 목소리로 놀리듯 부드럽게 말했다.

"내 마음이 바뀌게 해보든지."

다운이 멍하니 그를 쳐다보았다. 그리곤 살짝 고개를 틀며 뭔가를 곰곰이 생각하기 시작했다. 그 모습에 민철이 기가 막힌다는 듯 웃었다.

"말로 말고 몸으로……."

골똘히 어떤 말로 설득시켜야 하나 고민하고 있던 다운이 그의 말을 듣곤 얼굴을 붉혔다. 붉게 달아오른 얼굴로 다운이 뿔난 아이처럼 낮게 중얼거렸다.

"내 맘대로 해버리면 어쩔 건데요?"

웃고 있던 그의 얼굴에 단번에 굳어졌다.

"어떻게 할지 궁금하면 맘대로 해봐."

"후우……."

입을 벌리고 다운이 고개를 저었다. 못 말려, 그런 표정으로 그녀가 멀뚱히 그를 쳐다보고 있자 민철이 잔뜩 굳은 얼굴로 침대에서 내려가려고 몸을 움직였다. 순간 다운이 급하게 손을 올

려 민철의 목을 감았다. 갑작스런 다운의 행동에 민철이 몸을
뻣뻣하게 굳히며 멀뚱히 그녀를 바라보다가 순간 의아한 표정
으로 한쪽 눈썹을 치켰다. 다운이 민망함이 잔뜩 묻어나는 표정
으로 어색한 듯 입을 열었다.

"몸으로 하라면서요?"

민철의 눈이 짙게 변했다. 그가 씨익 하고 나른한 미소를 지
으며 천천히 자신의 몸을 침대 위로 뉘었다. 그리곤 대자로 뻗
어 가만히 누워 짓궂은 미소를 지으며 다운의 눈을 응시했다.
당혹스러운 얼굴로 뿌루퉁하게 입술을 내민 다운이 누워서 지
켜보고 있는 그를 노려보았다. 그녀의 얼굴 표정을 그가 흥미롭
게 지켜보면서 더 느물거리는 미소를 지었다.

둘이 숨 쉬는 공간은 기묘한 침묵으로 가득 채워져 있었다.
민철은 지그시 여유로운 미소를 지으며 과연 그녀가 어떻게 나
올까 지켜보았고, 다운은 이 말도 안 되는 거래방식을 관조하고
있었다.

'어째서 이 사람은 이렇게 끊임없이 진흙탕에 들어오라고 손
을 내미는 걸까. 원하는 것에 집착하라고, 그리하여 인간적으로
그것을 취하라고 그는 재촉한다. 유일하게 나를 재촉하는 사람,
유일하게 나에게 삶에 집착하며 살라고 요구하는 사람.'

다운의 눈동자와 민철의 눈동자가 의미심장하게 마주쳤다.
둘 사이에 흐르는 어떤 것을 서로가 지켜보고 있었다. 다운이
천천히 몸을 숙여 민철에게 다가갔다. 짧게 숨을 들이키는 민철

의 숨소리가 들렸다. 그러나 언제 그랬냐는 듯 민철의 숨소리는 다시 차분해져 있었다. 다운이 입술을 지그시 깨물며 손으로 그의 가슴을 부드럽게 쓸었다. 그녀의 손길에 민철이 숨을 멈추고 다음 행동을 기다리고 있었다. 다운이 고개를 들어 그의 눈을 마주 보며 민철의 입술에 그녀가 조심스럽게 자신의 입술을 갖다 댔다. 그리곤 아주 조금 혀를 내밀어 그의 아랫입술을 핥았다. 빨갛게 달아오른 다운이 그의 입술에서 입을 떼곤 그를 바라보았다. 답을 기다리는 아이처럼, 그리고 동시에 유치한 제안을 하는 아이를 바라보는 어른처럼.

민철이 그녀의 얼굴에 나타나 있는 관조 어린 시선을 느끼며 비웃듯 한쪽 입술을 올렸다. 그의 입술에서 나른한 중얼거림이 흘러나왔다.

"서툴러, 한다운. 이 정도에 내 마음이 바뀔 거라고 생각하는 거야?"

순간 맑은 그녀의 눈동자에서 도전적인 빛이 떠올랐다. 다운이 몸을 기울여 그의 귀를 혀로 핥았다. 그리곤 그의 귓불을 잘근잘근 씹었다. 갑작스런 그녀의 공격에 미처 방어선을 만들지 못한 민철이 급하게 숨을 들이켰다. 그의 얼굴이 심하게 구겨졌다. 귓가로 다운의 깃털 같은 숨결이 스쳐 지나갔다. 벌써 그의 허리 근처에 잔뜩 힘이 들어갔다.

'젠장. 이 여자한텐 왜 이렇게 약한 거야? 그녀가 귓불 한번 핥아줬다고 발정난 개처럼 달아오르다니.'

민철은 자존심이 상했지만 자존심을 지키기 위해 억지로 버티기엔 너무 괴로웠다. 맞닿은 그녀의 가슴과 다리가 주는 감촉이 너무 유혹적이었다. 민철이 욕을 중얼거리며 그녀의 허리와 어깨를 손으로 감쌌다. 그리곤 몸을 휙 굴려 다운을 그의 몸 아래로 오게 만들었다. 다운이 가쁘게 숨을 토해내며 그를 빤히 올려다보았다. 민철이 급하게 그녀의 입술에 키스하며 입을 벌려주길 재촉했다. 그리곤 그의 손이 그녀의 치마 안으로 들어가 허벅지 안쪽을 쓰다듬었다. 다운이 살며시 입을 벌리자 민철이 얼른 그녀의 입 안에 혀를 넣어 맛보기 시작했다. 정신없이 그녀의 혀와 엉켜 있던 그가 잠시 고개를 들곤 자신의 옷을 벗기 시작했다. 그녀의 몸에 거칠게 자신을 묻은 민철이 더 깊이 들어가기 위해 다운을 밀어붙였다.

다운이 뒤로 고개를 젖히며 약하게 미간을 찌푸렸다. 어제 저녁, 민철의 계속되는 요구를 받아들였던 몸은 아직 회복이 되어 있지 않았기에 그가 들어오는 길이 꽤 쓰라렸다. 다운이 눈을 감고 아픔이 가라앉기를 기다리며 숨을 몰아쉬자 민철이 움직임을 멈춘 채 그녀의 얼굴을 유심히 바라보았다. 그가 잔뜩 갈라진 음성으로 낮게 속삭였다.

"괜찮아?"

그의 조심스러운 목소리에 다운이 눈을 뜨고 민철을 응시했다. 그녀가 피식 웃음을 터뜨리며 장난스럽게 말했다.

"당신 넘어왔으니까 나 대학원 가도 되죠?"

그녀의 말이 끝나자마자 민철이 으르렁거리듯 거칠게 말을 뱉어냈다.

"그래, 그래……. 알았다고, 이 여자야."

불만 섞인 그의 목소리와는 다르게 그의 얼굴엔 웃음기가 어려 있었다.

다음날 아침, 출근 준비를 하며 넥타이를 매고 있던 민철이 뭔가 떠올랐는지 아침엔 별로 말이 없던 그가 갑자기 툭 하고 말을 내뱉었다.

"대학원 준비하다가 임신되면 관두는 거야."

양복 상의를 그에게 입혀주려고 했던 다운의 손이 허공에서 그대로 멈춰졌다. 다운이 민철의 얼굴을 가만히 바라보고 있다가 조심스럽게 입을 열었다.

"졸업하고 가지면……."

그녀의 말을 싹둑 잘라내고 민철이 단호한 어조로 말했다.

"안 돼. 공부하다가 임신되면 그땐 바로 그만둬."

뭔가를 말하려고 입을 벙긋거리던 다운이 작게 한숨을 내쉬곤 살짝 고개를 끄덕였다. 민철은 그녀가 억지로 대답하는 것을 알았지만 굳이 자신이 왜 그러는지 설명하고 싶지 않았다.

다운에게 이유를 말하기 위해선 자신이 어린 시절 느껴야 했던 감정과 상처들을 고스란히 드러내야 했다. 왠지 그 부분을 말하는 게 자신의 약점을 드러내는 것 같아 명령조의 말로 다운의 항의를 막아버렸다.

그가 출근한 후 다운이 핸드백에서 약을 꺼냈다. 그녀의 손은 약이 들어 있는 포장지를 만지작거렸다. 다운이 입술을 잘근잘근 씹어대다 식탁 위에 있는 물 컵에 손을 가져갔다. 아이를 갖고 싶은 마음이 없는 건 아니었다. 가끔은 그와 꼭 닮은 아이는 어떻게 생겼을까 하고 궁금하기도 했다. 그리고 한편으론 그와 닮은 아이를 그의 품에 안겨주고 싶기도 했다. 하지만 지금은 낳고 싶지 않았다. 아직 민철과의 관계에 확신이 들지 않았고, 동시에 아이에게 온전한 사랑과 관심을 줄 자신이 없었다. 어쩌면 아이는 커가면서 그녀의 무관심에 상처받게 될지도 모른다. 그리고 마음 깊은 곳, 저 어딘가에서 생명을 낳아 수레바퀴를 반복하는 것에 대한 허무함이 짙게 깔려 있었다.

5

"**여**어, 이게 누구신가?"

"잘 지내셨어요?"

다운이 쑥스러운 듯한 얼굴로 김 교수에게 인사를 건넸다. 졸업하기도 전에 결혼을 하고 그동안 두문불출했던 다운에게 교수는 장난스럽게 핀잔을 주며 그녀를 반가워했다. 다운이 색색깔의 들꽃이 동그란 모양으로 예쁘게 포장되어 있는 꽃다발을 교수님께 건네자 김 교수가 한쪽 구석에 있는 꽃병을 가져와 장난스럽게 비꼬며 말했다.

"아니, 꽃 받을 사람은 자네 아닌가? 허허허."

다운은 교수의 말에 감도는 따스함에 엷은 미소를 지으며 한쪽 의자에 앉았다. 김 교수는 꽃을 화병에 아담하게 담아 창문 가에 놓고는 차를 우리기 시작했다. 교수실 가득 초록빛의 구수한 녹차 향이 가득 스며들었다.

"민철의 결혼식에 가서 신부가 자네인 걸 보고 꽤 놀랐네. 그래, 민철이가 잘해주던가?"

"예."

다운이 진지한 얼굴로 미소 지으며 고개를 끄덕였다. 교수가 눈치 채지 못한 그녀의 얼굴엔 약간의 쓸쓸함이 묻어 있었다. 그녀의 머리 속으로 민철이의 모습이 떠올랐다.

민철이와 함께 있을 땐 어떤 사람인지, 그가 어떤 존재인지 잘 느껴지지 않았다. 누군가를 어떻게 생각하는지, 상대와 있을 땐 잘 모르다가 다른 사람과 만나 그 사람에 대해 말하다 보면 어느 순간 '아, 내가 이렇게 생각하고 있었구나' 하고 확실히 알게 되는 경우가 있다. 지금 다운의 마음이 그랬다. 같이 있으면 민철과 어긋나는 서로의 마음 때문에 괴로웠다. 그래서 어쩌면 민철과 결혼을 한 게 잘못된 선택이 아니었을까 하고 후회한 적도 있었다. 김 교수의 질문에 답하면서 다운은 새삼 민철이 자신에게 남다른 존재라는 걸 깨닫게 됐다.

가만히 딴생각에 빠져 있는 다운의 앞에 김 교수가 찻잔을 놓았다. 코로 들어오는 뜨거운 김에 다운이 교수에게 감사하다는 말을 중얼거렸다. 김 교수는 사람 좋은 그런 넉넉한 미소를 지으며 자신도 다운의 앞자리에 앉았다. 따듯한 찻잔을 손으로 부

드럽게 감싸 그 온기를 느끼고 있는 다운을 교수가 유심히 바라
보고 있었다.

"다운 양……."

교수가 자신을 부르자 다운이 찻잔을 바라보고 있던 시선을
교수에게 가져갔다. 맑은, 너무 맑아서 사람들로 하여금 혼탁해
질까 불안해지는 동시에 그 맑음에 분노를 일으키게 하는 그런
눈으로 교수를 응시하고 있었다. 그 눈을 교수가 깊이있는 눈으
로 바라보며 부드럽게 말했다.

"결혼 생활이 처음엔 맘대로 풀려지지 않는다네. 다 싸우면서
정이 드는 법이거든."

다운이 진지하게 교수의 얼굴을 응시했다. 김 교수의 얼굴이
신중한 당부를 하는 것처럼 진중해졌다.

"싸울 일이 있으면 가슴에 쟁여놓지 말고 터놓고 얘길 하게.
살아보니까 그게 가장 좋은 방법이더구만."

다운이 미소를 지으며 고개를 끄덕였다.

"근데 어쩐 일인가?"

교수가 멋쩍은 얼굴로 화제를 돌리자 다운이 작게 웃음을 터
뜨리며 상의드리고자 했던 얘기를 꺼냈다.

"대학원 문제 때문예요. 교수님과 상의드리고 싶어서……."

다운의 말에 교수가 약간 놀란 눈치였다.

"민철이가 그러라 그러든가?"

다운이 고개를 끄덕이자 교수는 약간은 의아하다는 눈빛으로

다운을 쳐다보았다.

'민철이가? 아내는 사회활동 못하게 할 것처럼 보였는데……. 녀석 고집이 꺾인 게군.'

약 한 시간 후 다운은 교정을 걷고 있었다. 한낮의 교정은 눈부시게 푸르렀다. 그러나 걷고 있는 다운은 무언가를 곰곰이 생각하는 얼굴이었다. 대학원 문제를 상의하고 다운이 지나가는 말로 교수에게 규헌에 대해 물었다. 지금쯤이면 제대하고 복학할 시기였다. 그러나 복학은커녕 학교에 얼굴 한 번 비춘 적이 없다는 거였다.

'무슨 일이 있는 걸까.'

띠리리리―

다운에게 남은 단 하나의 친구였다. 둘이었던 친구 중 한 명은 저 세상으로 훌쩍 가버렸고, 한 명은 연락이 없다. 길을 따라 걸으면서 다운은 규헌에게 연락을 해볼까, 아니면 기다려 볼까 그런 고민을 하고 있었다.

띠리리리리―

가방 안에서 울리는 핸드폰 소리를 뒤늦게야 알아챈 다운이 정신을 차리고 핸드폰을 꺼냈다.

"네, 한다운입니다."

[뭐 하느라 전화도 안 받는 거야?]

민철이었다. 짜증이 섞여 있었지만 화가 난 목소리는 아니었다.

"학교예요."

다운의 대답에 전화기에서 잠시 침묵이 흘렀다.

민철은 잠시 수화기를 쳐다보았다. 마치 먼 곳에 있는 다운의 얼굴을 응시하듯.

'뭐가 그렇게 급하다고 벌써 학교에 찾아간 걸까. 그렇게 결혼 생활이 참기 힘들었나.'

솔직히 말하면 그녀가 일을 찾기보다는 두 사람의 가정을 꾸려 나가는 것에 집중해 주었으면 하는 바람이 컸지만 그만두라고 말하기엔 타당한 이유가 없었다. 사실 다운이의 인생이고 다운의 몫인데 결혼이란 걸 족쇄처럼 들이댈 순 없었다. 그러나 알 수 없이 불안함이 생기는 건 어쩔 수 없었다. 자신에게, 그리고 자신과의 관계에 애착이 없는 다운이 어쩌면 자신의 길을 찾아 다른 곳으로 떠날지도 모른다는 불안감이랄까. 그리고 자신이 다운에게 우선순위가 아닐지도 모른다는 생각에 그는 기분이 착잡했다.

다운은 민철이가 무슨 말을 할까 긴장한 채 기다리고 있었다. 핸드폰에서 작게 짧은 한숨 소리가 들려오고 퉁명스러운 민철의 목소리가 들려왔다.

[나 오늘 늦을 것 같아……. 야근이야.]

다운이 알았다고 대답하려는 찰나 핸드폰에서 다른 남자의 목소리가 들려왔다.

[강민철 씨, 대현그룹 조사 다 됐습니까?]

대현그룹? 대현그룹이면 규현이 아버지가 다니는 회사였다. 다운은 눈을 크게 뜨고 전화기에서 들려오는 소리에 집중했다. 하지만 더 이상 동료의 목소리는 들리지 않았고 민철의 목소리가 들렸다.

[먼저 저녁 먹어. 그럼 이따 보자.]

뚝—

바쁜 일이 있는지 다운이 대답도 하기 전에 민철이 전화를 끊었다. 핸드폰을 한 손에 꼭 쥐고 그 자리에 우두커니 서 있던 다운은 천천히 정문 쪽으로 발걸음을 옮기다가 다시금 우뚝 멈춰섰다. 그리곤 한 손에 쥐고 있던 핸드폰을 들어 버튼을 누르기 시작했다.

'규헌아, 넌 괜찮은 거지? 너만큼은 괜찮아야 돼. 제발······.'

버튼을 누르는 다운의 손가락이 미세하게 떨리고 있었다.

민철이 집에 도착했을 때는 밤 10시가 넘은 시간이었다. 이번에 맡게 된 탈세 사건을 조사하느라 꽤 피곤했다. 얼른 씻고 술 한잔해야겠다는 생각을 하며 초인종을 눌렀지만 아무런 대답이 없었다.

'잠들었나?'

민철의 얼굴이 약간 찡그리며 잠시 문 앞에 서 있다가 열쇠로 문을 열었다. 집 안은 쥐 죽은 듯 조용했다. 그는 곧장 안방 문을 열고 침대를 확인했지만 다운은 없었다. 점점 그의 가슴팍이 오르내리며 입에선 씨근덕거리는 숨이 토해져 나왔다.

'이 여자가 정말!'

상의를 벗어놓을 생각도 안 하고 민철이 전화기에 손을 가져 갔다. 몇 번의 신호음이 들리는가 싶더니 이내 그녀의 목소리가 들려왔다.

[네, 한다운입니다.]

수화기에서 다운의 목소리가 들려오자 잔뜩 굳어 있던 민철 의 얼굴이 조금 풀어졌다.

"어디야?"

[지하철이에요. 지금 가고 있어요.]

수화기에서 들려오는 다운의 목소리가 왠지 힘이 없었다. 부 드러운 목소리였지만 낮게 가라앉은 목소리엔 슬픔이 묻어나고 있었다. 다운의 기운없는 목소리에 민철은 부드럽게 말을 하고 전화를 끊었다.

"알았어."

순간적으로 흥분한 탓일까. 민철은 목이 말랐다. 전화기를 잠 시 바라보고 있던 그가 부엌으로 발걸음을 옮겼다. 그리곤 물을 벌컥벌컥 들이켰다. 속이 탔다. 이상하게도 집 안에 다운이 없 는 걸 확인하자 안절부절못해졌다. 아니, 이상할 건 아니었다. 단지 그녀의 존재가 생각보다 더 컸음을 깨닫게 됐다. 집에서 누군가를 기다리고 있는 건 다운이라고 생각해 왔는데 정작 기 다린 건 그였다는 걸, 그녀가 있는 집으로 오는 시간을 그가 기다렸음을 말이다.

'젠장.'

타아악!!

민철이 식탁 위에 거칠게 물 컵을 내려놓았다. 초조함 때문이었을까. 식탁 위에 불안스럽게 놓여진 물 컵이 도르르 그 자리에서 회전을 하더니 바닥에 떨어졌다.

팍ㅡ!!

컵의 일부분이 깨진 채 바닥에 나뒹굴었다. 민철이 흩어져 있는 유리 조각을 보고 있다가 한쪽 귀퉁이가 떨어져 나간 물 컵을 주워 쓰레기통에 던지듯이 넣었다. 그리곤 주변에 유리 파편이 있나 살펴보았다. 그 순간에도 다운이 음식을 하다가 구석 어딘가에 있을 유리에 발이라도 베일까 봐 걱정이 되었다.

한참 동안 바닥을 유심하게 살펴본 민철이 마침내 싱크대 바로 밑에 몸을 숨기고 있는 유리를 집어 올렸다. 그리곤 다른 데 떨어지지 않게 조심스럽게 쓰레기통 안에 넣었다.

'응?'

쓰레기통에 유리 조각을 집어넣으려던 민철이 그 안에 있는 무언가를 응시했다. 아침에 다운이가 청소를 하면서 쓰레기통은 새 비닐봉지로 씌어 있었다. 그 비닐봉지 안에 작은 약 포장지가 덩그러니 놓여 있던 것이다.

'어디 아픈 건가.'

다운이 약 먹는 모습을 본 적이 없던 민철은 왠지 심상치 않은 느낌에 그 포장지를 집어 올렸다.

'이상하다. 감기는 다 낫는데 어디가 아픈 건가?'

약을 사 오는 것도, 그리고 약을 먹는 것도 전혀 몰랐다.

'mercilon?'

약 이름을 보는 순간 왜 그런 생각이 들었을까. 처음 들어보는 약 이름인데 왜 머리 속으론 결혼 6개월이 넘어도 임신 소식이 없는 게 떠올랐을까.

'설마…… 설마 아니겠지.'

민철이 의혹 어린 얼굴로 고개를 가로저었다. 그러나 마음속으로 비집고 들어온 의혹은 그렇게 쉽게 떨쳐지지 않았다. 음산한 의혹의 기운을 그가 애써 잠재우며 천천히 전화기가 있는 곳으로 발걸음을 옮겼다. 한 손엔 포장지를 쥐고.

잠시 후, 집안의 주치의인 김 박사와 통화를 끝내고 난 민철의 얼굴은 싸늘하게 굳어 있었다. 무표정한 얼굴이었지만 그의 눈동자 속엔 차갑게 얼어붙은 냉기가 흐르고 있었다.

그때 다운은 빌라를 향해 길을 걷고 있었다. 터벅터벅 그 길을 따라 걸어가던 다운이 낮에 만났던 규헌을 떠올리곤 탄식과도 같은 깊은 한숨을 뱉어냈다. 오랜만에 만난 규헌의 얼굴은 많이 어두워져 있었다. 그는 복학을 안 하고 아르바이트를 하고 있었다. 무슨 일이 있는 거냐고 재차 물었지만 규헌은 짧게 상황을 전해주고 침묵을 지켰다. 그의 아버지가 다니는 회사가 이번에 세금 탈세 혐의를 받고 조사 중이었다. 회사는 일을 축소시키기 위해 요직에 있는 공무원들과 정치인들에게 뒷돈을 대고 있었고, 결국 한 사람이 다 덮어쓰는 걸로 결론을 내린 모양이었다. 그 한 사람이 회사의 회계를 맡아온 규헌의 아버지였다. 회사에서 주요 인사들과 피라미 가운데에 있는 위치였다. 다운이 조심스럽게 지금 상황을 더 물었지만 규헌의 냉담한 대답에 더 이상 아무것도 말할 수 없었다.

"네가 무슨 상관인데."

그 말을 뱉어내는 규헌의 눈에 비난이 어려 있다는 것을 깨달은 다운은 그대로 굳은 채 그를 바라보고만 있었다. 규헌이 그런 다운을 외면하며 자리에서 일어났다. 그리곤 시선은 외면한 채 차갑게 마지막 말을 뱉어내고 카페를 나갔다.

"앞으로 연락하지 마. 결혼식 있다고 친구 장례식에도 오지 않는 친구는 별로 보고 싶지 않으니까."

낮의 일을 회상하며 걷고 있던 다운이 그 자리에 멈춰 땅바닥을 응시했다.

'아무런 변명도…… 아무런 말도 하고 싶지 않았다. 그저 침묵할 뿐. 희수야, 너도 나에게 죽는 이유 같은 거 말해 주지 않앗잖아. 네가 왜 자살했을까. 네가 그 많은 수면제를 입 안에 털어 넣으면서 무슨 생각을 했을까. 얼마나 많은 시간을 생각했는지 아니? 그래, 말해 줄 필요 없다고? 그래, 넌 알고 있었던 거야. 인간은 절대 타인을 완전히 이해할 수 없다는 걸.'

발걸음을 멈추고 우두커니 서 있던 다운이 눈물을 떨구기 시작했다. 그녀의 눈에서 흐른 눈물이 툭 하고 땅바닥으로 떨어져 내렸다.

다운이 눈물을 쓱 닦아내곤 빌라를 향해 다시 걷기 시작했다.

'왜 이해받지 못한다고 상처를 받는 걸까. 타인이 이해해 줘야 할 의무가 있는 것도 아닌데.'

현관문을 열고 거실에 들어서려던 다운은 집 안이 어두운 걸 보고 멈칫 그 자리에 멈춰 섰다. 베란다를 통해 들어오는 달빛이 거실 바닥에 여인의 머리채처럼 드리워져 있었다. 다운은 잠시 가만히 서서 달빛의 도움을 받아 거실의 윤곽을 살폈다. 천천히 고개를 돌리며 소파 쪽을 바라보게 된 다운이 흠칫 몸을 굳혔다. 소파에 민철이 앉아 있었다. 그는 바닥에 드리워진 달빛을 뚫어지게 응시하며 그녀의 존재에 반응을 보이지 않았다.

"왜 불도 안 켜고 있어요?"

싸늘하게 가라앉아 보이는 민철의 분위기에 짓눌려 다운이 조심스럽게 말을 중얼거렸다. 그녀의 말에 바닥을 응시하고 있던 민철이 천천히 고개를 들어 그녀를 응시했다. 어둠 속에서 그의 두 눈동자만이 빛을 내고 있었다. 다운이 거실 불을 켜기 위해 손으로 벽을 쓸어 스위치를 찾자 민철의 낮은 목소리가 들려왔다.

"켜지 마."

다운이 말없이 그를 바라보았다.

"무슨 일 있는 거예요?"

담담한 그녀의 질문을 듣고 민철이 피식 웃음을 지었다. 그의 입에서 부드러운, 하지만 차갑게 가라앉은 목소리가 흘러 나왔다.

"아니……. 그냥…… 잠시 이렇게 있고 싶어서 그래."

그가 고개를 돌려 베란다 창문 밖을 바라보자 다운은 함부로 다가갈 수 없어서 조용히 안방으로 발걸음을 옮겼다. 달빛이 너무나 반짝여서 왠지 슬프기까지 한 그런 밤, 거실 소파에 한 남자가 바위가 된 거처럼 미동도 없이 앉아 있었다. 그의 한 손에 완전히 찌그러져 날카롭게 살을 파고드는 플라스틱 포장지가 쥐어져 있었다. 잔뜩 힘을 주었는지 그 손이 하얗게 변해 있었다.

거실에서 그를 감싸고 있는 달빛은 안방 창문으로도 그 아련한 빛을 보내고 있었다. 침대 위에 옷도 갈아입지 않고 누워 있는 다운의 모습이 보였다. 꼭 감긴 두 눈에서 소리없이 눈물이 흐르고 있었다. 거실에 있는 그에게 위로받고 싶었지만 떼를 써선 안 될 것 같았다. 이유를 알 수 없지만 힘든 일이 있는 것 같

앉다. 그의 옆에서 왜 그러는지, 무슨 일이 있었는지 물어볼까
했지만 이 밤…… 달빛이 너무 아름다운 이 밤은 다운 자신에게
도 힘든 밤이었다.

보글보글—

구수한 된장찌개 냄새가 잠들어 있는 민철의 후각을 건드렸
다. 언제 잠들었던 걸까. 새벽에 되어서야 민철은 안방으로 들
어왔다. 된장찌개 냄새는 구수했지만 그걸 맡으며 일어나는 민
철의 마음은 구수해지지 않았다. 보글보글 정겨운 소리가 귓가
로 들려왔지만 기분은 정겨워지지 않았다. 싸늘하게 가라앉은
기분은 부엌에서 들려오는 일상적인 소리를 냉소적으로 바라보
게 했다. 감정이 담겨져 있지 않은 얼굴로 민철이 침대에서 일
어나 곧장 욕실로 걸어갔다. 걸음을 옮기면서 민철의 눈으로 다
운의 뒷모습이 들어왔다. 찌개에 넣을 두부를 썰고 있었다. 황
토색의 꽃과 쑥색의 잎들이 어우러져 있는 아이보리 빛 앞치마
를 하고 여느 집 아내처럼 두부를 썰고 있는 다운의 모습을 민
철이 무심한 눈빛으로 바라보았다.

'저 여자에게 뭘 기대한 걸까.'

그가 샤워를 하고 나와 식탁에 앉았다. 식탁 위엔 밥과 반찬
들이 가지런하게 놓여져 있었다. 그 가운데에 놓여 있는 뚝배기
에선 아직도 보글보글 소리를 내며 찌개가 끓고 있었다. 열기로
데워진 뚝배기는 불이 없어져도 당장은 식지 않는다. 천천히 데

워진 만큼 천천히 식는다. 끓고 있는 찌개를 물끄러미 바라보고 있던 민철이 수저를 들었다. 아침을 잘 먹지 않는 다운은 민철 맞은편에 앉아 컵에 물을 따르고 있었다. 물 잔을 그의 옆에 가까이 놓고 다운이 묵묵히 밥을 먹고 있는 민철을 바라보았다. 그녀가 조심스러운 어조로 부드럽게 말을 꺼냈다.

"민철 씨…… 양준길 씨 좀 도와줄 수 없을까요?"

다운의 입에서 '양준길'이란 이름이 나오자 민철이 밥을 먹다 말고 다운을 마주 보았다. 무표정한 얼굴로 민철이 다운을 응시하자 다운이 어색하게 미소를 지으며 쓸쓸한 듯한 얼굴로 말했다.

"규헌이 아버지예요."

'어제 늦게 온 이유가 규헌이었던 거니?'

짧은 순간 그의 눈에 날이 섰다가 다시 평온한 기운을 되찾았다. 그의 입에서 무심한, 가장했지만 오싹할 정도로 차가운 기운이 감도는 목소리가 흘러나왔다.

"그래서?"

식탁 주변엔 정적이 감돌았다. 영원과도 같은 정적이 계속 이어졌다. 끝날 것 같지 않았던 정적은 다운의 낮은 목소리에도 변함없이 계속됐다.

"아녜요, 아무것도."

다운의 말이 거실에 퍼져 나갔지만 감돌고 있던 정적을 깨진 못했다. 완전한 소통의 단절을 의미하는 정적이 서로의 마음을 파고들면서 침묵의 폭력은 점점 더 힘을 발휘했다.

식사를 다 마친 그가 안방으로 들어갔다. 넥타이를 매는 민철 옆에서 다운이 짙은 회색의 양복 상의를 들고 기다리고 있었다. 민철이 시선을 넥타이에 둔 채 손으로 마무리를 하면서 툭 하고 말을 뱉었다.

"대학원 가지 마."

넥타이를 만지고 있는 민철의 손을 가만히 바라보고 있던 다운이 눈을 크게 뜨고 민철의 얼굴을 바라보았다. 그녀의 눈동자가 날카롭게 빛을 내며 그를 응시했다.

"된다고 했잖아요?"

민철이 그녀의 반응은 상관없다는 듯 가볍게 조롱하듯 말을 내뱉었다.

"마음이 바뀌었어."

굳은 얼굴로 우두커니 서 있는 다운의 손에서 낚아채듯 양복 상의를 손에 쥐곤 민철이 안방을 나갔다.

탕—!!

그녀의 등 뒤로 현관 문 닫히는 소리가 온 집안에 울리자 다운이 천천히 눈을 감았다.

'저 남자에게 뭘 기대한 걸까.'

저녁 6시, 민철은 퇴근 시간이 이미 지났음에도 사무실에 있었다. 밀린 일이 있거나 그런 건 아니었는데도 집으로 가고 싶지 않았다. 동료들이 하나둘씩 퇴근을 하고 빈 사무실에 혼자 그가 의자에 앉아 있었다. 내일 아침 회의에 쓸 보고서는 이미 다 작성되었지만 멍하니 컴퓨터 화면에 있는 글자들을 응시할 뿐이었다. 지금 그의 머리 속은 'mercilon'이란 단어가 맴돌 뿐이었다. 움직이지 않는 사물처럼 화면만을 뚫어지게 응시하고 있던 민철이 순간 눈을 질끈 감으며 어금니를 꽉 물었다. 주변에 있는 모든 걸 파괴해 버리고 싶은 잔인한 분노가 부글부글 끓고 있었다. 그러나 어느 순간 맑은 눈으로 자신을 응시하는 다운의 모습이 떠오르자 그의 입에서 큭큭거리는 웃음이 비집고 흘러나왔다.

민철이 감고 있던 눈을 뜨더니 책상 위에 흩어져 있는 서류들을 정리했다. 그리고 양복 주머니에 있는 핸드폰을 꺼내 버튼을 꾹꾹 누르기 시작했다. 몇 번의 신호음이 가고 핸드폰 너머에서 여자의 목소리가 흘러나오자 민철이 아까와는 전혀 다른 평소의 얼굴로 목소리를 냈다.

"나야, 민철이. 술 한잔하고 싶은데 나올래?"

핸드폰 안에서 미영의 반가움이 가득한 목소리가 그의 귓가에 울려 퍼지며 민철은 팽팽하게 곤두서 있던 신경이 약간 풀어지는 듯한 느낌이 들었다. 다운에게 집중되어 있던 자신의 온 신경을 이제 스스로도 감당하기가 버거웠다.

30여 분 정도가 지난 후, 민철은 어느 강남의 술집에서 미영과 앉아 있었다. 어둑한 분위기의 실내 안은 담배 연기로 자욱하게 뿌연 회색 빛이었다. 사실 다운을 만나기 전의 민철은 가벼운 여자 관계를 즐겨왔던지라 오랜만에 느슨하고 풀어진 듯한 이 분위기가 마음에 들었다. 한 여자에게 애정을 갈구해 왔던 시간들을 그가 자조 어린 웃음으로 자신의 마음을 희석시키고는 앞에 있는 미영의 얼굴을 감상하듯 훑어내렸다. 다운과는 전혀 다른 활기 차고 똑 부러지는 느낌의 미영은 변호사로 일하고 있었다. 전문직에 종사하는 여자로서의 자신만만하고 약간은 날카롭기까지 한 분위기가 오히려 한결 그의 마음을 가볍게 만들었다. 신경 쓰지 않아도 되는 느낌이랄까. 타 들어갈 것만 같았던 그의 머리 속이 느슨해지는 느낌이었다. 민철이 물끄러미 그녀를 바라보자 미영이 입가에 묘한 미소를 머금으며 입을 열었다. 공격적인 미소랄까.

"결혼 소식 들었어. 잘 지내니?"

그에게 마음을 두고 있었다는 걸 잘 아는 그에게 허세를 부리는 미영의 태도에 민철의 눈이 순간 은밀하고 묘한 눈빛을 띠었다.

'저렇게라도 포장을 하면 더 당당해지는 걸까.'

민철이 마음속에 흐르는 비아냥거림과는 다른 그런 얼굴로 부드럽게 고개를 끄덕였다. 그러자 미영의 얼굴이 약하게 굳어졌다. 그의 존재가 자신과는 상관없다고 스스로에게 협박하듯 들이댔지만 오는 내내 왜 그의 전화 한 통화에 달려왔을까를 스스로에게 끊임없이 물었다. 지금 민철의 끄덕임에 미영은 아직도 그에게 마음이 있음을 확인하게 됐다. 그녀의 속 한가운데가 뒤틀리듯 알싸하게 아파왔다.

지금까지 자신이 봐왔던 어떤 남자도 민철만큼 자신을 끌어당기지 못했다. 그의 집안과 자신이 잘 어울릴 것이라는 계산은 차치하고라도 그의 분위기는 많은 여자를 끌어당기게 했다. 미영은 그 여자가 자신이 되기를 오랫동안 바란 적이 있었다. 그렇게 오랜 시간을 민철에게 다가갈 틈만 엿보고 있던 그녀에게 어느 날 들려왔던 민철의 결혼 소식은 충격적이고 불쾌하기까지 했다. 아무것도 내세울 게 없는 집안과의 결혼이란 것도 있었지만 다운이란 여자는 있는 듯 없는 듯한 평범한 여자였던 것이다. 미영은 속이 뒤틀리며 알 수 없는 적개심에 휩싸였었다.

둘이 술을 마신 지 세 시간, 어느새 시계는 밤 11시를 가리키고 있었다. 이 시간쯤이면 대부분의 사람들은 집으로 들어가기 위해 하던 일을 끝내고 차가 있는 곳으로 향하게 된다. 그것이 자가용이든 전철이든, 그리고 버스든. 밤 11시에 지하철을 타보면 급하게 헐레벌떡 쏟아져 나오는 사람들을 보았을 것이다. 그런 밤 11시가 되었음에도 민철은 느긋하게 술잔을 기울일 뿐이었다. 오히려 앞에 앉아 있는 미영이 약간의 초조함을 보이며 시계를 확인했다.

"일어나야 되는 거 아니야?"

어찌 됐든 이젠 유부남이 되어 있는 남자였다. 아무리 그 감정이 남아 있다 해도, 그리고 이 자리에 둘만 있다 해도 어디엔가, 아니, 집에서 기다리고 있을 민철의 아내가 미영은 신경 쓰였다.

미영의 슬쩍 떠보는 듯한 질문에 민철이 그 안에 담긴 마음을 읽어내곤 은밀한 시선으로 그녀의 눈을 응시했다. 입술 한쪽이 슬그머니 올라간 그의 나른한 입가에서 속삭이는 듯한 말이 흘러나왔다.

"글쎄, 다른 곳으로 옮기는 것도 괜찮겠지."

미영의 눈이 순간 혼란의 일렁임으로 출렁거렸다. 그리곤 어느새 욕망이 가득한 기운을 내뿜고 있었다. 차분하고 부드럽지만 그 안에 성적인 기운이 가득 담긴 그런 말이 미영의 입에서 나왔다.

"그것도 좋고."

그녀의 입에서 긍정의 의미가 담긴 말이 나오자 민철이 씨익 나른한 미소를 짓고는 자리에서 일어났다. 그가 계산을 하러 간 사이 미영은 옷을 걸쳐 입곤 택시를 잡았다. 뒤따라 올라탄 민철이 기사에게 담담한 어조로 갈 곳을 말했다.

"힐튼 호텔."

택시가 시내의 밤거리를 유유히 가로질러 그들을 호텔 앞에 데려다 주었다. 약간은 취기가 올라 있는 민철이 너무나 자연스럽게 호텔 안으로 걸어갔다. 미영이 구두 소리를 또각거리며 민철의 뒤를 따랐다. 카운터 앞으로 걸어간 민철이 잠시 무언가를 생각하는 듯하더니 단정한 차림으로 그의 말을 기다리고 있는 직원에게 말을 꺼냈다.

"402호 비어 있습니까?"

직원이 약간은 어리둥절한 얼굴로 짧은 순간 그의 얼굴을 바라보다가 어느새 추억의 장소임을 깨달았는지 얼른 객실을 확인했다. 402호는 비어 있었다. 직원이 입가에 공손한 미소를 지으며 다른 직원에게 열쇠를 쥐어주었다. 무표정한 얼굴로 민철이 직원의 뒤를 따랐다. 그렇게 무심히 걸어가던 그가 뒤에 미영이 있음을 그제야 깨달았는지 뒤따라오는 그녀의 허리에 팔을 둘렀다. 그의 행동에 미영이 약하게 입꼬리를 위로 올렸다.

힐튼 호텔 402호, 객실에 들어선 민철이 직원이 문을 닫고 나가자마자 양복 상의를 휙 바닥에 던지고는 바로 미영의 허리를 안아 들었다. 그녀의 입 안을 거칠게 탐하는 그의 행동에 미영이 지금 이 상황을 다시 한 번 재고해 볼 새도 없이 빠져들어 갔다.

객실 안은 어두웠다. 객실 창밖으로 야경이 색색깔의 불빛으로 빛나고 있었다. 그 야경을 물끄러미 바라보며 한쪽 의자에 앉아 있는 남자가 있었다.

또르르르르르—

컵 안에 맑은 호박색의 위스키가 따라졌다. 맑다, 누군가의 눈동자처럼. 맑아서 사람을 끌어당기는…… 왜 이 순간에도 그 여자를 떠올리는 걸까. 침대 위엔 남자와 뜨거운 시간을 보낸 여자가 나체로 누워 잠들어 있고, 잠시 전 그 여자의 몸에 욕구를 풀어버린 남자는 술을 마시고 있는데.

'지금의 이런 행동들은 그녀의 마음을 건드리기 위한 오기인가?'

그의 입 안으로 위스키가 흘러들어 갔다. 그의 손이 술잔을 가볍게 돌리자 그 안에서 달그락거리는 마찰음을 냈다. 그의 머리 속에 아무렇지 않은 얼굴로 자신의 셔츠를 받아 빨래 통에 갖다 놓는 다운이 떠올랐다. 그가 손에 쥐고 있던 컵을 탁자 위에 천천히 내려놓았다. 그리곤 자신의 치부를 보이고 싶지 않다는 듯 손으로 자신의 눈가를 감쌌다. 미세하게 그의 어깨가 떨리고 있었다. 꽉 다물어진 입술 사이로 새어 나오는 민철의 울음소리가 침대에 잠들어 있는 미영의 귓가엔 들리지 않았다. 지쳐 잠들었는지 미영은 미간을 살짝 찌푸린 채 고른 숨을 내쉬고 있었다.

'왜 그녀를 욕심 냈을까. 제기랄.'

같은 시간, 다운은 거실에 홀로 앉아 그를 기다리고 있었다. 부부란 이런 건가. 이제 서로에게 남은 애정이 바닥나고 있는데도 무의식중에 그의 부재를 힘겨워하고 있었다. 밤이면 함께 몸을 섞고 한이불 속에서 체온을 느끼며 잠들었기 때문일까. 익숙한 존재가 옆에 없자 다운은 결국 허전함에 잠을 이루지 못하고 거실로 나왔다. 크고 투박한 머그컵 안에 투명한 커피가 담겨져 있었다. 다운은 그 커피를 홀짝이며 어두운 거실 창밖을 응시했다. 따스한 봄날의 낮이 지나니 스산하고 쌀쌀한 봄바람이 어둠과 함께 창밖을 서성이며 다운의 마음을 더욱더 가라앉게 만들었다. 나뭇가지의 작은 흔들림에 거실에 그림자가 움직이자 다운이 그 그림자의 어른거림을 물끄러미 바라보았다. 처음이다, 그가 외박을 한 것은. 일 때문에 아무리 바빠도 새벽에라도 들어와 그녀 곁에서 잠이 들었던 민철이다. 그가 연락도 없이 외박을 하고 있었다. 그림자에 고정되어 있던 다운의 눈이 서서히 감겼다. 그녀의 손에 들려져 있던 커피는 이미 식은 채 그녀가 꽤 긴 시간 동안 그를 기다렸음을 알려주고 있었다.

"민철 씨, 민철 씨."

누군가가 그의 어깨를 흔들며 깨우고 있었다. 숙취와 어젯밤 거칠었던 육체 관계로 온몸이 노곤했던 그는 쉽게 잠에서 깨어나질 못했다. 미영은 이미 옷을 다 걸쳐 입곤 뽀얗게 화장을 한 얼굴로 출근 준비를 다 마쳤다.

"민철 씨, 나 먼저 갈게. 나중에 연락해. 알았지?"

"으으음."

잔뜩 쉰 목소리가 그의 입에서 흘러나오자 미영이 어쩔 수 없다는 듯 자기 먼저 객실을 빠져나갔다.

한낮의 햇살만이 객실 안으로 쏟아져 들어오며 자리 잡고 있을 때쯤 민철이 잠에서 깨어났다. 천천히 몸을 일으켜 객실 안을 둘러보니 이미 미영은 출근을 한 모양이었다. 여기저기 지난 밤의 흔적이 남아 있었다. 아무렇게나 벗겨져 있는 그의 옷가지들이 지금 그의 마음 상태를 그대로 보여주듯 그렇게 나뒹굴고 있었다. 욕실로 향하려던 그가 두통 때문인지 미간을 찡그리며 이마를 손으로 짚었다.

기분이 참 더러웠다. 그의 입 안에서 쓴물이 올라오는 것 같은 느낌이 들어 민철이 목을 가다듬으며 전화기가 있는 곳으로 천천히 걸어갔다. 그가 직장에 전화를 걸어 조금 후에 가겠다는 말을 하고는 다시 다른 곳으로 전화를 걸었다.

따리리리리리—

[여보세요.]

다운의 목소리가 들려오자 민철의 얼굴 위로 서늘한 기운이 감돌았다. 평온한 듯한 그녀의 목소리가 그나마 갖고 있던 죄책감을 잠재우고 있었다.

"나야."

민철의 무뚝뚝한 목소리에 짧은 순간 전화기 너머에서는 아무런 소리도 들려오지 않았다. 그리곤 다시 다운의 차분한 목소리가 들려왔다.

[어떻게 된 거예요?]

"힐튼 호텔 402호야. 옷가지 좀 챙겨와."

할 말만 딱딱하게 내뱉은 그가 전화기를 내려놓았다. 그리곤 욕실 안으로 들어가 지난밤의 체취를 씻어내고는 욕조 안에 뜨거운 물을 가득 채워 넣었다. 민철이 욕조 안에 앉아 고개를 뒤로 기대곤 지친 기색이 감도는 얼굴로 쓰디쓴 한숨을 뱉어냈다. 그리곤 모든 감정의 소용돌이를 외면하듯 눈을 감았다.

전화기를 멍하니 쳐다보던 다운이 안방에 있는 장롱 앞으로 걸어가 그의 옷가지들을 하나씩 챙기기 시작했다. 간밤에 잠을 설친지라 다운의 머리 속은 아무런 생각도 나지 않았다. 그저 옷을 가져다 주고 와야겠다는 생각뿐.

그녀가 호텔에 도착하자마자 402호로 걸음을 옮겼다. 무표정한 얼굴로 한참을 걸으니 어느새 민철이 있는 객실 문 앞이었다. 잠시 주저하며 그녀가 문 앞에 있는 손잡이를 응시했다. 예전 어느 날의 기억이 그녀의 머리 속을 파고들고자 했지만 이내 그녀가 고개를 가로저으며 그 기억을 떨쳐 냈다.

달칵—

문을 여니 민철이 샤워를 금세 마쳤는지 수건으로 머리를 털어내며 서 있었다. 남색의 욕실 가운이 그의 몸 위로 너무나 자연스럽게, 그리고 당당하게 걸쳐져 있었다. 그가 문 앞에 서 있는 다운을 힐끔 보더니 다시 머리를 털어냈다. 다운이 시야에 들어오는 객실 풍경을 무심히 바라보았다, 아무렇게나 나뒹구는 그의 옷가지와 무언가 묘한 느낌의 공기가 흐르는 객실 안을. 은밀하게 방 안을 떠도는 육체적 내음이 너무나 또렷하게 그녀의 후각을 파고들었다. 그리고 또렷하게 어떤 사실이 그녀의 머리 속도 파고들었다. 어젯밤 그가 돌아오지 않은 것은 일 때문이 아니라는 것…… 그 사실을.

어느 정도 머리를 정리한 민철이 입술 한쪽을 위로 그리며 그녀에게 손을 내밀었다. 어떻게 반응할지 살피는 듯한 그런 얼굴로, 잔인할 정도로 담담하게 그녀의 얼굴을 응시했다. 다운이 아무 말 없이 종이 가방을 그에게 내밀었다. 그러다 둘의 손이 스치자 다운이 자신도 모르게 움찔거리며 얼른 손을 치웠다. 마치 더럽고 불쾌한 무언가에 닿고 싶지 않다는 듯한 그런 움직임이었다. 그 바람에 가방이 두 손 사이에서 갈 길을 못 찾고 그대로 바닥 아래로 떨어졌다. 그녀의 행동을 지켜보던 그의 눈이 순간 잔인한 빛을 띠며 광포할 정도의 분노의 빛이 스쳐 지나갔다.

다운이 자신의 행동에 당혹스러워 뻣뻣하게 서서 바닥을 내려다보자 민철이 서늘한 미소를 그리며 그녀의 몸을 안아 들었다. 다운의 얼굴 가득 놀라움과 불쾌함, 그리고 역겨움이 감돌았다. 처음으로 그녀가 거센 반항의 몸짓을 보이며 주먹으로 그의 어깨와 얼굴을 가리지 않고 치기 시작했다. 그러나 그는 막무가내로 그녀를 제압해 버리고는 침대 위에 거칠게 던졌다. 침대 위로 던져진 다운이 두 손으로 자신의 입을 틀어막고는 바들바들 떨기 시작했다. 역겨움이 가득한 그녀의 두 눈에 물기가 자리 잡고 있었다. 민철이 그녀의 발목을 잡아끌어 당기자 다운이 발길질을 하며 뒤로 물러났다. 그러나 몸집이 큰 민철의 힘에 다운이 속수무책으로 끌려갈 뿐이었다.

어느새 그가 다운의 몸 위에 올라타 다운을 꼼짝도 못하게 몸으로 내리누르고 있자 그녀가 눈을 감아버렸다. 두 손으로 자신의 입술을 꽉 틀어막고 있는 그녀를 민철이 강하게 팔목을 휘어잡아 위로 올렸다. 다운이 감은 눈에 더 힘을 주고는 고개를 돌렸다. 그녀의 감은 눈 사이로 눈물이 흘러내렸지만 민철은 상관없이 그녀의 옷을 찢기 시작했다. 그리곤 자신이 걸치고 있는 가운 자락을 손으로 들쳐 곧바로 그녀의 중심부로 그의 남성을 밀어 넣을 뿐이었다. 그의 폭력적인 움직임에 다운이 입술을 꽉 깨물곤 아무런 반응도 보이지 않았다. 그럴수록 더 민철은 광포하게 그녀 안으로 들어갔다. 그의 뜨거운 숨결이 다운의 귓가에 닿자 그녀가 역겹다는 듯이 진저리를 치며 고개를 돌렸다.

지금 둘이 누워 있는 객실은 그가 처음 다운을 안았던 그 객실이었다.

째깍. 째깍. 째깍. 째깍. 째깍. 째깍. 째깍. 째깍. 째깍. 째깍. 째깍. 째깍. 째깍. 째깍. 째깍. 째깍.

집 안엔 시계 소리만 울렸다. 새벽녘에 들리는 초침 소리만큼 사람의 신경을 건드리는 게 또 있을까. 아마 대부분의 사람들은 들어봤을 것이다. 새벽에 들려오는 시계 소리를, 그 소리의 예민한 울음을. 딱히 무언가를 고민하거나 풀어야 하는 건 아니지만 왠지 신경줄이 팽팽해서 잠 속으로 빠져들지 못하고 시계의 초침 소리를 예민하게 놓치지 않는 그런 시간.

거실에서 책을 읽고 있는 다운이 지금 그랬다. 시계 소리를 듣지 않으려고 했지만 그럴수록 새벽이 깊어지고 있다는 것을,

그리고 지금 민철이 없다는 것을 더 진하게 깨닫게 될 뿐이었다. 애써 신경 쓰지 않는다는 것을 스스로에게 증명하듯 시계를 외면하고 있던 다운이 퍼뜩 고개를 올려 거실 벽 한가운데에 있는 시계를 바라보았다.

이사 온 날, 횡한 벽 위에 나무로 된 동그란 저 시계를 걸었다. 처음엔 어색한 듯 새것의 분위기를 물씬 풍기던 시계도 이젠 집 안의 일부가 되어 자연스럽게 보였다. 나무로 테를 두른 그 안에 시계 바늘은 새벽 4시를 가리키고 있었다. 다운의 맑은 눈동자가 짧은 순간 탁하게 흐려졌다가 다시 맑은 검은색을 띠었다. 오늘도인가.

그날, 다운의 완전한 저항을 힘으로 제압한 그날을 기점으로 민철은 연락도 없이 집에 들어오지 않는 날이 잦아졌다. 저기 걸려 있는 시계가 벽에 적응해 가며 자연스럽게 보이게 될수록 다운도 이젠 민철의 외박에 적응이 되었다.

아마도…… 6시쯤이면 들어오겠지. 그리고 언제나처럼 밥을 먹고 옷을 갈아입고 출근을 하겠지. 서로 어디에서 무슨 일을 했는지 뻔히 알면서도 모르는 척 자연스러운 하루를 보내게 되겠지. 아침이 되면 그는 또 내 손에 여자의 향수가 잔뜩 묻어나는 셔츠를 쥐어줄까. 아마도…… 아마도…….

다운이 읽고 있던 책을 탁 덮어버리고 침대로 걸어갔다. 이제는 버릇이 되어버린 그런 손길로 침대 위에 있는 베개 하나를 장롱에 집어넣고 침대에 누웠다. 화려하게 수놓은 꽃무늬의 이

불을 덮고 베개 두 개가 있는 침대에서 홀로 잠드는 것만큼 사람을 서글프게 하는 게 있을까. 차라리 모던한 패턴의 이불이 홀로임을 그나마 위로해 줄 텐데. 무거운 눈꺼풀을 감으며 다운이 읊조렸다.

"이제…… 그만 정리를 해야 돼."

집착은 서로를 괴롭힐 뿐이니까.

아침 7시 30분. 다운은 부엌에서 콩나물국을 끓이고 있었다. 외박을 하고 돌아오는 날이면 민철에게서 약하게 술 냄새가 풍겨왔다. 처음엔 유치한 마음에 식탁 위에 떡이랑 찐 계란이랑 찐 고구마를 올려놓을까 그런 생각을 잠시 했지만 어차피 정리할 상황인데 그런 치기 어린 행동으로 서로 어색해서 뭐 하나 하는 생각에 다운은 그가 외박을 한 날은 꼬박꼬박 북어국이나 콩나물국을 준비했다.

그녀가 식탁 위에 상을 다 차릴 때쯤 민철이 욕실에서 나왔다. 수건으로 머리를 털어내곤 식탁 의자에 수건을 걸쳐 놓은 그가 아주 짧은 순간 정갈하게 담겨져 있는 콩나물국을 유심히 바라보더니 이내 입술을 살짝 일그러뜨렸다. 그리곤 식탁 의자에 앉아 다시 무표정한 얼굴로 수저를 들어 그 국을 먹기 시작했다.

언제나처럼 익숙한 행동으로 민철이 넥타이를 매고 다운은 옆에서 양복 상의를 준비하고 기다렸다. 넥타이를 매는 그의 손가락을 다운이 물끄러미 응시했다. 문득 그녀의 머리 속으로 민철의 손가락이 자신을 만지던 기억이 떠올랐다. 그리고 그 떠오름이 다른 여자를 만지는 장면으로 이어지자 그녀가 시선을 피했다. 민철이 익숙한 손길로 넥타이의 모양을 마무리 지을 때쯤 다운이 부드럽게 말을 꺼냈다.

"이혼해요."

움찔하고 그의 손이 순간 멈췄다가 다시 움직였다. 그의 입에서 감정이 담기지 않은, 그러나 섬뜩할 정도로 날카로운 목소리가 흘러나왔다.

"입 다물어."

다운이 맑은 눈동자로 민철을 올려다보았다. 이제는 평안한 듯 차분한 그 눈은 더 이상 괴로움이나 슬픔은 담고 있지 않았다.

"이혼해요."

그녀의 말에 아무런 반응을 보이지 않은 채 그가 넥타이를 다매고 두 손을 바지 주머니에 찔러 넣었다. 의미를 알 수 없는 눈으로 다운의 얼굴을 노려보던 민철이 입술을 한쪽으로 올리며 비웃는 표정으로 말했다.

"누구 맘대로?"

말없이 조용하게 그를 응시하는 다운에게 민철이 차가운 미소를 지어주곤 그녀의 손에 있는 양복에 자신의 손을 가져가며 딱딱한 어조로 말했다.

"오늘 저녁에 동창회 있으니까 준비나 하고 있어."

그의 말을 못 들은 사람처럼 다운은 아무 반응 없이 그의 얼굴을 조용히 응시하고 있었다. 그녀의 맑은 눈을 잠시 뚫어지게 바라보던 민철이 안방을 나갔다.

'평생 이러고 살아, 한다운. 이혼 같은 건 절대 해줄 생각 없으니까.'

최고 명문대학 법대 출신답게 동창회는 호텔 연회장에서 열렸다. 법대 출신의, 지금은 사회에서 어느 정도의 권력과 위치를 차지하고 있는 사람들이 오는 만큼 동창회는 단지 사적인 만남이 목적은 아니었다. 서로의 결속을 다짐으로서, 그리고 서로의 연결끈을 확인함으로써 집단적인 힘을 과시하고 확인받으며 안정을 찾는 자리였다.

연회장에 있는 수많은 사람들은 서로 인사를 나누고 안부를 묻느라 정신이 없었다. 민철의 집안이 정재계에서 요직을 차지하고 있는지라 어느 정도 높은 자리를 차지하고 있는 선배란 이름의 인사들은 민철에게 관심을 보였다. 민철도 그들에게 공손하게 인사하며 자신의 위치를 다져 나갔다. 그의 옆에서 꿀 먹은 벙어리처럼 다운이 입을 다물고 있었다. 민철이 사람들에게 소개할 때만 '안녕하세요' 란 말만 중얼거리면서 고개를 숙일 뿐이었다.

아이보리 빛 원피스를 입고 아무런 장식 없이 간단하게 우웃

빛 진주 몇 개가 띄엄띄엄 연결되어 있는 팔찌만을 하고 있었지만 꽤 사람의 시선을 사로잡는 분위기가 있었다. 옆머리만 살짝 뒤로 넘겨 까만 핀으로 고정시킨 다운의 모습은 결혼한 여자 같지 않게 청초한 느낌을 주었다.

상대방에게 공손히 고개를 숙이는 다운을 민철이 꽤 복잡다단한 눈빛으로 바라보았다. 더러움이나 속세와는 거리가 먼 것 같은 그런 분위기를 띠고 있는 다운의 모습을. 어떤 집단에 넣어놔도 이상하게 따로 동떨어져 있는 것 같은 아내의 모습을. 그리고 누구보다 그녀를 완전하게 갖고 싶었지만 그렇게 되지 않는 자신의 아내를. 자신의 아내이지만 아내가 아닌 것 같은 한다운이란 여자를 민철이 어두운 눈빛으로 바라보고 있었다.

그녀가 그림자처럼 따라다니며 그의 옆 자리를 지킨 지 한 시간 정도가 지났을까. 민철과 인사를 나누었던 검사라는 사람이 막 다른 곳으로 걸음을 옮길 때쯤이었다. 멀리서 낯익은 여자가 그들을 향해 걸어오고 있었다. 세련된 스타일의 검은 정장을 입고 긴 머리를 틀어 올린 송미영이 다운에게 미소를 지으며 다가왔다.

"오랜만이야. 나 기억 안 나니?"

다운은 동아리 창립제 때 민철의 옆에 앉아 있었던 미영을 떠올리며 어색하게 엷은 미소를 지었다.

"예, 기억나요. 선배님, 법대 다니셨어요?"

미영의 눈이 짧은 순간 반짝였다. 의미심장한 말을 건네듯 미영이 말했다.

"응, 민철 씨랑 동기였어."

다운의 옆에서 무표정한 얼굴로 서 있었던 민철의 얼굴이 순간 굳어졌다. 세 사람 사이에 묘한 긴장감이 흐르고 있었다.

다운은 미영이 동기라는 말을 꺼낸 순간 알 수 있었다. 셔츠에서 풍겨오던 향수의 주인을. 아니, 굳이 말로 하지 않아도 알 수 있었다. 지금 앞에 서 있는 여자에게서 각인처럼 남아 있는 향이 풍겨왔으니까. 호텔에 갔던 그날 공기 중에 떠돌던 향기의 주인이었다.

민철과의 연결고리를 확인시켜 주듯 꺼낸 '동기'라는 말속에 다른 의미를 내포하고 있음을 세 사람 모두 느끼고 있었다. 너무나 많은 감정이 밀려들어 오면 사람은 아무 생각이 들지 않는 걸까. 지금 다운이 그랬다. 앞에서 미소 짓고 있는 미영의 얼굴을 보는 순간 수많은 감정의 소용돌이가 일어나기에 정작 그녀의 표정은 아무런 것도 담고 있지 않았다. 그러나 그녀가 어떤 결정을 내리기도 전에 민철이 말 한마디 꺼내지 않고도 미영을 다른 곳으로 가게 만들었다. 상대를 얼어붙게 할 만큼 차갑게 미영을 노려보았던 것이다.

처음으로 민철의 그런 모습을 본 미영은 순간 긴장했다. 타인에게 본모습을 잘 보여주지 않는 민철이 어느 정도의 거리감을 두고 예의 바르고 부드러운 모습을 보여주기에 사람들은 곧잘 착각을 한다. 자신의 편이라고. 미영은 민철의 시선에서 알 수 없는 배반감과 치욕스러움을 느끼면서도 끝까지 고고한 자세를 잃지 않고 그 자리를 떴다.

민철에게서 전화가 온 날, 그 이후로 미영은 내심 꿈에 부풀어 있었다. 오랫동안 바라보고 있었던, 그래서 갑작스런 결혼 소식에 남몰래 충격을 받았었다. 그러나 그의 연락을 받고, 또 그와 관계를 가지면서 어쩌면 그가 결혼한 걸 후회하고 있을지도 모른다고 생각했다. 시간이 지나면 기회가 올 것이라고 은근히 기다리고 있었다. 차라리 빨리 다운이가 알아채길, 아니, 알면서도 모른 척하는 다운을 더 이상 도망가지 못하게 만들고 싶었다. 그러나 민철의 시선은 다른 걸 말해 주고 있었다. 다운이란 저 여자와 헤어질 생각이 없음을 확고하게 말하고 있었다. 처음 호텔에서 관계를 가지기 전에 민철이 경고하듯 말했다. 그냥 육체 관계일 뿐, 다른 건 기대하지 말라고. 미영은 그 말을 흘려들었다. 그 말은 흔들리는 그 자신에게 되뇌는 말일 거라고 그녀는 생각했다.

'그 말을 왜 흘려들었을까.'

민철과 다운을 등지고 미영이 쓰디쓴 얼굴로 연회장을 빠져나가는 동안 다운은 그녀의 뒷모습을 계속 바라보았다. 그녀의 그런 모습을 민철이 초조한 듯 주먹을 꽉 쥔 채 유심히 지켜보더니 이내 퉁명스러운 어조로 말했다.

"그만 가자."

그의 말에 미영이 나간 문 쪽을 응시하고 있던 다운이 시선을 바닥으로 내렸다.

여기까지…… 여기까지……. 그에게 용납했던 나의 집착은 여기까지. 그의 곁에 있기 위해 내가 겪는 감정의 소용돌이는 여기까지. 여기까지…… 여기까지……. 왜 질투심보단 그에 대한 일말의 감정이 싸하게 가라앉아 버리는 걸까.

이 순간 미영이란 여자보단, 그녀를 선택했다는 것에 대한 만족감보다는 미영이란 여자를 끊어내는 민철의 태도에 그녀의 마음은 차갑게 식어갈 뿐이었다.

내가 사랑하는 사람이 다른 여자에게 상처를 주었다. 그 여자와 보냈던 시간과 마음을 부정했다. 아무런 미련도 없다는 듯 차가운 시선으로 그 여자의 마음을 잘라냈다. 다른 여자를 그렇게 대하는 이 남자에게 마음을 용납하는 건 여기까지. 그래, 여기까지.

집으로 돌아오는 내내 차 안은 아무런 말소리도 나오지 않았다. 카 스테레오에서 민철이 자주 듣는 안드레아 보첼리의 노래가 흘러나왔다. 차 안 가득 한 남자의 감미로운 음성이 채워졌다. 그 노래를 다운이 가볍게 흥얼거리듯 따라 부르며 창밖으로 보이는 나무들을, 그리고 사람들을 구경했다. 운전을 하는 그의 얼굴은 딱딱하게 굳은 채 입술을 꽉 다물고 있을 뿐이었다. 오랜만에 외출을 해서인지, 아니면 미영과 만난 게 꽤 힘들었던 건지 이유를 정확히 알 수 없었지만 온몸이 녹초가 된 것처럼 무거웠다.

집에 도착 후 다운은 민철이 씻으러 들어간 사이 소파에 잠시 몸을 기대고 있었다. 옷도 갈아입어야 하고 화장도 지워야 하기에 움직일 만큼의 기운이 차려질 때까지 소파 팔걸이에 머리를 대고 비스듬히 앉아 있었다.

민철이 샤워를 하고 나와 보니 다운이 소파에 잠들어 있는 게 보였다. 가까이 다가가 바라보니 그녀는 이미 고른 숨을 내쉬며 깊은 잠에 빠져 있었다. 그녀의 얼굴 위로 머리카락이 흘러내려져 있었다. 동그랗고 이지적으로 보이는 보드라운 이마에서 투명한 볼을 따라 흘러내려진 그 머리카락을 민철이 조심스럽게 귀 뒤로 넘겨주었다.

두려움이었다, 그 순간 느꼈던 감정은. 미영이 암시를 했을 때 다운의 표정을 본 순간, 차분하게 침착한 얼굴로 미영이 나간 문을 응시하는 다운의 눈동자를 본 순간 분노의 감정보단 두려움의 감정이 엄습했다. 이 여자를 완전히 잃게 될지도 모른다는, 어쩌면 그나마 보여주었던 애정도 거두어들일지 모른다는 그런 두려움.

무슨 감정일까, 이것은. 어디선가 그녀를 가지라고 그에게 명령을 내리는 것 같았다. 거두어들일 그 마음을 몸으로 막으라는 뜻일까. 분석되지 않는 감정이 그의 손길을 재촉한다. 민철이 천천히 그녀의 등 뒤로 손을 가져가 원피스 지퍼를 내렸다. 금속성의 소리가 작게 울리고 그의 부드러운, 하지만 단호한 손길에 그녀의 나신이 달빛을 받아 투명하게 빛을 발했다.

한기가 들어서였을까. 흔들어 깨워도 안 일어날 것 같던 다운이 몸을 뒤척이며 의미를 알 수 없는 말을 웅얼거렸다. 감겨져 있던 그녀의 두 눈이 천천히 떠지며 맑은 두 눈동자가 그를 응시했다. 민철이 그녀의 눈을 마주 보며 그대로 멈추었다, 마치 대답을 기다리듯. 조용히 시선으로 묻고 있었다. 그를 향해 몸을 열어줄 것인지, 그녀의 마음이 아직은 떠나지 않은 건지 그렇게 묻고 있었다.

맑은 두 눈이 부드러운 미소를 띠며 그녀의 입가가 천천히 휘어졌다. 달빛을 받아 더욱 아름다워 보이는 그녀가 정적을 감싸듯 팔을 들어 그의 가슴 위에 손을 얹었다. 그녀가 손끝으로 곡선을 그리듯 그의 가슴을 쓸었다. 그의 쇄골과 가슴, 그리고 배를 따라 그녀의 손끝이 지나가면서 조용히 그녀의 눈을 응시하고 있던 민철의 숨이 점점 가빠졌다. 다운의 손길이 가져다 준 욕망에 금방이라도 거친 숨이 터져 나올 것 같았지만 그는 여전히 의혹 어린 시선으로 그녀의 눈동자를 뚫어지게 응시할 뿐이었다.

뭔가가 이상했다. 뭔가가……. 분명 오늘 있었던 일은 모른 척하며 서로 예의를 가장할 수도 있겠지만 이렇게 스스로 그에게 다가올 만한 상황은 아니었다. 사실 그녀의 몸에 손을 대면 거부하지 않을까 하고 긴장하고 있었다. 왜 이러는 거지? 왜 그러는 거야, 한다운?

그의 머리 속이 복잡하게 헝클어지는 느낌이었다. 그러나 그가 실타래를 다 풀기도 전에 그의 머리 속은 하얗게 비워져 버렸다. 어느새 그녀가 몸을 일으켜 그의 목에 두 팔을 둘렀다. 그리고 그가 뭐라고 말을 꺼내기도 전에 이미 그의 입술에 그녀의 입술이 느껴졌다. 민철은 급박하게 자신을 휩쓸고 있는 욕망을 거부하지 못하고 순순히 몸을 맡겼다.

촉촉이 젖어 있는 그녀의 붉은 혀가 그의 입 안에 살며시 들어오자 민철이 거칠게 그녀의 뒷머리를 손으로 감싸며 그녀의 입 안 곳곳을 헤집고 다녔다. 그가 그녀의 몸을 소파에 누이며 다운의 젖가슴을 입 안 가득 물고 아플 정도로 빨아들였다. 다운이 그의 머리카락을 손가락 사이로 쥐며 부드럽게 헝클어뜨렸다. 부드럽게, 너무나 부드럽게 그의 머리를 쓰다듬더니 고개를 비스듬히 돌려 멍하니 시계를 응시했다. 이제는 당연한 듯한 모습으로 익숙한 분위기를 띠며 원목의 시계가 벽에 걸려 있다.

'나도 너처럼 주어진 자리에 적응할 수 있으면 좋았을 텐데. 왜 난 땅 위에 발을 대지 못하고 떠도는 걸까.'

그녀의 몸 안으로 민철이 천천히 들어오기 시작했다. 다운이 빙그레 미소를 띠며 두 손으로 그의 얼굴을 감쌌다.

'마지막…… 이게 마지막이야.'

민철은 그녀 안으로 들어가면서 벼랑을 떨어져 내리는 듯한 아찔함을 느꼈다. 언제나 그녀 안에 몸을 묻을 때면 다운이 항상 무표정한 얼굴이거나 아니면 아파하며 힘들어했다. 그러나 지금 이 순간 완전히 그에게로 열려 있는, 아니, 오히려 그의 몸을 끌어당기는 그녀의 여성을 느끼며 민철은 죽을 것 같은 쾌락의 향연에 거칠게 숨을 들이켰다.

"하아…… 다운아……."

내 여자. 나의 아내. 나의 유일한 안식처. 너를 잃고 나는 살아갈 수 있을까. 다운아…….

방금 한 남자와 한 여자가 사랑을 나눈 거실은 희미하게 알싸한 육체의 내음이 떠다녔다. 은근히 사람을 몽롱하게 만드는, 그리하여 논리적인 이성의 소리보단 육체의 감각을 더 깨어나게 만드는 내음. 그 내음은 씻어내기 위한 것일까. 다운이 소파에서 그대로 잠이 든 민철을 의식하며 살며시 베란다 창문을 열었다. 한 뼘 정도의 틈새로 후텁지근한 여름밤의 열기를 식혀주는 바람이 들어왔다. 다운이 그 자리에 조용히 앉았다. 그녀의 뜨거운 볼에 실크같이 부드러운 바람이 닿았다. 다운은 눈을 감고 바람의 손길을 느끼는 데 집중했다.

바람. wind. air. 미풍. zephyr. 부드러운 미풍. breeze. 신선한 바람 시원하고 상쾌한 바람. gale. 사나운 바람. blast. 휩쓰는 세찬 바람. gust. 돌풍.

지금 부는 바람은 무슨 바람일까. 여운이 남는 미풍일까. 아니면 미련을 걷어버리듯 가슴속을 식혀주는 상쾌한 바람일까. 그것도 아니면 모든 것을 파괴해 버리듯 갑작스럽게 휘몰아치는 바람일까. 무슨 바람이 불고 있는 걸까. 지금 이 순간 내가 몸을 맡기는 바람은 어떤 끝을 가져올까. 흔적을 남기지 않고 불었다가 사라지는 바람은 왜 존재하는 걸까.

감겨 있던 그녀의 두 눈꺼풀이 천천히 떠졌다. 다운은 고개를 돌려 잠시 고른 숨을 내쉬며 지쳐 잠들어 있는 민철을 바라보았다.

'잘 있어요. 그리고 건강하세요.'

물끄러미 그의 얼굴을 응시하고 있던 다운이 몸을 일으켜 안방으로 걸어갔다. 장롱 문을 여는 소리가 달칵하고 울리자 다운이 자신의 옷가지를 꺼내기 시작했다.

에어컨을 꺼놓고 자서 그런지 아침인데도 집 안은 벌써 후텁지근하게 달아올라 있었다. 진득진득하게 달라붙는 머리카락과 온몸이 땀에 절어 불쾌해지는 그런 아침이었다. 민철은 잔뜩 인상을 쓰면서도 무심결에 자신의 옆 자리를 손으로 쓸었다. 가죽 소파의 매끈한 감촉이 손바닥에 들어왔을 뿐 다운의 살결은 만져지지 않았다. 눈을 감고 몽롱하게 잠에 취한 그가 다운의 부재로 서서히 의식이 돌아왔다. 순간 그의 콧속으로 희미하게 음식 냄새가 스며들어 왔다. 민철은 어젯밤 그냥 지나가고 말았던 문제를 꺼내야겠다는 생각을 하며 찌뿌드드한 몸을 일으켜 앉았다. 잠시 눈을 감은 채로 한 손으로 머리를 쓸어 올리며 민철이 어딘가에 있을 다운을 불렀다.

"다운아, 나 물 좀 줘."

묘한 정적. 신경을 건드리는 예민한 고요함. 이상한 느낌에 민철이 눈을 뜨고 시야에 들어오는 공간을 한번 쭉 훑었다.

"다운아!!"

민철의 목소리가 거실 가득 울렸다. 너무나 고요한 집 안 분위기에 민철의 얼굴이 잔뜩 찌푸려졌다.

'뭐 사러 나갔나.'

벌떡 소파에서 일어난 그가 부엌 쪽으로 걸음을 옮겼다. 정수기에서 물을 받아 벌컥벌컥 들이켜고 나니 몽롱했던 정신이 말끔하게 들어오는 느낌이었다. 이제야 또렷하게 주변을 인식하게 된 민철이 물 컵을 내려놓으려고 하다가 멈칫 굳어졌다.

시간이 정지한 것 같은 느낌. 내용을 알 수 없는 작은 쪽지와 깔끔하게 차려진 식사가 눈에 들어온 순간 너무나 기묘한 느낌이 그의 등 뒤를 훑고 지나갔다. 그 느낌이 너무 서늘해서 순간적으로 그의 등이 미세하게 떨렸다.

'뭐지?'

식탁 위에 있는 쪽지에 얼른 손이 가지 않았다. 무언가가 자신의 손을 묶어두고 있는 느낌이었다. 천천히 그가 손 안에 있던 물 컵을 내려놓곤 가슴속으로 밀려오는 불안감을 떨쳐 내듯 단호한 손길로 쪽지를 낚아챘다. 하얀 종이 위에 단정한 느낌의 글씨가 쓰여 있었다.

「이혼 서류는 침대 옆에 있는 서랍에 있습니다. 제 도장은 찍었습니다. 그리고 저희 부모님 집으로 가는 건 아니니 그쪽으로 연락하지 않았으면 합니다. 제가 나중에 말씀드릴게요. 그럼 건강하세요.」

쪽지를 쥐고 있는 그의 손이 파르르 떨렸다. 어느 정도의 시간이 지났을까. 쪽지 위에 있는 글씨를 뚫어지게 노려보고 있던 민철이 쥐고 있던 쪽지를 콱 움켜쥐었다. 식탁 위에 있는 음식이 눈에 들어오자 그의 눈이 날카롭게 빛을 냈다. 단아하게 놓인 그릇들. 깔끔하게 놓인 음식들. 마치 다운이처럼.

어금니를 꽉 깨물며 부들부들 몸을 떨고 있던 그가 두 손으로 미친 듯이 식탁 위의 그릇들을 쓸어버렸다. 그릇들과 음식들이 요란스러운 소리와 함께 사방으로 튀며 금세 부엌 안은 난장판이 되었다. 같은 음식이고 같은 그릇인데 바닥에 나뒹굴고 있는 그 모습은 방금 전과는 전혀 다른 느낌을 주었다.

"한다아아아아아우우우우우우우우우운—!!!"

집 안 가득 그의 절규 같은 외침이 크게 울려 퍼졌다. 거칠게 숨을 몰아쉬던 민철이 그 자리에 털퍼덕 주저앉았다. 그리곤 멍하니 손 안에 있는 쪽지를 바라보았다.

툭!

그의 눈에서 눈물 한 방울이 떨어졌다.

'그래…… 그래…… 이 여자야. 넌 그렇게 쉽게 나한테 등 돌리고 떠날 수 있단 말이지? 건강하세요? 그래…… 너한텐 그 말 한마디로 정리될 수 있는 관계였단 말이지? 그래, 한다운, 그만

두자. 네 소원대로 여기서 끝내주마.'

손에 있던 종이를 허공에 내팽개치듯 던져 버린 민철이 단호하게 일어나 욕실로 들어갔다. 그리곤 언제 그랬냐는 듯 말끔하게 양복을 차려입고 출근 준비를 마쳤다. 더 이상 그곳에 있고 싶지 않다는 듯 빠른 걸음으로 거실을 가로질러 걸어나갔다.

차 문을 열던 그가 핸드폰을 꺼냈다.

"예, 아주머니. 저 민철입니다. 예. 저희 집에 오셔서 청소 좀 해주세요."

그날 민철은 퇴근 후 호텔로 향했다. 그리고 일주일 후 종로 청사 근처에 있는 오피스텔을 얻어 간단한 짐만을 챙겨 이사했다.

새벽에 빌라를 나갔던 다운이 간 곳은 대학교 근처에 있는 고시원이었다. 어쩌면 그가 찾아내지 않을까 하고 며칠 동안은 아무것도 못하고 마음의 준비를 하고 있었다. 동시에 밖에 나가면 그가 보낸 사람이 자신을 알아볼까 해서 고시원 안에서만 있었다. 그러나 아무런 움직임도 느껴지지 않았다. 사실 그가 마음만 먹으면 자신을 찾아내는 것쯤은 아무것도 아닐 것이다. 아니, 어쩌면 알고 있을지도 모른다. 일주일이 지나고서야 다운은 민철이 이혼을 받아들였음을 알 수 있었다. 저 깊은 어딘가에서 우습게도 섭섭함이라는 이름의 감정이 움직이는 게 느껴졌지만 다운은 피식 웃어버렸다. 그리곤 곧장 고시원 밖으로 나가 생활

정보지를 한가득 가슴에 안고 들어왔다. 다운은 빨간 펜으로 하나하나 표시를 해가며 전화번호를 수첩에 적어 나갔다. 다운이 표시한 것은 학원 강사 자리였다.

'생활비 하면서 대학원 등록금을 모을 수 있을까.'

잠시 곰곰이 무언가를 생각하던 다운은 수첩에 잔뜩 계산을 하더니 고개를 끄덕였다. 그리곤 생활 정보지의 앞면을 펼쳤다. 월세방이 가득 들어 있는 면을 다운이 유심히 읽어 나갔다.

보름 후 다운은 학원이 쉬는 일요일 날, 방 하나짜리 작은 월세방으로 이사했다. 결혼 전 어머니가 비상금으로 쓰라며 건네주었던 통장에서 돈을 다 찾아 보증금을 치렀다. 이사를 하고, 처음 직장 생활을 하느라 다운의 일상은 정신없이 돌아갔다. 살림이란 게 참 웃기는 게 그냥 살 때는 별 인식 못하다가 이사를 해보면 자잘한 물건들이 계속 필요해진다. 그리고 정리해야 한다. 다운은 완전한 자신의 생활을 꾸려 나가느라, 그리고 직장 생활에 적응하느라 관념의 세계에 빠져들 여유가 없었다. 밀린 빨래와 설거지를 하고 음식거리와 생필품을 채워 넣고 틈틈이 공과금을 신경 쓰고 하면서 그렇게 시간은 빠르게 돌아갔다. 단지 그 모든 것들을 하고 난 후 잠자리에 누웠을 때야 그녀의 얼굴은 일상을 벗어난 표정이 되었다.

그가 어떻게 지내고 있을까, 그 생각. 그러나 그 생각에 빠져들어 무언가를 곰곰이 생각하기엔 몸이 피곤했다. 누군가를 가르치는 경험이 있어본 사람은 알겠지만 사실 누군가를 가르치는 것만큼 에너지를 필요로 하는 일이 없었다. 쉴 새 없이 떠들어야 하고, 이해시키기 위해 논리정연하게 머리 속으로 정리하며 쉬운 단어를 골라 설명한다는 건 꽤 힘이 드는 일이었다. 땅속으로 가라앉는 몸, 그리고 비집고 들어오는 민철. 그렇게 다운의 밤이 지나갔다. 지쳐 잠드는 의식 사이로 뿌옇게 안개처럼 남아 있는 그의 존재를 인식하며.

그의 집을 나온 지 두 달쯤 되는 어느 날이었다. 하루 종일 아이들을 가르친 다운이 기진맥진한 몸으로 터벅터벅 대문을 들어섰다. 문을 열려던 그녀의 손이 순간 멈칫하며 허공에서 움직이지 않았다. 문 틈 사이로 편지봉투 하나가 꽂혀 있었다. 공과금은 지로용지로 꽂혀 있는지라 이사 오고 처음으로 봉투 안에 들어 있는 편지에 다운이 조심스럽게 손을 가져갔다.

찌이이익—

두 장의 종이를 펼치니 가정법원에서 보낸 편지였다. 이혼 판결을 받는 날짜가 확정됐으니 참석하라는 내용이었다.

「날짜: 10월 27일.」

그들의 결혼 기념일이었다. 딱 1년이 되는 날. 우연치곤 참 잔인한 우연이었다. 다운이 씁쓸한 미소를 지으며 문을 열고 자신의 방으로 들어갔다.

법원으로 올라가는 계단은 참 길었다. 한 발자국씩 발을 내디디며 다운은 계단 하나하나에 집중했다. 도착해야 할, 그리고 목표로 하는 계단 맨 끝은 너무 멀었다. 다운은 어느새 계단 하나하나에 집중하며 왠지 삐걱거리듯 움직이는 몸의 비명을 듣고 있었다.

요즘 들어 몸이 무거웠다. 으슬으슬 춥고 조금만 움직여도 온몸이 물먹은 솜처럼 땅바닥으로 가라앉는 느낌이었다. 계단을 올라가던 다운이 무슨 생각이 떠올랐는지 그 자세로 멈추었다. 계단을 뚫어지게 응시하던 그녀가 부정하듯 고개를 세차게 가로젓고는 다시 발을 움직였다. 드디어 그 많은 계단을 다 올라섰을 때 묘한 성취감에 다운이 살포시 웃음을 지으려다 순간 무표정한 얼굴이 되어버렸다. 몇 미터 앞에서 민철이 서서 자신을 바라보고 있었다.

여전히 그는 누가 보아도 세련되고 말끔한 모습으로 나타났다. 다운은 자기도 모르게 자신의 차림을 의식하며 아주 짧은 순간 당혹스러워했다. 빛 바랜 청바지와 베이지 색 니트를 입은 자신이 왠지 자리에 맞지 않는 모습으로 나타난 것 같아서. 게다가 더 길어진 머리카락을 귀찮아서 질끈 동여매고 나온 게 은근히 민망했다.

'이혼하는 자린데…… 좀 더 위엄있는 모습으로 차릴 것 그랬나. 아마도 사람들이 1년도 안 돼서 이혼하는 걸 보니 가벼운 사람이라고 그럴 텐데. 내 옷차림이 한몫하겠군. 뭐…… 내가 정장 입고 나온다고 이혼하는 이유가 달라지나.'

다운은 그렇게 주변의 시선을 정리하고 까만 정장에 옅은 블

루그레이 넥타이를 한 민철을 정면으로 마주 보며 말했다.

"잘 지냈어요?"

그녀의 얼굴을 뚫어지게 바라보고 있던 민철이 담담한 어조로 대답했다.

"음……. 잘 지냈니?"

민철이 자신을 불만에 찬 시선으로 노려볼 거라고 예상했던 다운은 의외로 담담하고 부드러운 그의 말에 왠지 가슴속으로 싸늘한 냉기가 들어오는 것 같아 차마 입을 열어 잘 지냈다는 말을 못하고 조용히 고개를 끄덕였다. 사무적으로 일을 처리하듯 민철이 감정이 담겨져 있지 않은 얼굴로 말했다.

"그럼 들어가자."

휙 등을 돌려 법원 안으로 걸어가는 민철의 뒤를 다운이 묵묵히 따라갔다.

30여 분이나 지났을까. 이혼 절차는 너무 간단해서 당황스러울 정도였다. 그런 거다. 결혼이란…… 지지고 볶고 싸우고 서로를 할퀴는 건 그래도 함께 살겠다는 의지가 남아 있기에 가능한 거다. 정작 정말로 서로에게 마음이 떠나면 세상에서 남, 여가 헤어지는 것만큼 간단한 게 또 있을까. 정말 그 간단함을 증명하듯 법원은 둘이 지금까지 갈등의 마무리를 손쉽게 결론지어 주었다. 아니, 간단하게 받아들여 주었다.

'이혼 사유: 성격 차이'란 언어가 서류에 쓰이는 걸로 그들의 결혼이 끝났다. 차려입고 나왔으면 시간이 아까웠겠군. 이 삼십분을 위해 학원까지 쉬기로 한 게 왠지 억울해지기까지 한 다운은 법원을 나오면서 못마땅한 얼굴로 미간을 찡그렸다.

법원을 나오니 그들 위로 가을 하늘이 눈이 시릴 정도로 파랗게 펼쳐져 있었다. 다운이 그 하늘을 가만히 바라보고 있다가 여운을 삼키듯 입을 꽉 다물었다. 그리곤 민철에게 말했다.

"그럼…… 잘 지내세요."

그러나 민철은 간신히 여운을 추스르는 다운의 인사를 상관없다는 듯한 얼굴로 툭 하고 말을 뱉었다.

"할 말 있어. 어디 가서 차 한 잔 마시자."

다운이 물끄러미 그의 얼굴을 응시하며 움직이지 않고 서 있자 민철이 그녀를 남겨두고 자신의 차가 있는 쪽으로 걸어가기 시작했다. 그의 뒷모습을 보면서 다운이 깊게 한숨을 내쉬곤 그를 따라 계단을 내려갔다.

민철이 차를 몰고 도착한 곳은 인사동의 전통 찻집이었다. 나무를 그대로 잘라 만든 탁자와 의자들이 놓여 있고 창문은 옛날 한옥 집처럼 한지로 꾸며져 있었다. 동그란 등이 은은한 빛을 내며 고즈넉한 분위기를 자아내고 있었다.

그곳은 그들이 결혼 전 가끔 왔던 찻집이었다. 종로 청사에서 일하는 민철 때문에 데이트를 주로 종로에서 했던 둘은 영화를 보고 나면 이 찻집에서 차를 마셨다. 한 가지만 정해놓고 들를 때마다 그 맛의 변화를 음미하던 다운에 비해 민철은 이 찻집에

올 때마다 항상 다른 차를 시켰다. 맛보지 못한 차들을 먹어보며 항상 그 맛에 대한 평가를 자기 식대로 해석해 다운에게 들려주었던 곳.

한번은 국화차를 한입 마시곤 인상을 찡그리며 욕을 중얼거리며 다운에게 내민 적이 있었다. 그때 다운은 지그시 미소를 지으며 그를 바라보았다. 살면서 그렇게 빠른 키스를 받은 건 처음이었다. 민철이 웃고 있는 다운에게 재빨리 키스하곤 능청스럽게 다시 국화차를 마셨던 것이다. 그렇게 당혹스러웠던 적이 없을 정도로 다운은 민망해했다. 그런데 그때보다 지금 이 순간이 훨씬 더 당혹스러웠다.

이혼을 한 날 부부가 예전 연애 장소에서 얼굴을 마주 대하는 게 참 민망했다.

'왜 하필 이곳으로 왔을까. 무슨 생각으로……'

그들이 앉아 있는 탁자 위에 주인이 조용히 차를 내려놓곤 제자리로 돌아갔다. 다운 앞엔 둥글레 차가, 민철 앞엔 매실차가 따뜻한 기운을 내뿜으며 놓여 있었다. 주인이 음악을 틀었는지 들어올 때는 조용했던 공간에 어느새 선율이 흘렀다. 유심히 듣지 않으면 알아챌 수 없을 정도로 주변에 스며들어 그 존재를 잘 나타내지 않는 오카리나 연주곡이 흐르고 있었다.

"그 빌라 네 소유로 해놓을 테니 받아."

오카리나의 음률과는 괴리되는 남자의 목소리가 불쑥 뱉어져 나왔다. 자신 앞에 놓여 있던 둥글레 차를 두 손으로 감싸 쥐고 있던 다운이 문득 고개를 들어 황급히 고개를 저으며 거절의 말을 건넸다.

"아뇨, 그러지 않아도 돼요."

다운의 말이 떨어지기가 무섭게 그의 평온했던 눈이 반짝하고 예리한 빛을 띠었다. 그의 입에서 낮고 부드러운 목소리가 흘러나왔다.

"순순히 놔줄 때 가만있어, 한다운. 지금이라도 널 다시 들어오게 할 수도 있으니까."

민철은 이런 식으로 얘기할 생각은 아니었다. 처음엔 분노와 절망으로 제정신이 아니었지만 시간이 어느 정도 흐르고 나자 모든 걸 남겨둔 채 떠난 다운의 생활이 염려스러웠다. 그러나 초연한 얼굴로 쉽게 거절하는 다운의 반응은 그를 불쾌하게 했다. 공유했던 물건에 미련이 없다는 건, 함께 지낸 시간도 의미가 없다는 것으로 그렇게 들려왔다. 이젠 담담하게 그녀를 대할 수 있다고 생각했지만 그건 착각이었다. 여전히 그는 화가 났고, 미련할 정도로 그녀에게 애정을 갈구했다.

민철은 그런 자신을 발견하곤 씁쓸한 얼굴로 앞에 있는 차를 마셨다. 잠시 그의 얼굴을 응시하고 있던 다운이 고개를 살짝 숙여 자신의 둥글레 차를 바라보았다.

"알았어요. 잘 받을게요."

이제 더 이상 감정의 소용돌이는 겪고 싶지 않았다. 다운은 그저 조용히 민철의 요구를 받아들이는 것으로 지금 잠시 흘렀던 긴장 어린 분위기를 잠재웠다.

고개를 숙이고 있는 다운의 얼굴을 민철이 유심히 뜯어보았다. 법원 앞에서 만났을 땐 다운이를 본다는 생각에 자신의 감정을 내리누르느라 미처 자세히 보질 못했다. 그러나 지금 가만히 관찰해 보니 어딘가 아파 보였다. 안색도 파리하고 마지막으로 봤을 때보다 살이 많이 빠진 것 같았다. 눈가에 그림자가 져서 그늘처럼 드리워져 있었다.

걱정스러운 마음이 드는 게 못마땅한 민철이 그 반동으로 퉁명스러운 어조로 말했다.

"학원 강사 일 많이 힘드니?"

그의 느닷없는 질문에 다운이 눈을 동그랗게 뜨고 고개를 가로저었다.

"아뇨."

'알고 있었구나. 혹시나 했는데…… 역시 알고 있었구나. 내가 어디에서 뭘 하고 있는지 다 알고 있었구나. 이 묘한 감정은 뭘까. 자신에 대해 일일이 다 알고 있는 게 기쁘면서도 다 알고 있으면서 연락하지 않았던 그에게 왜 섭섭한 걸까. 참…… 감정이란 요사스럽구나. 그래서 그 지옥 같은 싸움을 다시 하겠다고?'

딴생각에 빠져 있는 다운에게 그의 말소리가 또 들려왔다.

"후회하니, 나를 만난 거?"

다운이 침묵을 지킨 채 그의 얼굴을 바라보았다. 이내 그녀가 엷게 미소를 지으며 대답했다.

"잘 모르겠어요, 아직은. 그리고 후회한다고 달라지는 건 없잖아요."

민철이 언어로 표현할 수 없는 그런 눈빛으로 그녀를 응시했다. 침묵이 감돌았다. 그러나 둘에게 드리워진 침묵을 다운이 중단시키며 마지막 인사를 건넸다.

"그럼…… 이만 갈게요. 잘 지내요."

그녀가 몸을 일으켜 찻집을 걸어나갔지만 민철은 앉아 있는 채로 움직이질 않았다. 그녀의 발소리가 그의 귓가에서 멀어지자 민철이 씁쓸하게 엷은 미소를 지었다.

"후회하고 있다는 뜻이겠지?"

중얼거림 같은 자조 어린 그의 목소리가 그녀가 남겨놓은 찻잔 주변을 맴돌고 있었다. 맴돌고 있었다, 아직은 따스한 온기가 남아 있는 찻잔 주변을.

이혼 판결을 받은 그날 저녁, 다운은 화장실에 있었다. 꽤 긴 시간을 화장실에서 꼼짝없이 움직이지 않고 손가락으로 집고 있는 무언가를 뚫어지게 응시하고 있었다.

이혼 판결을 받고 돌아와서 마지막으로 확인하려 했다. 계속 아닐 거라고 모른 척하고 있었던 문제를. 두 달 동안 생리가 없었다. 예전에 대입 시험을 치를 때 두 달 정도 생리를 건너뛴 적이 있던지라 이번에도 신경을 써서 그런 거겠지 하고 대수롭지 않게 넘어가려고 했었다. 그러나 대수롭지 않은 게 아니었다. 정말 대수로웠다.

다운의 시선이 손 위에 있는 임신 테스트 용지를 뚫어버릴 듯 그렇게 노려보고 있었다. 가늘고 긴 테스트기 안엔 진한 두 줄의 띠가 선명하게 나타나고 있었다. 그 줄을 다운이 멍하니 바라보았다. 결과가 나오면 원인을 찾듯 다운의 머리 속은 무의식적으로 기억을 떠올리며 그녀를 납득시키고 있었다. 새벽에 빌라를 나오기 전 그와 나누었던 마지막 관계를.

그 즈음 민철이 자주 외박을 하는지라 다운은 꼬박꼬박 피임약을 복용하지 않았다. 그리고 그날 마지막이라고 생각하며 단 한 번의 관계가 임신으로 이어지지 않을 것이라고 스스로를 애써 설득했다. 게다가 그날은 배란기라고 예정된 날짜를 약간 비켜간 시기였기 때문에 그렇게 의심하지 않았다.

두 줄의 선명한 띠를 응시하고 있는 다운의 입에서 기가 막힌 듯한 웃음이 비어져 나왔다. 그러나 웃음소리를 내고 있던 그녀의 입이 어느새 꽉 다물어졌다. 뚫어지게 손에 쥔 임신 테스트기를 바라보는 다운의 눈이 물에 잠긴 듯 물기를 가득 담고 있었다. 그녀의 미간이 점점 찡그려지며 지금까지 분석되지 못했던, 아니, 모른 척하고 있었던 자신의 감정을 확연히 느끼고 있었다. 빌라를 나오고 그 두 달 동안 계속 같은 질문을 했었다.

왜 그를 받아들였을까. 싸하게 가라앉았으면서도 왜 그의 손길을 순순히 받아들였을까.

다운의 얼굴이 조금씩 일그러지고 있었다.

감정이 남아 있던 거구나. 집착은 여전히 끊어지지 못했구나.

마지막이라는 말은 자신의 감정을 속이기 위한 변명이었다는 것을. 그 마지막 집착과 마음이 결국 관계를 또다시 연결시켰다. 마지막이란 그 되뇌임이 사실은 새로운 관계의 끈을 만들어 냈다.

다운이 깊게 숨을 토해내곤 천천히 자신의 아랫배에 손을 가져갔다. 그리곤 그 아랫배를 손바닥으로 감싸곤 그렇게 서 있었다. 아직은 그 존재를 느낄 수 없는 아랫배를 응시하던 그녀의 얼굴이 어느 순간 공허한 표정이 되었다.

'아가야…… 아가야…… 너를 낳아도 되는 걸까? 너를 낳는 것이 잘하는 짓일까?'

신께서 우리들 각자에게 어느 정도의 시간을 이유없이 쥐어 주곤 마음대로 살라고 한다. 이 주어진 시간을 우리는 뭔가로 채우며 보낸다. 그것이 사랑이든 권력싸움이든, 아니면 병과의 투쟁이든 또는 아름답다고 생각하는 어떤 것을 만들며…… 그렇게 감정이 생기는 것에 집착하며 시간을 보내고 채워 나간다. 그러다 어느 순간 뒤돌아보면 보내왔던 시간은 꿈결같이 사라져 버렸고, 그 꿈결을 조금이나마 잡으려고 찍어둔 사진은 그 감정 그대로를 살리지 못하고 죽어 있다. 남겨진다고 생각하며 했던 모든 집착은 자취없이 사라지고 그 집착의 주체인 인간도 결국 사라져 버린다.

무엇에 집착하는 걸까. 왜 나는 민철 씨에게 집착하는 걸까.

왜 나는 소의 도살 장면은 괴로워하면서 작은 하루살이의 죽음은 그저 담담해할까. 왜 소의 눈물은 감정을 자극하며 눈물을 흘리게 하지만 하루살이의 눈물은 신경 쓰지 않는 걸까.

아마도 소의 울음소리와 고통의 몸짓에 나를 투영할 수 있기 때문일 것이다. 시각과 청각. 인간의 감각이 소의 죽음에 자신을 투영할 수 있는 조건을 만들어주기 때문이다. 만약 하루살이가 덧없이 죽을 때 크게 비명을 내며 죽거나 서러운 울음을 터뜨린다면 그땐 그렇게 쉽게 손바닥으로 치지 못할 것이다.

나는 민철 씨의 어느 부분에 감정이입하고 있는 걸까? 민철 씨에게 투영된 나의 마음은 어떤 것이었을까?

조금은 느끼고 있었다, 그녀가 왜 민철에게는 눈을 떼지 못했는지. 그가 독립하겠다고 시부모님께 얘기를 꺼내던 날, 그때 쓸쓸하게 비틀린 웃음을 흘렸던 민철의 표정을 보면서 다운은 그가 자신과 닮아 있음을 깨달았었다. 단지 표현하는 방식이 다를 뿐, 그는 타인을 파괴하고 그녀는 스스로를 파괴할 뿐 그 근원은 같은 뿌리를 하고 있었다. 어쩌면 그녀는 그를 처음 본 순간 그걸 느꼈는지도 모른다. 예의 바르고 부드러운 모습 뒤에 숨어 있는, 고독하고 또 고독해서 자신을 사랑해 줄 그런 사람을 절실히 찾고 있는 또 다른 그를. 그리고 그도 어쩌면 다운을 통해 그 자신의 모습을 보고 있었는지도 모른다.

다운은 손에 들려져 있던 플라스틱을 휴지통에 넣으며 고개를 가로저었다. 투영된 마음이 어떤 것일지라도 더 이상 그 마음에 끌려 다니지 않을 것이다. 설혹 여전히 끌려 다니는 마음이 있다 해도 이미 끝난 사이다. 그래, 끝난 거다.

7

"**우**우욱!"

이혼한 지 넉 달이 되어갈 쯤 다운은 오늘도 헛구역질을 하며 화장실을 달려가는 걸로 아침을 시작했다. 아이를 낳을 건지 아니면 지울 건지 여전히 결정하지 못한 채 이렇게 매일 아침 아이의 존재를 느끼며 혼란의 시간을 고스란히 받아들이고 있었다. 아니, 지우기로 결심하고 병원을 간 적이 있었다. 그러나 차마 병원 문 안으로 발을 들여놓지 못하고 뒤돌아섰다.

헛구역질로 그나마 남아 있던 기운까지 변기 안으로 빨려들어 가는 물살에 함께 흘려보내곤 다운이 비척거리는 발걸음으로 화장실을 나왔다. 마치 세탁기에서 휘둘려 물기를 쪽 빼낸 것 같은 그런 느낌이었다. 순간 어찔하게 까마득한 절벽으로 떨어져 내리는 느낌에 잠시 눈을 감고 어둠 속을 헤매고 있는데 어디선가 멀리서 핸드폰 벨소리가 들려왔다. 곧바로 움직이지 못하고 있다가 천천히 계곡과 평지 사이를 헤매고 있게 되자 다운이 천천히 핸드폰이 있는 곳으로 다가갔다.

"네, 한다운입니다."

[나야, 다운아.]

규헌이었다, 작년에 본 걸 마지막으로 연락없이 지냈던. 어느 정도 정신이 또렷하게 돌아온 다운이 이제야 상대를 확실하게 인식한 얼굴로 핸드폰을 들고 침묵을 지켰다. 그녀가 말없이 아무 소리도 하지 않자 핸드폰에서 규헌의 목소리가 들려왔다.

[시간있으면 좀 만날래?]

주말이라 그런지 카페 안은 사람들로 붐볐다. 집 근처 카페에서 다운이 차 한 잔을 주문하고 있을 때 규헌이 나타났다. 규헌의 차도 주문을 받은 점원이 공손히 계산서를 내밀곤 사라졌다. 작년에 봤던 규헌은 금방이라도 폭발할 것 같은 그런 분위기였는데 지금은 많이 안정된 것 같았다. 그 모습을 보니 다운이 마음 한편으로 따스함이 번지는 게 느껴져 자신도 모르게 살포시 미소를 지으며 인사를 건넸다.

"잘 지냈니?"

다운의 말에 규헌이 잠시 그녀의 얼굴을 응시하더니 씨익 싱거운 미소를 짓고는 말했다.

"이번 학기에 복학했어."

"잘됐구나."

"뭐, 그럭저럭."

둘 사이에 침묵이 감돌려는 순간 점원이 다가와 차를 내밀었다. 다운이 홍차에 우유를 넣어 티스푼으로 빙글빙글 저었다. 그리곤 무심히 그 모습을 응시하고 있는데 규헌이 불쑥 말을 꺼냈다.

"그때 왜 얘기 안 했어?"

스푼을 돌리고 있던 다운이 고개를 들어 규헌을 마주 보았다.

"응?"

"희수……."

규헌의 눈을 마주 보던 그녀가 '희수' 라는 단어가 꺼내지자 다시 고개를 숙여 찻잔을 응시했다.

"어떻게 알게 된 거야?"

비밀로 해달라는 희수 어머니의 말이 먼저 그녀의 머리 속에 떠올랐다. '약속' 의 의미로 각인된 그런 말은 아니었다. 말뚝처럼 박힌 느낌이랄까. 희수의 죽음을 비밀로 해달라는 말은 다운에게 있어 심장에 금이 가는 느낌이었다. 규헌이 싱긋 쓸쓸한 미소를 지으며 말했다.

"우연히 희수가 살던 집 주인을 만나게 됐어. 너 괜찮냐고 묻길래 무슨 얘기냐고 물어봤더니 얘기해 주더라."

붉은 홍차와 우유가 섞이며 아름다운 나선형의 모양을 만들어내는 것을 지그시 바라보던 다운이 조용히 고개를 끄덕였다. 다운이 아무 말 없이 홍차를 입에 갖다 대자 규헌이 부드러운 목소리로 다음 말을 중얼거렸다.

"그때 내가 그렇게 말한 거 미안해. 사과할게."

손에 들려져 있던 찻잔을 다운이 살며시 내려놓고는 그의 눈을 응시하며 고개를 끄덕였다. 너무나 쉽게 그의 사과를 받아들이는 다운의 태도에 규헌이 뭔가 답답해졌는지 방금 전보단 거칠게 말을 뱉어냈다.

"진작 말했으면……."

"규헌아."

다운이 그의 이름을 부르며 규헌의 말을 중단시켰다. 그러자 규헌이 입을 다물고 다운의 다음 말을 기다렸다. 다운이 찻잔 주변을 손가락으로 몇 번 쓰다듬고는 피식 한숨 섞인 웃음을 지으며 입을 열었다.

"지금 내 비틀어진 마음속에서 떠오르는 생각 하나를 말할까?"

규헌이 고개를 끄덕이자 다운의 얼굴이 무표정하게 변했다.

"너는 사과할 상대가 살아 있어서 이렇게 뒤늦게라도 기회를 가질 수 있지?"

조용하고 부드럽지만 살갗을 에일 정도로 건조하게 느껴지는 다운의 목소리에 규헌이 말없이 고개를 끄덕였다. 그런 규헌을 다운이 정면으로 응시하며 짧게 말을 끝맺었다.

"나는 아니야."

꽉 막혀 있는 듯한 그녀의 목소리가 흘러나오자 둘이 있는 공간에 무거운 침묵이 내려앉았다. 둘 다 더 이상 말을 하지 못하고 서로를 바라보았다. 아무 말 없이 다운의 얼굴을 응시하던 규헌이 화가 난 듯 말했다.

"내가 널 오해하고 연락을 끊어도 아무 상관 없니? 최소한 나한테라도 말했으면 그런 식으로 비난하지 않았을 거야."

"알아, 그랬을 거야."

다운이 무표정한 얼굴로 대답했다. 그녀의 간단한 긍정에 규헌이 못마땅한 얼굴로 그녀를 바라보았다.

"상관없었던 거구나. 그치? 내가 널 어떤 식으로 생각하든 상관이 없었던 거야."

가만히 그의 표정을 지켜보는 다운의 얼굴이 묘한 표정이 되어갔다. 너무나 많은 감정이 떠올라 차라리 아무런 표정도 지을 수 없는 그런 얼굴이었다. 그저 앞에 있는 찻잔에 입을 가져가한 모금 마시는 걸로 자신의 감정을 잠재웠다. 그리곤 뇌까리듯 말을 꺼냈다.

"미안해."

만난 지 한 시간쯤 되었을 때 다운과 규헌은 카페 안을 나왔다. 예전보다 더 견고해진 벽을 느끼며 규헌은 속이 답답해졌다. 그러나 지금 다운을 더 이상 몰아세워서는 안 될 것 같았다.

자신이 모르는 그녀만의 어떤 마음이 속을 터놓고 말할 상태가 아닌 것 같았다. 규헌은 작별 인사를 하고 지하철 역이 있는 곳으로 향했다. 다운은 규헌이 걸어가는 뒷모습을 물끄러미 바라보고 있다가 자신도 뒤돌아 길을 걸었다.

어스름한 초저녁이 되어가고 있었다. 토요일 저녁이 되자 어디에 숨어 있었는지 평소엔 알 수 없었던 수많은 사람들이 거리를 가득 채우고 있었다. 팔짱을 끼고 가는 연인, 손을 잡고 가는 연인, 뭐가 즐거운지 신나게 떠들며 가는 아주머니들.

한 사람이 말을 하면 상대방이 그 존재를 긍정하고 그에 대한 반응으로 말을 한다. 그게 소통이겠지. 한 사람이 어떤 말을 해도 상대가 그 사람을 부정하고 무시해 버린다. 그래, 부정한다. 상대가 어떤 말을 하든, 어떤 마음을 가지든 그 존재를 부정한다. 사람들은 상대를 부정하지 말라고 한다. 소통하고 자신을 이해시키고 함께 맞서라고 한다. 그래, 알고 있다. 그래야 한다는 거. 그것이 옳고, 그것이 건강하고, 그것이 좋다는 거. 그렇게 하지 않으면 관계가 지속되지 않는 것도 잘 알고 있다.

터벅터벅 발걸음을 옮기던 다운이 문득 멈추어 서서 땅바닥을 응시했다. 오래전 버려진 껌이 땅바닥에 눌어붙어 까맣게 변해 있었다. 이젠 그게 껌인지 뭔지 그 형체를 알 수 없는 그런 모양과 색깔로 껌은 바닥에 납작 엎드려 있었다. 검은색의 껌이 땅바닥에 딱 달라붙어 이젠 땅의 일부가 되어 있었다.

부정당한다. 끊임없이 타인에게 부정당한다. 사랑했던 사람

들에게 부정당한다. 어머니도, 아버지도, 희수도…… 나를 부정
했다. 내가 어떤 마음을 가지든 내가 어떤 태도를 갖든 상관없
이 부정했다. 그리고 부정한다, 내가 나 자신을. 아름이를 외면
했던 나 자신을. 그리하여 아름이와 보냈던 시간과 그 관계를
다 부정했다. 그토록 서로 사랑하고 아꼈다고 생각했지만 죽음
앞에서 그 시간이 거짓이었다는 것을 깨달았다. 부정당한다. 끊
임없이 부정당한다. 나는 부정당하고 지쳐 나가떨어졌는데 나
에게 사람들은 요구한다. 긍정하라고. 상대에게 반응하고 상대
에게 마음을 건네라고. 도대체 무슨 기운으로. 도대체 무슨 여
력으로 상대를 긍정한단 말인가?

땅바닥을 응시하며 사물처럼 우두커니 서 있던 다운이 다시
발걸음을 떼어 걷기 시작했다. 길은 또 다른 길로 이어져 점점
집 근처에 다다르고 있었다.

규헌아, 희수는 내가 어떤 마음을 갖든 상관없이 죽어버렸는
데 왜 난 너를 이해시켜야 하지? 그렇다고 내가 희수를 함부로
단정 짓고 비난한 줄 아니? 그런데 넌 무슨 권리로 날 비난했
니? 희수가 자살한 이유엔 뭔가 있을 거라고, 다운이란 친구가
힘들어해도 그걸 상관하지 않을 만큼 절망이 컸을 거라고 난 생
각했어. 내 삶까지 불안해질까 봐 희수의 선택을 부정하고 끌어
내려야 했을까? 그런데 넌 어떻게 날 비난할 수 있었니? 어머니
도, 아버지도 나를 부정하고 싶을 만큼 아름이를 잃은 게 괴로
웠을 거라고 나는 그들의 행동을 긍정했어. 그런데 왜 그들은

날 계속 부정한 거니? 내가 단지 말을 하지 않아서? 내가 말하면 긍정할 수 있는 거니? 그게 긍정이니?

그녀의 발걸음이 집 근처 골목길에 다다르고 있었다.

왜 난 부정하면 안 되는데? 난 부정당했는데 왜 난 부정하면 안 되는 거지?

땅바닥을 응시하며 익숙한 길을 따라 걷다가 골목길이 거의 끝나가자 다운이 고개를 들어 대문을 찾았다. 무심결에 고개를 든 순간 눈앞에 보이는 사람의 존재에 멈칫 발걸음을 멈추었다.

'왜 난 부정하면 안 되는데?'

대문 옆 벽기둥에 민철이 등을 기대고 비스듬히 서 있었다. 무슨 생각을 하는 건지 빈 공간에 시선을 고정시키고 깊은 생각에 빠져든 것 같았다. 멈춰 서 있던 다운이 발걸음을 떼어 다시 걷기 시작했다.

그녀의 발소리를 들었는지 민철이 천천히 고개를 돌려 눈앞에 걸어오는 다운을 바라보았다. 석양을 등지고 자신을 바라보는 다운은 잔뜩 성이 난 것처럼 온몸에 가시가 돋아 있었다. 민철은 물끄러미 아무런 감정을 담고 있지 않은 그런 얼굴로 그녀에게서 시선을 떼지 않고 있었다.

왜 그전엔 깨닫지 못했을까? 저 차분하고 무표정한 얼굴이 사실은 너무 많은 감정을 담고 있는 거라는 걸 왜 진작 보지 못했을까? 저 눈 속에 담겨져 있는 감정의 소용돌이를 왜 알려 하지 않았을까? 그건 아마도 그녀에게 애정 자체를 주기보단 애정을 무기로 나를 봐주길 원했기 때문일 것이다. 처음 본 순간부터 나를 비추지 않는 거울에 당혹스러워하며 나를 비추라고 강요하고 협박했다. 그녀가 빠져 있는 세계를 알려 하기보단 그 세계에 두고 있는 그 시선만을 뺏어오고 싶어했다. 다운이를 원하기보단 나를 원하는 다운이를 원했음을…… 왜 이제야 깨달은 걸까. 너는 후회하고 있겠지. 나란 남자를 만나 결혼하고 살았던 시간을 모두 부정하고 싶겠지.

다운이 걸음을 멈추더니 어느 정도 거리를 두고 민철을 마주보았다. 낮은 그녀의 목소리가 공기 속을 유영하듯 그렇게 흘러나왔다.

"웬일이에요?"

'왜 난 부정하면 안 되는데?'

이제는 완전히 타인이 되었음을 확인시켜 주듯 찾아온 용건을 묻는 다운의 질문을 민철이 아무 말 없이 듣고만 있었다. 그가 미동없이 그녀만을 바라보고 있자 다운이 걸음을 떼어 대문 쪽으로 향했다. 그러자 민철이 다운의 등 뒤에서 손을 뻗어 그대로 자신의 품 안에 가두었다. 갑작스런 그의 행동에 다운이 그대로 멈추고 숨을 죽였다. 그녀의 귓가로 민철의 꽉 막혀 있는 듯한 목소리가 들려왔다.

"하지만 왜 하필 너였을까?"

'그래, 왜 하필 너였을까? 내가 단지 애정을 바라는 거였다면…… 내가 단지 나를 원하는 여자를 바랬던 거라면 왜 하필

너였을까.'

민철이 자신의 품 안에서 반응없이 안겨 있는 다운을 더 꽉 끌어안았다. 고개를 돌리지도 않고 정면만을 뚫어지게 응시하고 있는 그녀를. 그의 입에서 비통함이 가득한 그런 외침이 터져 나왔다.

"넌 후회하겠지? 하지만 난 아니야. 한다운, 너랑 만나고 결혼한 시간 난 후회 안 해."

가만히 눈앞에 보이는 현관문만을 노려보고 있던 다운이 순간 몸을 움찔거리며 눈을 깜빡였다.

'목덜미 뒤로 느껴지는 물기 어린 축축함은 그의 눈물일까?'

그녀의 목에 얼굴을 묻은 채 그렇게 서 있던 민철이 눈을 질끈 감고는 고개를 들었다. 다운의 등 뒤로 갑자기 서늘한 바람이 파고들었다. 그녀의 귓가로 민철이 걸어가고 있음을 알리는 발자국 소리가 들려왔다. 그러나 그녀는 움직이지 않았다. 왜 그런지 이유를 알 수 없지만 발이 땅바닥에 붙어버린 것 같았다. 단지 그가 남기고 간 한마디가 그녀의 주변을 맴돌아 온 정신을 휘감고 있을 뿐이었다.

'후회하지 않아. 후회하지 않아. 후회하지 않아. 후회하지 않아. 후회하지 않아. 후회하지 않아. 후회하지 않아. 후회하지 않아. 후회하지 않는다고? 후회하지 않는다고? 그토록 서로를 괴롭혔는데? 그렇게 서로에게 잔인하게 대했는데? 결국 이혼으로 끝나 버렸는데?

투둑—

다운의 눈에서 굵은 눈물방울이 툭 하고 떨어졌다. 그녀의 온몸이 심하게 떨렸다.

부정한다. 긍정한다. 부정한다. 긍정한다. 내가 긍정하는 시간을 타인이 부정한다. 내가 부정하려 한 것을 타인이 긍정한다. 그가 긍정했다, 내가 부정하려 했던 것을.

투둑.

그녀의 눈물방울들이 땅으로 떨어져 물기 어린 작은 흔적을 남겼다. 다운이 현관문으로 향하는 계단을 하나하나 걸어 들어갔다. 그리곤 열쇠를 꺼내 문을 열었다. 불이 꺼져 있는 조그만 공간이 그녀의 눈 안에 들어왔다. 마치 자신처럼 작고 어두운 동굴. 그 동굴을 다운이 멍하니 바라보았다.

한 남자와 한 여자가 만나 결혼하고, 서로를 괴롭히다가 결국 일 년도 안 돼 헤어졌다. 그건 사랑이었을까, 아니면 실수였을까?

계절은 겨울 한가운데에 들어서고 있었다. 성큼성큼, 사람들이 눈치 채지 못하게 혼자만의 발걸음으로 그렇게 다가서고 있었다.

"선생님, 떡볶이 사줘요~"

수업이 끝나자 아이들이 다운에게 다가와 졸라대기 시작했다. 점심과 저녁 사이에 수업이 끝나는지라 다들 출출한 시간이었던 것이다. '떡볶이'라는 말에 다운이 순간 침을 꼴깍 삼켰다. 임신이 4개월, 여전히 입덧은 가라앉을 기미를 안 보였지만 갑자기 참을 수 없는 식욕을 느꼈다. 그러나 학원에서는 선생이 아이들에게 뭘 사주는 게 금기되어 있는지라 다운은 잠시 머뭇거렸다. 아이들의 인기를 얻기 위해서, 또는 학원 수강생을 늘리기 위해서 편법을 쓴다는 오해를 받을 수도 있는 문제라 학원 선생들 사이에서는 일종의 금기로 형성되어 있었던 것이다. 다운도 그걸 잘 알고 있었지만 그렇다고 혼자 가서 먹는 건 싫었다. 잠시 머뭇거리며 아이들을 바라보고 있던 다운이 입을 열었다.

"잠깐만 기다려 줄래? 지갑 가지고 올게."

"와와와아아아아~"

다운의 말에 아이들이 일제히 호들갑스럽게 함성을 질렀다. 교무실에 들어가 보니 원장 선생님과 국어 교사가 이야기를 나누고 있었다. 다운은 자신의 가방에서 지갑을 꺼내곤 잠시 서서 입술을 깨물었다. 떡볶이를 먹으러 간다고 말하자니 자신이 무슨 학생 같았고, 안 하자니 찜찜했다. 두 사람을 바라보고 있던 다운에게 문득 민철이 했던 말이 떠올랐다.

"후회하지 않아."

묘하게도 그 기억이 떠올랐다. 주춤주춤 서 있던 다운이 두 사람에게 조용히 말을 붙였다.

"저…… 떡볶이 안 드실래요?"

"네?"

한창 아이들 학업에 대해 논의를 하고 있던 두 사람이 고개를 들어 다운을 쳐다보았다. 다운이 어색한 미소를 지으며 말을 이었다.

"아이들하고 떡볶이 먹으러 갈 건데 같이 안 드실래요?"

잠시 후 학원 건물 아래에 있는 분식집엔 원장과 국어 교사, 그리고 다운이 아이들과 함께 떡볶이를 먹고 있었다. 다운은 빨간 떡볶이 하나를 입에 넣고 씹으면서 앞에 앉아 있는 아이들을 물끄러미 바라보았다. 사실 다운이를 좋아해서거나 학원과 아이들이 다른 학원보다 더 돈독해서라기보단 영악하게 공짜로 먹으려고 그나마 마음 약한 다운에게 사달라고 졸랐다는 것을 그녀도 잘 알고 있었다. 그러나 그게 학원 다니는 재미 아닌가. 자신도 고등학교 때 학원 선생님이 사준 하드를 먹었던 게 아직도 기억 속에 남아 있었다. 물론 그 선생님의 얼굴도, 이름도 기억나지 않지만 푹푹 찌는 여름날 모두들 하드를 오물거리며 미적분 공부를 했던 기억이 꽤 좋은 느낌으로 자리 잡고 있었던 것이다. 아마 그 선생님도 아이들의 영악함을 다 알고도 사준 것이리라. 그리고 이 아이들도 나중에 나에 대해 다 잊어버리고, 다시 만날 기회가 없더라도 떡볶이를 먹은 이 순간을 기억하게 되겠지. 그녀처럼. 아니, 설혹 기억하지 못하더라도 이 순간 즐거우면 되는 게 아닐까.

다운이 빙그레 웃으며 접시에 있는 계란을 반으로 갈라 포크로 잘게 부쉈다.

"어! 선생님도 그렇게 드세요?"

"응?"

한 아이가 다운의 행동을 보고는 말을 걸었다.

"저도 잘게 부숴서 국물이랑 섞어 먹는 거 좋아해요."

"그래?"

다운이 호응하자 아이는 마치 동지를 만난 것처럼 신이 나서 말했다.

"어떤 애들은 국물이랑 계란을 따로 먹는 거 있죠. 풀어서 먹는 걸 이해 못하겠대요."

"그래? 어떻게 따로 먹을 수 있지? 이게 훨씬 더 맛있는데."

다운은 아이와 계란을 따로 먹는 파와 섞어 먹는 파를 나누며 재밌어하면서도 스스로의 반응에 조금은 신기했다. 예전의 자신은 이런 대화에 별 흥미를 느끼지 못해 그저 고개를 끄덕이거나 신경 쓰지 않는 편이었다. 사람들을 만날 때면 언제나 그 관계의 유한성에 허무해했고, 사소한 일상의 대화는 부질없이 느껴졌다. 요즘에서야 사소함의 즐거움을 느낀다고나 할까.

다운의 머리 속으로 민철의 마지막 모습이 떠올랐다. 자신을 안고 비통하게 내뱉었던 그의 목소리를. 그리고 '후회하지 않는다'는 말을. 허무했기에 부정했던 걸까, 부정당했기에 허무했던 걸까. 그 답은 아직도 알 수 없었다. 무엇이 먼저 시작된 건지. 부정당하지 않았다면 허무하지 않았을까? 모르겠다. 단지 '후회하지 않는다' 는 그의 말이 단단한 밑바닥 무언가를 두드리는 느낌이었다. 왜 그 말이 잊혀지지 않는지, 왜 그런 느낌을 주는지 아직은 언어로 설명할 수 없지만 도망치고, 침묵을 지키고, 고개를 돌려 버리고 싶을 때 이상하게 민철의 말이 떠올랐다.

"후회하지 않아."

잠시 후 분식집을 나온 아이들은 짝을 지어 집으로 향했고, 다운도 선생님들과 인사를 나누곤 학원을 나왔다. 아직은 초저녁 전이라 지하철은 그렇게 붐비지 않았다. 다운은 열차 안에 자리가 없자 문이 열리는 반대쪽 문으로 다가가 섰다. 덜컹이며 미세하게 흔들리는 지하철의 움직임에 맞춰 그녀의 몸도 함께 미세하게 움직였다. 적막하고 심심한 시간, 멍하니 유리창을 응시하고 있던 그녀가 문득 고개를 들어 어느 정도 왔는지를 확인했다. 방금 전 들었던 역을 지도에서 확인하던 그녀의 눈이 한 곳에 멈춰졌다. 잠실역이었다. 자신이 다니는 학원과 집 그 중간쯤에 자리한 역. 희수가 살던 곳. 희수가 죽은 후로 한 번도 내리지 않았던 역. 그 역을 물끄러미 응시하는 다운의 귓가로 방송이 흘러나왔다. 잠실역에 도착했다는 방송이 흘러나오자 그녀가 내리는 사람들과 함께 같이 열차 밖으로 걸어나갔다. 그리곤 출구를 두리번거리며 찾았다. 희수가 살던 쪽으로 향하는 출구를.

희수가 죽은 그날 새벽, 그때 걸었던 그 길을 걸으며 다운이 눈에 들어오는 낯익은 집을 바라보았다. 그날 새벽, 희수의 시신을 그녀의 어머니께 넘겨주곤 도망치듯 뛰어나왔던 그 길은 변함없이 예전 그대로였다. 다른 어느 동네처럼 시멘트로 골목길은 회색 빛이었고, 빨갛고 파란 벽돌로 지은 작은 집들이 옹기종기 모여 있었다. 그날 새벽엔 알아차리지 못했던 골목길 주변이 하나하나 그녀의 눈 안으로 들어왔다. 희수의 집 옆에 작은 나무가 담벼락 안으로 팔을 뻗고 있었고, 그녀의 집 대문은 에메랄드그린 색이었다.

그녀가 대문을 바라보며 서 있는데 안에서 어떤 아이가 작은 자전거를 낑낑거리며 끌고 나오고 있었다. 아마도 새로 이사 온 것이리라. 대문을 사이에 두고 아이가 작은 턱을 넘기 위해 안간힘을 쓰자 다운이 아이에게 다가가 자전거를 같이 들어주었다. 그러자 아이는 약간은 경계 어린 눈으로 그녀를 살피더니 작게 고맙다는 말을 중얼거렸다. 그리곤 자전거를 타고 요란스런 소리를 내며 바람같이 사라져 갔다.

아마도 이사를 온 걸 보면 그 집에서 한 사람이 죽었다는 이야기는 하지 않았던 것이리라. 그래, 그렇겠지. 산 사람은 살아야 하니까. 기껏해야 20대 여자 한 사람이 무슨 흔적을 남기고 갈 수 있을까. 설혹 내가 그녀를 기억한다고 해도 나도 사라지면 그만인 것을.

쓸쓸하게 엷은 미소를 지으며 대문을 바라보고 있던 다운이 걸음을 옮겨 대문 가까이에 섰다. 그리곤 손으로 녹슨 대문을 어루만졌다. 녹슨 대문이 아파할까 부드럽게 쓰다듬던 다운이 작게 웅얼거렸다.

"보고 싶어, 희수야. 보고 싶다."

그래, 결국 하고 싶었던 말은 이 말이었다. 그동안 가슴속에 꽉 막혀 언어로 튀어나오지 않았던 응어리진 마음의 실체 는…… 희수가 보고 싶다는 것.

네가 살다 간 23년이란 시간, 그중 몇 년을 다운이란 친구와 만나 지냈던 시간들을, 내가 살았던 시간 중 몇 년을 희수라는 친구와 만나 가졌던 시간들. 그 자체…… 그 자체로 받아들일 게.

"예, 그럼 그곳에서 뵙겠습니다."

민철이 아버지와 통화를 마치고는 다시 컴퓨터 화면을 바라 보았다. 그러나 방금 전까지 집중했던 보고서의 글자가 그냥 형 상화된 그림처럼 눈에 들어올 뿐이었다. 아버지의 고교 동창인 박 교수가 출판 기념회가 있는 날인지라 그곳에 들렀으면 한다 는 부탁이었다. 이혼한 후 민철은 독립해서 살고 있었고, 부모 와의 관계는 겉으로는 잘 드러나지 않는 거리감이 있었다. 예전 부터 그렇게 살가운 가족은 아니었지만 다운과 헤어진 후에는 민철이 집에 들르는 적이 거의 없을 정도였다. 그녀와 헤어진 원인이 자신에게 있다는 것을, 그리고 그녀가 부모님 때문에 떠난 것은 아니라는 것을 잘 알고 있었지만 그럼에도 그는 부모님을 보는 게 꽤 괴로웠다. 알 수 없는 감정이었다. 섭섭함이라고 하기엔 좀 더 묘한 그런 거리감이었다. 자신이 선택하고 자신이 사랑했던 여자가 자신의 가족에게 받아들여지지 않았던 기억은 부모와의 사이 가운데 큰 강이 하나 놓여 있는 그런 느낌을 주었다.

민철의 머리 속은 지금 출판 기념회가 있을 장소에 가 있었다. 그의 모교인 대학으로. 그의 모교이기도 하고, 동시에 다운의 모교였다. 이혼한 지 벌써 넉 달이 지났지만 아직도 그는 그녀와 관계된 것과 조우하면 한쪽 가슴이 시리도록 알싸했다. 시간은 바쁜 일상으로 채워져 잘 돌아갔지만 문득문득 그녀에 대한 기억이 떠올라 힘들었다. 게다가 며칠 전엔 둘이 살았던 빌라가 팔렸다는 소식을 듣게 되었다. 그녀 혼자 그 공간을 꾸려 나가는 게 힘들다는 걸 잘 알고 있었고, 그리고 빌라를 팔아 그녀의 공부에 쓰이는 게 좋다고 생각하지만 마음 한구석 둘의 공간이었던 빌라마저 이젠 남의 손에 넘어갔다는 게 참 허허로웠다.

다운이는 빌라를 팔면서 어떤 생각을 했을까. 그녀도 나처럼 가슴 한구석이 시리고 아팠을까. 머리 속으로 끊임없이 비집고 들어오는 그녀에 대한 상념을 민철이 머리를 저으며 떨쳐 냈다.

그리곤 자신 앞에 놓여 있는 컴퓨터 화면에 다시 집중했다.

  박 교수의 출판 기념회는 간소했다. 학교라는 게 치장하는 것에 약한 집단인지라 연회실은 교수의 동료와 친구들, 그리고 제자들이 함께 식사를 나누는 정도였다. 작고 간소하지만 책 안에 담긴 박 교수의 애정과 노고를 모두들 진심으로 축하하는 그런 분위기였다. 그저 공부가 좋아 평생 책만 끌어안고 살았던 박 교수는 약간 어수룩하고 순수한 데가 있는 그런 사람이었다.

  민철이 연회실 한쪽에 서서 박 교수와 이야기를 나누는 아버지를 바라보고 있었다. 누구보다 사업수완이 탁월하고 두뇌회전이 빨라 손익계산에 능한 자신의 아버지를. 박 교수가 주변머리가 없다는 얘기를 듣는 반면 그의 아버지는 통솔력이 있고 친화력이 강하다는 말을 듣는 사람이었다. 그렇게 정반대로 보이는 두 사람이 30여 년 넘게 친구 관계를 지속시킬 수 있었던 이유가 무엇일까? 다른 사람은 모르는 둘만의 공통된 무언가가 서로를 연결시켜 주는 걸까. 아니면 서로에게 갖지 못한 부분을 부러워하고 동경하는 걸까. 웃기는 건 저렇게 돈독하게 오랫동안 지낸 두 사람은 아직도 가끔씩 언성을 높이며 싸운다는 것이다. 아버지가 사업상 편법을 쓸 때 박 교수는 패러다임이 없는 놈이라고 비난했고, 그럴 때 강 회장은 꽉 막힌 인간이 교실에나 통할 잣대를 함부로 들이댄다며 언성을 높이곤 했다. 그렇게 불같이 싸우다가 시간이 좀 지나면 언제 그랬냐는 듯 다시 만나서 술 한잔을 하거나 이런 기념식에 꼭 얼굴을 들이밀었다.

두 사람에 대해 일었던 궁금증은 이제 다운에게로 향했다. 그가 다운이에게 끌린 건 그가 갖지 못한 부분에 대한 동경이었던 걸까, 아니면 닮아서였을까? 그녀가 떠나고 난 후 민철은 한 발자국 물러나 그렇게 둘의 관계에 대해 생각했다. 아무리 생각해 보아도 답이 나오지 않는 질문 하나, 왜 하필 그녀였을까. 그 하나를 곱씹고 있었다.

조용히 한쪽에서 식사 후 차를 마시는 민철에게 박 교수가 다가왔다. 그가 공손하게 자리에서 일어나 인사를 하려 하자 박 교수는 손사래를 쳤다.

"잘 지내는가?"

"네."

박 교수가 그의 이혼을 알고 있다는 것을 민철이 아는지라 그저 간단하게 대답만 했다.

"그래…… 크흠……."

민철이 말없이 박 교수를 쳐다보고 있자 그는 무슨 할 말이 있는지 계속 헛기침을 하며 우물쭈물했다. 단어를 고르느라 그런 건지, 아니면 자신한테 해야 될 얘긴지 아닌지 판단이 안 가서인지 잠시 굳은 얼굴로 망설이고 있던 박 교수가 입을 열었다.

"내가 가타부타 말을 꺼낼 입장이 아니라는 건 잘 아네만."

"괜찮습니다. 말씀하십시오."

민철이 그의 개입을 받아주겠다는 의사 표시를 하자 박 교수는 조금은 더 편안해진 얼굴로 다시 말을 이었다.

"아이까지 가진 상황에서 너무 성급한 거 아니었나?"

차분하게 자신의 찻잔에 손을 가져가던 민철은 순간 누군가가 자신의 머리를 세게 걷어차는 느낌이 들었다. 그가 박 교수에게서 흘러나오는 말들을 머리 속으로 입력시키느라 무표정한 얼굴로 교수를 응시하자 박 교수는 얼른 말을 덧붙였다.

"물론 두 사람도 쉬운 결정은 아니었겠지. 그걸 잘 알면서도 다운이를 직접 보니까 마음이 너무 안 좋더군."

친구의 아들이기 이전에 민철이와 다운이를 아꼈던 박 교수로서는 쉽게 그들의 결정을 받아들이기가 어려웠던 것이다. 이제 와서 소용없는 얘기라는 걸 알지만 그는 왠지 모를 답답함에 민철에게 타박 어린 말을 하고 있었던 것이다.

'다운이가 아이를 가졌다고?'

그의 머리 속에 마지막으로 봤을 때의 다운이가 떠올랐다. 눈에 띄게 피곤해 보였던 얼굴, 조금은 마른 듯한 몸. 설마…… 설마…… 그래서?

"다운이…… 를 언제 만나셨습니까?"

넋이 약간은 나가 있는 얼굴로 민철이 조심스럽게 물었다.

"아아, 보름 전쯤에 대학원 준비 문제로 상의하러 왔었네. 얼굴이 말이 아니더군. 입덧 때문인지 얼굴이 반쪽이 되어 있더라고."

말을 마친 박 교수는 답답한 걸 털어내듯 깊은 한숨을 내쉬었다. 입을 꽉 다물고 말없이 자신의 찻잔만 뚫어지게 응시하던 민철이 조그맣게 중얼거렸다.

"죄송하지만 이만 가보겠습니다."

민철이 자리에서 벌떡 일어나 박 교수에게 고개 숙여 인사를 하곤 연회실을 빠져나갔다. 연회실을 나와 복도를 걸어나가는 민철의 발걸음은 점점 빨라졌다.

그때 다운을 찾아갔을 때 그녀가 여위었다는 것을 느끼긴 했었다. 하지만 그녀도 이혼 때문에 힘들어서일 거라고만 생각했었다. 게다가 혼자 생활을 꾸려가는 게 처음이니까, 아마도 그래서일 거라고 그렇게 생각했다.

빠른 걸음으로 건물 밖을 나간 민철이 갑자기 우뚝 멈춰 섰다. 그녀는 아무 말 없었다. 아무 말도 하지 않았다. 임신 사실을 알고도 나에게 연락하지 않았다. 동상처럼 서서 땅바닥을 응시하던 민철이 한쪽 손을 꽉 쥐었다. 내부에서 피어오르는 감정이란 이름의 소용돌이를 잠재우려 그가 손을 쥐었다 펴기를 반복했다. 조금 전까지만 해도 충격과 놀라움으로 가득 차 있던 그의 눈빛이 조금씩 빛을 잃으며 탁해져 갔다.

'어쩔 생각인 거니, 한다운?'

다운의 피임약을 발견했던 그날의 일이 그의 기억 속에 선명하게 자리 잡아 지금 그의 마음을 더욱 가라앉게 만들고 있었다. 차마 아이를 지운다는 생각은 수면 위에 드러내고 싶지 않았다.

"후우……."

잔뜩 몸에 힘을 주고 서 있던 그가 힘없이 한숨을 내뱉고는 다시 발걸음을 떼었다. 터벅터벅 그가 차가 주차된 곳으로 향했다.

'내가 그토록 미웠니? 아이를 가졌다는 말조차 하지 않을 정도로?'

어느새 그는 차가 주차된 농구장 근처에 다다르고 있었다. 멍하니 길을 걷던 그는 자신의 차가 있는 곳으로 시선을 주었다. 한겨울이라 그런지 주차장과 농구장은 텅 비어 있었다. 아무런 치장 없이 나무들은 메마르게 그 윤곽을 선명히 드러내고 있어 더욱더 쓸쓸하게 느껴지는 풍경이었다.

차 앞에 다다른 그가 차 문을 열기 위해 손을 가져가고 있을 때 어디선가 사박사박 흙이 밟히는 소리가 들려왔다. 민철이 소리가 나는 쪽으로 무심결에 고개를 돌려보니 다운이 농구장 옆에 둘러져 있는 계단에서 내려오고 있었다. 계단을 쳐다보며 걸음에 집중하고 있던 다운이 시선을 느꼈는지 고개를 들어 민철이 있는 곳을 쳐다보았다. 둘의 눈이 마주쳤다. 거리가 꽤 멀었던지라 다운이 잠시 상대가 민철인지 아닌지 관찰하는 듯싶더니 그 자리에서 가만히 멈춘 채 눈을 동그랗게 뜨고 그를 바라보았다. 그녀가 믿기지 않다는 듯 쳐다보는 것처럼 민철도 여기서 그녀와 마주치게 될 줄은 몰랐기에 그녀의 얼굴만 쳐다볼 뿐이었다. 가까이 다가와 먼저 말을 꺼낸 것은 다운이었다.

"웬일이에요, 학교엔?"

여전히 그녀의 얼굴에서 시선을 떼지 않고 민철이 무표정한 목소리로 대답했다.

"박 교수님 출판 기념회가 있어서."

"아……."

알고 있었는지 다운은 생각난다는 얼굴로 고개를 끄덕였다. 민철이 의미심장한 목소리로 조용히 물었다.

"뭐 또 다른 건 생각나는 거 없어?"

다운이 어리둥절한 얼굴로 민철을 바라보자 그가 아주 짧은 순간 한쪽 입술을 위로 올리며 피식거리는 웃음을 흘렸다. 그리곤 다시 무표정한 얼굴로 입을 열었다.

"무슨 일로 온 거야?"

다운이 희미하게 미소를 지으며 대답했다.

"도서관예요. 내년부터 대학원 다녀요."

희미하게 미소를 짓던 그녀가 문득 대학원 문제로 민철과 갈등이 있었던 기억이 떠올랐는지 입가의 미소가 차츰 사라졌다. 그녀의 대답에 민철의 얼굴이 눈에 띄게 굳어졌다.

"아이…… 지울 생각이니?"

툭 하고 내뱉어진 민철의 말에 다운이 순간 눈을 크게 뜨고 그를 응시했다. 당황했는지 그녀가 말을 더듬거리며 물었다.

"어, 어떻게…… 알았어요? 내가……."

그녀가 미처 말을 다 끝맺기도 전에 그가 다소 거친 목소리로 대꾸했다.

"뭘? 네가 아이를 지울 거라는 걸 어떻게 알았냐고?"

그가 추궁하듯 그녀를 몰아붙이자 다운이 입을 다물고 민철의 얼굴을 빤히 쳐다보았다. 그녀의 눈 속에 작은 일렁임이 일어났다. 그런 다운의 표정을 민철이 눈을 얇게 뜨고 노려보았다. 알고 있다, 지금 자신의 태도가 유치하고 저급하다는 거. 이런 식으로 단정 짓고 비난해선 안 된다는 것도. 다운이가 자신을 부정한다는 생각에 확대해석하고 있음을.

그러나 다운을 만나면 민철은 언제나 구석으로 몰리는 느낌이었다. 메아리쳐도 대답없는 계곡에서 혼자 고래고래 소리를 지르는 느낌이랄까. 그 계곡에 혼자 있다는 생각에 자신이 제어가 안 되는 그런 느낌.

'또 입을 다무는 거니? 언제나 그렇듯 그렇게 입을 다물고 상대가 어떤 말을 하던 귀 기울이지 않는구나. 맘대로 생각하라는 거구나. 그치?'

그의 눈을 질끈 감고 다운에게서 고개를 돌렸다. 시리도록 차가운 겨울 하늘이 그들 위에 펼쳐져 있었다. 그가 그 시린 하늘에 시선을 가져가려는데 다운의 목소리가 들려왔다.

"계속 결정을 못하고 있었어요…… 낳아야 될지, 말아야 될지."

그녀의 차분하지만 변명하는 듯한 중얼거림에 민철이 다운의 얼굴로 다시 시선을 가져갔다. 다운이 미안함이 담긴 미소를 지으며 어색하게 말을 이었다.

"그래서 말을 못했어요. 그동안 내가 가진 고민만으로도 너무 혼란스러웠거든요."

조금씩 자분자분 속내를 털어내는 다운을 민철이 지그시 바라보았다. 방금 전보다는 한결 부드러워진 얼굴로 그가 무뚝뚝하게 말했다.

"그래서 어떻게 할 생각인데?"

예전의 그였다면 이렇게 묻지는 않았을 것이다. 당연히 낳아야 하거나 당연히 지워야 하거나 하는 쪽으로 단정적인 말을 했을 것이다. 다운의 의중을 묻는 그의 질문에 그녀가 멍하니 민철의 얼굴을 응시하더니 고개를 숙여 발밑을 바라보았다. 민철이 말없이 대답을 기다고만 있자 다운이 이내 웃음기를 가득 담고 그를 쳐다보며 말했다.

"낳을 거예요."

다운이 숨을 죽이고 그의 반응을 기다렸지만 민철은 딱딱할 정도로 굳은 얼굴이 되어 그녀를 쳐다볼 뿐이었다. 아주 기묘하다는 듯 신기한 무언가를 관찰할 때 보이는 그런 눈빛으로 그가 다운의 얼굴을 뚫어지게 응시했다.

당연히 지울 거라고 생각했다. 다운이란 여자를 만나 느낀 건 그녀가 뒤돌아설 땐 무서울 정도로 미련없이 뒤돌아선다는 것이다. 그녀가 말없이 집을 떠나고, 이혼을 하고, 빌라를 팔았다는 얘기를 듣고. 민철은 다운의 입에서 낳겠다는 말이 나올 줄은 정말 몰랐다. 큰 우렛소리가 나면서 한동안 멍하게 귀에 아무것도 안 들리는 것처럼 지금 민철이 그랬다. 말없이 다운의 얼굴만 쳐다보던 민철이 뭔가를 추측하고 확인하는 말투로 천천히 말했다.

"날 사랑하지?"

뜬금없이 대뜸 사랑하냐는 그의 질문에 다운이 뭔가를 생각하는 듯 잠시 여운에 잠겨 있다가 진지한 어조로 대답했다.

"모르겠어요. 사랑하는 건지, 아니면 당신한테 내 자신을 투영해서 집착하는 건지."

잠시 말을 끊고 생각에 잠긴 다운이 천천히 입을 열었다.

"단지……."

"단지?"

"당신이 보고 싶었어요."

다운의 말이 흘러나오는 순간 민철이 급히 숨을 들이켰다. 뭔가가 자신의 가슴을 꽉 죄어 움켜쥐는 그런 느낌이었다. 천천히 가쁜 숨을 내쉬며 그가 떨리는 손을 다운에게 가져갔다. 그리곤 아주 천천히 조심스럽게 그녀를 끌어당겨 안았다. 민철은 다운의 까만 머리채에 고개를 묻고 가슴 가득 숨을 들이켰다. 아무 말도 나오지 않았다. 무슨 말을 해야 할지…… 그저 다운의 체취를 가득 들이마시며 그녀의 존재가 지금 자신 곁에 있음을 느끼고 싶을 뿐.

민철의 품속에 갇힌 다운이 그의 코트에 얼굴을 묻고 작게 중얼거렸다. 목이 메이는 듯한 그런 목소리였다.

"왜…… 그랬어요?"

순간 민철은 무언가가 자신의 가슴을 꽉 쥐고 비트는 느낌이 들었다. 그녀가 무얼 묻고 있는지 알 것 같았다. 무슨 얘기를 하는지…… 그의 기억 속에 유리 조각처럼 남아 있었던 다운의 얼굴. 그때 호텔 객실에서 강제로 안고 난 후 그녀가 지었던 얼굴 표정을 잊을 수 없었다. 이혼한 후에도 뇌리에 남아 있던 그 얼굴은 날카로운 날에 찔리는 것처럼 그를 오랫동안 아프게 했다. 그날 다운의 얼굴은 그나마 그에게 작은 틈을 보이며 열려 있었던 문이 완전히 닫혔음을 역력히 보여주고 있었다. 그리고 민철이 그걸 깨달았을 땐 이미 늦은 후였다.

그가 말없이 그녀를 안고 있자 다운이 손으로 그의 코트 깃을 움켜쥐며 거칠게 말을 쏟아내기 시작했다. 참고 있던 울음이 터져 나오는지 그녀의 몸이 경미하게 떨리고 있었다.

"어떻게 나 아닌 다른 여자를 안을 수 있었어요? 어떻게?! 난…… 아무리 화가 나도 그럴 수 없었는데 어떻게 그럴 수 있었어요?"

터져 나오는 감정의 소용돌이를 이기지 못했는지 그녀의 울음소리는 점점 더 커져만 갔다. 그 울음소리가 너무나 아프게 그의 마음을 파고드는지라 그는 차마 미안하다는 말이나 앞으론 안 그럴 거라는 말을 할 수 없었다. 그런 말은 할 수 없었다. 그저 다운이를 안고 있는 팔에 더 힘을 주어 꽉 껴안을 뿐이었다.

어느 정도의 시간이 흘렀을까. 그녀의 울음이 조금씩 잦아들고, 한겨울의 쌀쌀한 날씨에 그녀의 볼이 발갛게 변해가자 민철이 그녀의 손을 잡아 차 안으로 이끌었다. 벙벙하게 부어 있는 그녀의 눈을 가만히 바라보고만 있던 민철이 그녀가 추위로 몸을 떨자 얼른 히터를 틀었다. 차 안으로 뜨거운 공기가 두 사람을 감싸며 차 안을 따스하게 만들어갔다. 파랗게 변해 있었던 그녀의 입술이 조금씩 붉은 기를 띠어가자 정적이 감돌던 차 안에 민철의 목소리가 울려 퍼졌다.

"합치자."

짧은 한마디, 그 이상의 말은 없었다. 그러나 그의 목소리 안에 수많은 감정들이 깃들어 있었다. 그녀가 말 한마디 없이 떠났다는 걸 알았을 때 느꼈던 절망감과 배신감, 그리고 슬픔과 허탈함, 그리고 지나온 시간에 대한 후회와 미련. 그러나 그녀가 자신의 아이를 가졌다는 걸 안 지금 그의 마음은 단 하나의 귀결로 이어졌다. 더 이상 다운이와 떨어져 지내지 않겠다는 것. 그녀 곁에 있어야겠다는 생각뿐이었다. 그러나 다운은 대답 없이 창문을 물끄러미 응시할 뿐이었다. 유리창에 비친 자신과 이제는 전남편이 된 민철을. 같이 있으면 정이 드는 것처럼 떨어져 있는 시간 동안 다운은 이제 한 발자국 물러나 그를 바라볼 수 있었다. 그리고 둘 사이에 있었던 감정적 충돌도.

어느새 차 안이 후텁지근하게 느껴졌는지 다운이 차 문에 있는 작은 버튼을 눌렀다. 스르르 유리가 내려가면서 작은 틈 사이로 겨울바람이 그녀의 머리칼을 흩트려 놓았다. 민철이 그녀의 흐트러진 머리카락을 정리해 주려고 그녀의 머리 쪽으로 손을 가져가자 다운이 고개를 틀어 그 손길을 피했다. 그녀의 조용하지만 단호한 거부의사에 민철의 손이 힘없이 떨어졌다. 그의 얼굴 위로 그늘이 드리워져 갔지만 다운은 차분히 자신의 손으로 흐트러진 머리카락을 귀 뒤로 넘기곤 그의 얼굴을 똑바로 응시했다.

"당신을 보고 싶었다고 말했지, 같이 살고 싶다고 말한 적은 없어요."

한없이 부드러운 목소리였다. 그러나 겨울 햇살처럼 따스하면서도 어디엔가 냉기가 서려 있는 그런 목소리였다. 단호함이 어려 있는 그 목소리에 민철은 함부로 그 뜻을 꺾으려 입을 열지 못했다. 그의 얼굴에 드리워진 그늘이 짙어지자 다운이 어루만지는 듯한 목소리로 말을 이었다.

"지금은 떨어져 있어서 함께 있으면 행복할 거라고 생각하지만, 같이 있으면 우린 또다시 서로를 괴롭히게 될 거예요."

순간 무표정했던 그의 얼굴에 칼날 같은 괴로움의 조각이 언뜻 스쳐 지나갔다. 그가 자신의 행동들을 반추하며 괴로워하자 다운이 엷은 미소를 입가에 그리며 그를 위로하듯 말했다.

"우리 친구처럼 지내요. 가끔 보고 싶을 때 보고, 서로 어떻게 사나 얘기도 하고…… 그렇게요."

그녀의 담담한 제안에 민철이 말없이 그녀의 얼굴을 뚫어지게 응시했다. 침묵을 지킨 채 무슨 생각에 빠져 있는지 깊은 심연의 어둠처럼 가라앉아 있던 그의 눈이 어느새 평안한 웃음기를 담고 그녀에게 말했다.

"그래. 근데 입덧이 심한 거야? 얼굴이 많이 상했다."

너무나 쉽게 그녀의 제안을 받아들이는 민철의 태도에 다운이 잠시 어리둥절한 얼굴로 그를 바라보다가 이내 편안해진 얼굴로 고개를 끄덕였다.

"네, 아이가 조금 심하게 까탈을 부리네요."

조그맣게 웃음소리를 내며 말하는 다운은 자신의 아랫배 근처에 시선을 주며 말했다. 그녀로서는 아이를 가졌다는 게 이제 익숙한 일상이 되어 있었지만 민철에겐 아직 어색하고 생경한 광경이었다. 그가 지그시 미소를 지으며 아랫배에 손을 가져가는 다운을 쳐다보다가 조심스럽게 입을 열었다.

"나도 만져 봐도 될까?"

그 말에 다운이 퍼뜩 시선을 들어 민철의 눈을 응시했다. 그리곤 약간은 민망한 얼굴로 고개를 끄덕였다. 그가 주저하며 손을 가져가더니 천천히 그녀의 아랫배에 손바닥을 댔다. 조금은 뭔가 다를 거라고 기대하고 손을 가져갔던 민철은 손바닥 안으로 아무것도 느껴지지 않자 더 집중하며 그 감촉에 열중했다. 그러자 다운이 키득거리며 말했다.

"아직 배를 차거나 그럴 때가 아니에요."

그러더니 다운이 자신의 아랫배를 향해 장난스럽게 덧붙였다.

"아가야, 네 아빠 성격 정말 급하지 않니?"

사실 다운이는 혼자 살면서 심심할 때면 뱃속에 있는 아이에게 말을 건네며 놀았던 것이다. 밤에 텔레비전에서 시시껄렁한 프로그램이 나오거나 문득문득 멍하니 비워지는 시간이면 그녀는 뱃속의 아이에게 이런저런 이야기를 들려주었다. 그래서 습관처럼 다운은 아이에게 말을 건넸지만 민철이로서는 그 모습이 너무나 묘하게 느껴졌다. 아직 모습을 드러내지 않은 아이에게 너무나 친숙하게 말을 건네는 그녀의 모습이, 그리고 '네 아빠'라고 너무나 당연하게 이야기하는 그녀를 보며 민철은 가슴속에 뜨거운 뭔가가 퍼져 나가는 느낌이었다. 하얀 종이 위에 물기를 잔뜩 머금은 노란색이 종잇결을 따라 스미듯 퍼지는 그런 느낌이랄까. 동시에 가슴 한구석이 죄어오듯 아파왔다. 자신이 얼마나 그녀를 몰아댔던가. 다그치듯 그녀에게 애정을 요구하다 결국 폭력까지 쓰지 않았던가. 겉으로는 누구보다 여유로워 보이는 인간이었지만 사실은 누구보다 무언가에 급급해 있는 인간이었다. 지금 그 부분이 지적당한 것 같아 그는 왠지 따스하면서도 씁쓸한 부끄러움을 느꼈던 것이다.

여하튼 민철은 그 감정의 실체가 무언지 정확하게 파악은 할 수 없었지만 눈앞에 있는 다운에게서 시선을 뗄 수 없다는 거, 그거 하난 정확하게 인식하고 있었다. 그가 빤히 자신의 얼굴을 응시하고 있다는 걸 느낀 그녀가 조금은 바보같이 행동했나 싶어 얼른 입술을 깨물었다. 혼자 있을 때만 하던 버릇을 무심결에 보여주고 나니 은근히 민망했다. 그러나 그녀가 민망함에 어떻게 수습해야 하나 고민하기 전에 민철이 대뜸 입을 열어 말했다.

"뭐 먹고 싶은 거 없어?"

그의 질문에 다운이 잠시 눈을 굴리며 무언가를 생각하더니 미안하단 표정을 지으며 고개를 저었다. 요즘 다운은 입덧 때문에 거의 죽만 먹고 있었다. 민철이 걱정스러움이 가득 담긴 목소리로 말했다.

"그럼, 먹을 수 있는 건 있는 거야?"

다운이 약간 멋쩍은 표정을 지으며 얼른 대답했다.

"죽이요."

"죽?"

민철의 얼굴이 우스꽝스럽게 일그러졌다.

'먹을 수 있는 게 죽이라고? 밥도 아니고 죽?'

눈썹을 잔뜩 찌푸리며 민철이 무언가를 곰곰이 생각하기 시작했다. 한참 말없이 골똘하게 생각에 빠져 있던 그가 차에 시동을 걸었다.

30여 분 후 차가 도착한 곳은 청담동에 있는 어느 '죽' 집이었다. 구하기 힘든 천연 재료와 유기농 야채로만 만들어 파는 곳인지라 입소문이 꽤 나 있는 곳이기도 했다. 종업원이 메뉴판을 갖다 주자 민철이 어서 고르라며 그녀 앞에 메뉴판을 먼저 내밀었다. 그러나 그녀는 난감했다. 어떤 재료에 비위가 상할지 안할지 스스로도 예측을 할 수 없었기에.

그녀가 메뉴판을 한참 동안 쳐다보고 있자 민철이 메뉴판을 스윽 하고 뺏어가더니 점원을 불렀다. 그리곤 종류별로 죽을 내오라고 주문을 했다. 다운이 입을 벌리곤 그 광경을 멍하니 쳐다보다가 점원이 나간 후에 민철에게 타박하듯 말했다.

"그걸 다 누가 먹어요?"

민철이 그녀의 항의를 한마디로 일축해 버렸다.

"남으면 내가 싸갈 거야."

독단적인 그의 성격이 여실히 드러나는 일인 것 같아 그녀가 눈을 가늘게 뜨고 그를 노려보았다. 그러자 민철이 그녀의 시선이 안 보이는 것처럼 가게 인테리어를 능청맞게 둘러보며 말했다.

"파는 건 죽인데 가게는 무슨 레스토랑 같다."

다운이 기가 막힌 듯 헛웃음을 터뜨렸다. 예전 같으면 이런 말 한마디에도 서로 신물을 느끼며 서로를 비난하고 긁었을 텐데 어느새 두 사람은 편하게 각자의 그런 성격을 적당하게 받아들이면서 적당하게 경계할 수 있는 사이가 되어 있었다. 함께한 시간만큼 서로에게 익숙했고, 또 떨어져 있는 시간만큼 서로에게 거리를 두고 있었다.

10분 후 둘이 앉아 있는 상 위에 갖가지 죽들이 단아하게 펼

쳐졌다. 손으로 빚은 전통적인 사기그릇 안에 다양한 재료의 죽들이 먹기 좋게 아담히 담겨 있는 모습은 보기만 해도 즐거울 정도였다. 다운이 오랜만에 수저를 들며 입 안에 침이 고이는 게 느껴져 즐거움으로 웃음을 머금었다. 다들 알겠지만 흰죽 만드는 건 쉬워도 제대로 된 죽은 만들기 어렵다. 시간도 오래 걸리고 신선한 재료, 특히나 전복 같은 건 일상을 살아가는 사람, 직장을 다니는 사람에겐 먹기 힘든 음식이었다. 직장을 다니며 대학원 시험까지 치렀던 다운은 잣죽과 야채죽을 해먹는 것만으로도 시간이 모자랐다.

그녀가 쑥색과 주홍의 당근 빛이 섞여 있는 야채죽을 먼저 한 입 떠먹었다. 한입을 꿀떡 먹은 그녀가 너무나 기분이 좋다는 듯 눈을 감고 황홀한 표정을 짓자 민철이 그녀의 얼굴을 보며 자신도 모르게 웃음을 터뜨렸다. 그의 눈빛은 마치 신기하고도 낯선 사람을 보는 것처럼 반짝이고 있었다. 물에 물 탄 듯 술에 술 탄 듯 그 색을 드러내지 않던 다운이었다. 싫다는 반응이 불확실했던 만큼 무언가를 좋아하거나 감탄하거나 하는 법도 없었다. 그렇게 감정의 폭이 옅던 그녀를 보며 민철은 그 속을 알 수 없어 애를 태우고 조급증이 나곤 했다. 그러나 몇 개월 만에 본 다운은 어딘가 달라져 있었다. 사소한 즐거움을 표현하게 되었다고나 할까. 그녀의 만족스런 얼굴에 민철도 흡족한 얼굴이 되어 약간은 짓궂은 어조로 딴죽을 걸었다.

"그렇게 맛있니?"

그제야 다운이 헤실거리며 풀어져 있던 얼굴을 수습하곤 입술을 깨물었다. 그리곤 고개를 끄덕이고는 이번에 전복죽을 한입 떠먹었다. 역시 맛있었다. 자신이 집에서 그냥 만들어 먹던 죽과는 차원이 다른 깊은 맛이 그녀의 입 안에 감돌아 그녀는 이제 더욱더 의욕적으로 다른 죽 그릇에도 수저를 가져갔다.

잠시 후 식사를 끝내고 차까지 마신 둘은 식당을 나와 차가 있는 곳으로 걸어갔다. 다운이 전철을 타고 가겠다는 걸 그가 데려다 주겠다며 그녀를 이끌었다. 민철은 그녀와 시간을 더 가지고 싶었지만 다운의 얼굴에 피곤한 기색이 묻어나자 그녀가 집으로 가서 쉬어야 한다는 사실을, 동시에 각자의 공간으로 돌아가야 한다는 걸 받아들였다.

어느새 도로를 달리고 있던 차가 주택가 골목길로 들어서더니 그녀의 집 앞에 멈춰졌다. 다운이 안전벨트를 풀고 그에게 인사를 건넸다.

"그럼, 가세요."

운전대를 잡고 정면에 있는 차 유리에 의미없이 시선을 주고 있던 그가 다운이 건네는 인사에 고개를 돌려 그녀를 응시하더니 조심스럽게 말했다.

"차 한 잔만 마시자."

순간 둘이 앉아 있는 공간 안에 적막이 드리워졌다. 조금 전까지 편안했던 둘 사이가 언제 그랬냐는 듯 긴장된 기운으로 숨이 막힐 정도였다. 따스한 얼굴을 하고 있던 다운이 굳어버진 시선으로 민철을 뚫어지게 응시했다. 상대의 속내를 꿰뚫을 듯한 깊은 눈빛으로 그를 바라보자 민철은 차만 마시자는 뜻이었다는 양 무표정한 얼굴을 지어 보였다. 조그맣게 한숨을 토해낸 다운이 서늘하게 대답했다.

"그러지 말아요."

단 한 마디였지만 민철은 그녀가 말하는 의미가 무언지 감으로 느껴졌다. 그러나 여전히 부드러운 그녀의 목소리에 민철은 그녀에게 감정을 더 들이댔다. 그녀가 떠나고 난 후 사실은 너무나 보고 싶었다고, 그리고 괴로웠다고. 그런 의미를 담은 시선으로 그가 다운을 응시하자 다운이 살짝 미간을 찌푸렸다. 말을 할까 말까 잠시 고민하던 다운이 예전과는 다르게 하고 싶은 말을 거칠게 토해냈다.

"당신 감정은 당신이 추슬러요. 내가 당신을 보고 싶어했던 감정을 빌미로 만들지 말고요. 왜 상대가 가진 감정을 약점으로 만들어서 그런 식으로 휘두르는 거죠? 언제까지 그럴 거예요?"

서로 막연히 느끼는 것과 그걸 말로 표현해서 타인에게 전달하는 건 정말 큰 차이가 난다. 다운이 예전부터 가지고 있던 민철에 대한 불만을 말로 표현하자 그가 약간은 놀란 듯 긴장했다. 다운은 익숙지 않은 감정 표현에 차분함을 잃어갔다. 그녀는 지금 심장이 벌렁거리고, 손끝이 떨려왔으며 몸에서 열이 나기 시작했다. 켜켜이 묻어두었던 감정들이 한 번에 비집고 나오려 하자 그녀 자신도 조절이 안 되었던 것이다.

가쁘게 숨을 내쉬면서 어느새 그녀의 얼굴은 붉게 달아올라 있었다. 그러나 눈빛만은 차갑게 일렁여서 민철은 숨을 쉬지 못하고 그녀의 반응을 보고 있을 뿐이었다. 감정을 삭이지 못한 다운이 민철의 손을 자신의 손으로 잡아끌어 그녀의 한쪽 가슴에 가져갔다. 민철이 굳은 얼굴로 그 행동을 지켜보자 다운이 그의 손바닥이 그녀의 젖무덤에 밀착될 수 있게 손에 힘을 주었다. 그리곤 더듬거리며 거친 어조로 말하기 시작했다.

"내, 내가 싫다는 말을 하지 않았다고 해서 다, 당신이 이렇게 만지는 걸 좋아할 거라고 생각하는 거예요? 어째서 그렇게 뻔뻔한 거예요? 다른 여자와 놀아나고, 다른 여자를 만진 이 손이 나, 날 만지면 내가 쌍수를 들고 환영할 거라고 생각한 거예요?"

그녀의 분노 섞인 말에 민철은 침묵을 지킨 채 그녀의 비난을 듣고만 있었다. 무언가가 그를 강타한 것처럼 그는 지금 눈을 크게 뜨고 놀라운 듯 그렇게 그녀의 얼굴을 뚫어지게 응시했다. 그가 말 한마디 못하고 꿀 먹은 벙어리처럼 그녀를 바라보고만 있는데 다운이 그의 손을 다시 그의 무릎 위에 툭 하니 가져다 놓고는 차 문을 열어젖혔다. 그리곤 씩씩거리며 밖으로 나가더니 문을 거칠게 닫아버렸다. 그가 어리벙벙하게 멍한 얼굴로 아무런 행동도 취하지 못하고 있자 다운이 열려 있는 차 유리 사이로 얼굴을 들이밀곤 스스로에게 되뇌듯 그렇게 말했다.

"정신 차려요, 강민철 씨. 예전처럼 당신이 만지면 만지는 대로 때리면 때리는 대로 그렇게 가만히 따를 거라고 생각하지 말아요."

다운이 숙이고 있던 몸을 일으켜 세우곤 잠시 호흡을 가다듬었다. 좋은 음식도 먹어본 사람이 먹는다고 지금 다운은 익숙지 않은 의사 표현에 스스로가 힘들어했다. 도대체 어디에서 이런 힘이 나오는 건지 알 수가 없었다. 아니, 사실은 알고 있었다. 지금 그녀가 이런 말을 꺼내면서 머리 속으로 떠오르는 말이 있었으니까. 그건 '후회하지 않는다'라는 민철의 말이었다. 바르르 떨려오며 땀으로 축축해진 손을 그녀가 쥐었다 폈다 불안하게 움직이며 두근거리는 가슴을 진정시켰다.

민철은 완전 얼이 빠져 있는지 그냥 차 안에 앉아 있을 뿐이었다. 사실 얼마나 황당하겠는가. 언제나 고분고분 조용하기만 했던 그의 아내가 적나라하게 분노를 터뜨렸으니. 그가 정신을 차리지 못하고 그 자세 그대로 굳어 있는 동안 어느새 호흡이 평안해진 다운이 인사를 건넸다.

"잘 가요."

담담하지만 차가운 그런 짧은 인사를 건넨 그녀가 멍하니 앉아 있는 그를 내버려 두고 빌라로 들어가 버렸다. 그녀가 엘리베이터에 올라타고, 이제 그의 시야에 그녀의 모습이 보이지 않음에도 민철은 여전히 그 자세로 차 안에 있었다. 꼼짝 않고 허공을 응시하고 있던 그가 갑자기 쓰디쓴 너털웃음을 터뜨렸다. 예전처럼 마음대로 그녀를 주무르려던 그에게 그녀가 지금 한

방 먹였다는 걸 그제야 인정한 것이다.

그녀의 그런 행동이 완전히 딴 사람이 되었다는 식으로 느껴지지 않았다. 함께 있었던 시간을 돌이켜 보면 다운의 눈은 아무것도 모른다는 식의 눈은 아니었다. 오로지 상황을 직시하는 눈이었다. 단지 표현하지 않고, 부딪치지 않을 뿐.

잠시 후 빌라 앞에 세워져 있던 차가 그 자리를 떠나는 모습을 다운이 거실에서 바라보고 있었다. 그를 보고 싶었다고 해서 예전의 그런 관계로 돌아갈 마음은 추호도 없었다. 그에게 끌린다고 해서 더 이상 예전 같은 방식으로 자신을 대하는 걸 용납할 생각은 없었다.

이미 그녀의 시야에 차가 보이지 않음에도 우두커니 거실에 서서 창밖을 응시하고 있던 다운이 갑자기 입을 틀어막으며 허둥지둥 욕실로 뛰어갔다. 그리곤 방금 전 먹었던 죽을 변기에 토해내며 괴로운 듯 인상을 찌푸렸다. 몇 번의 구역질을 하고, 위장이 뒤틀리며 고통이 가져다 주는 육체적 한계에 다다를 때쯤 구역질이 멈추었다. 아마도 잘 먹지 않았던 평소에 비해 갑자기 많은 음식이 들어가서 그런지 구역질은 다른 때에 비해 유독 더 심했다. 위장은 귀신같이 알고 모두 밖으로 토해냈다. 입안에서 느껴지는 쓴물을 다운이 입으로 연신 헹구곤 거실로 나와 소파에 주저앉았다.

거리가 필요했다. 그와 그녀 사이에 일정한 거리가 필요했다.

갑자기 아무 일 없었던 것처럼 편안하게 대하려니 그녀의 몸이 먼저 거부반응을 보였다. 떠났을 땐 분명 그만큼 이유가 있어 그를 떠난 건데, 단지 그를 보고 싶어했다는 감정에 취해 모든 관계를 다시 원점으로 돌리려 하다니…….

지친 듯 창백하게 변한 얼굴로 힘없이 앉아 있던 다운이 씁쓸한 미소를 입가에 그렸다.

8

다운이 처음으로 분노 어린 감정을 토해낸 그날 이후, 둘은 연락을 취하지 않았다. 그는 그대로 그날 보았던 다운의 반응을 생각하며 둘의 관계에 대해, 그리고 그 자신에 대해 고민했고, 그녀는 그녀대로 관계를 서두르고 싶어하지 않았다. 아니, 일정한 거리를 두고 떨어져 있는 것이 그녀에게는 더 마음이 편했다. 물론 가끔은 그가 너무 보고 싶어지기도 했지만 동시에 그에 대한 복잡한 심경이 함께 있는지라 시간이 필요했다. 그리고 둘 다 하루 하루 해야 할 일들이 많았다.

시간은 그렇게 흘렀고, 다운이 주말이라 학원에서 아이들을 가르치고 있을 때였다. 수업을 마치고 잠시 교무실에서 쉬고 있는데 그녀의 핸드폰이 조그맣게 울려댔다. 그녀가 자신의 책상 한쪽에 놓여 있는 핸드폰을 집어 발신자를 확인해 보니 민철이었다.

"네, 저예요."

차분한 그녀의 목소리에 민철이 잠시 아무 말 없이 그녀의 목소리를 듣고 있다가 부드럽게 말했다.

[잘 지내고 있니?]

그녀의 안부를 묻는 그의 질문에 다운은 바로 대답하지 못하고 무언가를 생각하는지 침묵을 지켰다. 잘 지낸다? 잘 지낸다고 하면 잘 지내는 거고, 못 지낸다고 하면 못 지내는 거였다. 벌써 임신 5개월이 다 되어가고 있는데 입덧은 가라앉을 기미가 보이지 않았고, 직장과 공부를 병행하려니 쉬운 일이 아니었다. 그러나 그게 또 그녀에겐 일상이 된지라 그런대로 하루 하루를 보낼 수 있었다.

그러나 그녀가 이렇게 상념에 빠져드는 건 그런 일상에 대한 부분 때문이 아니라 민철 때문이었다. 둘이 같이 있을 땐 너무 괴로워서 이혼까지 한 사이인데, 이렇게 일상적인 안부 인사를 서로 주고받는다는 게 기분이 묘했다. 뭐랄까. 질기디질긴 쇠심 줄 같은 인연이랄까. 아름이도 그렇고, 친구 희수도 그렇고, 그리고 연락을 안 하고 있는 성규도 그렇고. 그녀에게 있어 인간 관계는 흘러가는 강물 같은 거였다. 가까이 있으면 만나는 거고, 떨어져 있으면 연락을 안 하게 되는 그런 관계만을 경험해

본 다운으로서는 이렇게 떨어져 있음에도 그것도 서로 볼 꼴 안 볼 꼴 다 보고 이혼한 전남편과 관계가 지속된다는 게 신기하기까지 했다.

오랫동안 대답을 안 하고 가느다란 숨을 토해내던 그녀가 민철이 어색한 침묵을 견디지 못하고 또 다른 말을 꺼내려 할 때쯤 대답이란 걸 했다.

"그럭저럭 잘 지내고 있어요. 당신은요?"

긴장으로 수화기를 움켜쥐고 있던 손에 땀이 차 오르려 할 때쯤 편안한 듯한 그녀의 목소리가 들려오자 민철이 온몸이 힘을 빼고 소리없이 참고 있던 숨을 토해냈다.

[잘…… 지내. 근데 입덧은 어때?]

걱정스러움이 가득 묻어나는 목소리였다. 다운이 '괜찮다' 라는 대답을 하려고 입술을 떼다가 생각을 바꾸었다.

"여전히 그렇죠. 뭐 먹으면 토하고, 토하고 또 먹고…… 그래요."

조금은 퉁명스러우면서도 한숨 섞인 목소리로 대답하는 그녀의 말에 민철의 얼굴이 살짝 찡그려졌다. 잠시 뜸을 들이던 그가 말했다.

[뭐 먹고 싶은 거 없니? 사다 줄까?]

걱정스러운 마음에 그녀가 먹고 싶은 건 뭐든지 구하겠다는 생각이 들기도 했지만, 한편으로는 그녀를 볼 수 있는 기회라는 생각에 민철은 속으로 제발 그녀가 먹고 싶은 걸 얘기했으면 하는 기원을 했다.

그런 그의 바람을 다운이 눈치 채고는 순간 짓궂은 생각이 들었다. 자기가 마음만 먹으면 뭐든지 뜻대로 될 거라고 생각하는 그의 오만한 태도를 왠지 비꼬아주고 싶었던 것이다. 한껏 부드러운 목소리를 만들어 그녀가 절박하게 말했다.

"정말 구해줄 수 있어요? 예전부터 꼭 먹고 싶은 게 있었는데……."

민철이 얼른 호응하며 말했다.

[뭔데?]

다운이 깊게 숨을 들이키고 내쉬더니 멀뚱하게 대답했다.

"팥빙수요. 얼음은 남극에 있는 걸로요."

머릿속에 바로 입력을 하지 못한 민철이 순간 머엉한 얼굴로 다운이 한 말을 해석하고 있다가 약 오른다는 얼굴로 잇새로 그녀의 이름을 불렀다.

[한다운!]

민철의 반응에 다운이 오랜만에 키득거리며 즐겁게 웃었다. 전화 통화에 시간 가는 줄 모르고 있던 다운이 교실로 향하는 동료 선생들을 보면서 수업 시간이 다 되었음을 깨달았다. 그녀가 고운 비단자락이 휘어지는 듯한 곡선을 입가에 머금으며 핸드폰 너머에 있는 그에게 말했다.

"수업 들어갈 시간 됐어요. 이만 끊을게요."

[그래.]

핸드폰 폴더를 닫으며 다운은 자기도 모르게 입맛을 다셨다. 사실은 요즘 팥빙수가 먹고 싶었다. 아무리 입덧이라지만 어떻게 한겨울에 팥빙수가 먹고 싶을까 스스로도 어처구니가 없었다. 그래도 먹고 싶었다. 배가 부푼 것도 아니고 허리가 좀 굵어진 정도지만 확실히 임신을 하니 속이 답답하고 먹어도 소화도 잘 안 됐다. 그러다 보니 속이 항상 뜨거웠다. 시원하면서 달디단 그런 팥빙수를 먹고 싶다는 생각이 간절했지만 이 한겨울에 그걸 어떻게 구한단 말인가. 그래 봐야 카페나 빵집에서 하는 팥빙수는 당연히 겨울이라 팔지 않았고, 혼자 만들어 먹자니 재료와 기계를 구하기가 만만치가 않은 일이었다. 그래서 그냥 아이스크림으로 욕구를 달래고 있던 참이었다.

입맛을 다시며 팥빙수 생각에 빠져 있던 다운이 민철을 생각하곤 눈빛이 진지해졌다. 그때 차 안에서 그녀가 일방적으로 퍼부었던 날을 생각하면 그녀는 조금 민망해졌다. 사실 차 한 잔 달라는 말이 뭐가 그렇게 잘못인가. 어쩌면 예민하게 받아들여 오버한 게 아닐까 그런 생각이 들었던 것이다. 물론 그동안 봐왔던 그의 행동이 있었기에 그렇게 왜곡해서 생각한 건 아니라고 스스로를 달래긴 했지만 가끔씩 그때의 자신을 떠올리면 얼굴이 뜨거워졌다.

책상 위에 있는 영어교재를 챙긴 그녀가 교실로 발길을 옮기면서 은은한 미소를 짓고 있었다. 화사하지 않지만 애틋한 그런 미소였다.

그때 그렇게 퍼붓고 비난했음에도 그는 말없이 듣고만 있었다. 그녀의 말을 부정하며 예민해서 그런 거 아니냐는 듯 공격하지도 않았다. 그리고 연락했다. 여전히 그녀가 걱정스럽다는 듯 그는 그렇게 안부를 물었다. 먼저 등 돌리고 그 자리를 떠나거나 외면하지 않고 그는 흔들림없이 그녀를 바라보고 있었다.

교실 문 앞에 다다른 그녀가 다시 시작될 수업을 생각하며 크게 심호흡을 했다. 그리곤 문을 열고 환한 얼굴로 인사를 했다.

"Hi, everyone."

아이들은 제각각의 목소리로, 그리고 다양한 목소리로 호응했다.

"Hi~"

어느 아이는 씩씩하게, 어느 아이는 시큰둥하게, 그리고 또 어느 아이는 무심하게 그렇게 제각각의 색깔대로 인사를 건넸다. 불확실하게 한 무리의 집단으로 뭉뚱그려져 다가왔던 아이들의 목소리가 오늘따라 선명하게 다양한 소리로 그녀의 귓가에 들려왔다. 그녀가 탁자 위에 교재를 내려놓곤 칠판 아래쪽에 있는 분필 하나를 집어 들었다. 그리곤 가지고 있는 분필 집게에 분필을 넣으며 말했다.

"자, 종이 꺼내. 오늘 쪽지시험인 거 알지?"

역시나 아이들은 오만가지 소리로 불만을 표출했다. 한탄 섞인 신음 소리부터 짜증 섞인 투덜거림까지. 다운이 지그시 미소 지으며 어림없다는 표정으로 아이들을 응시하고는 칠판에 영어

문장을 적어 나가기 시작했다. 아이들의 문장 해석 능력을 파악하기 위해 일주일에 한 번은 해석시험을 봤다. 그녀가 칠판에 한 문장을 거의 다 써내려 갈 때쯤 투덜거리며 툴툴거리던 아이들이 어느새 조용해졌다. 피해갈 수 없는 시간이란 걸 자기들도 뻔히 알고 있었기에 차라리 시험을 잘 봐야겠다는 생각이 들어서인지 잠시 후 교실은 조용해졌다.

주말에 몰아서 일을 하는지라 그녀의 수업 스케줄은 빡빡하게 채워져 있었다. 하루 종일 아침부터 저녁까지 수업을 하고 나면 그녀는 거의 탈진 상태였다. 첫 수업을 끝내고 민철과 통화했던 다운은 마지막 시간인 여섯 번째 시간이 되자 가쁘게 숨을 몰아쉬곤 했다. 그와 헤어진 후 들어온 곳이라 학원에서는 그녀를 미혼녀로 알고 있었다. 그러니 임신 사실을 알리기가 애매해서 다운은 아직 뭐라고 딱히 이야기를 하지 못하고 있었다. 그리고 무슨 죄지은 것도 아닌데 자진 납세 하듯 먼저 얘기하는 게 저어되었다. 아무래도 학기가 시작되면 이 일은 접어야겠다는 생각도 들었지만 꽤 정이 들고, 아이들 가르치는 것이 즐거워 다운은 확실하게 결정을 못 내리고 있었다. 그리하여 핏기없는 얼굴로 그녀가 수업 중간중간 숨을 몰아쉬자 한 아이가 걱정스럽게 말을 건넸다.

"선생님, 몸 어디 안 좋으세요?"

"응?"

아이들과 문제를 풀며 설명을 해주고 있던 다운이 잠시 눈을 깜빡이며 그 아이를 쳐다보았다. 아이가 그녀를 유심히 살피며 말을 이었다.

"선생님, 몸 안 좋으시면 수업 여기서 끝내요. 이제 5분밖에 안 남았어요."

아이의 말에 다운이 손목에 있는 가느다란 시계를 확인했다. 정말 5분밖에 남지 않았다. 다른 아이들도 함께 수업을 끝내자고 부추겼다. 다운이 묘한 웃음을 지었다.

'이 녀석들, 수업 빨리 끝내고 싶어서……'

그러나 동시에 그녀를 걱정해 주는 아이들의 마음이 느껴져 다운이 고개를 끄덕이며 말했다.

"그래, 그러자. 사실은 내가 몸이 좀 안 좋아서……. 그럼 다음 주에 보자."

"네~"

수업이 빨리 끝나 즐거운 기색이 역력한 얼굴로 얼른 대답을 하는 아이들의 얼굴을 보며 다운이 살짝 흘겨주고는 교실을 나갔다. 주말까지 와서 공부를 하려니 얼마나 좀이 쑤시겠는가. 아마도 낮에는 수학이나 과학을 듣고 마지막으로 영어 수업을 듣는 것일 텐데 엉덩이가 들썩였을 것이다.

그녀가 교무실로 들어가 가방을 챙긴 후 원장 선생님에게 인사를 드리려고 원장실 문을 두드렸다. 안에서 들어오라는 대답이 들려오자 그녀가 빠끔히 문을 열고 원장이 앉아 있는 곳을 쳐다보았다. 노크를 한 게 다운이란 걸 안 원장이 이상하게 반가워하며 말했다.

"아, 한다운 씨, 잘 왔어요. 이리 들어와요."

"네?"

다운이 눈을 휘둥그레 뜨고 원장 맞은편에 앉아 있는 한 남자를 얼른 훔쳐보았다. 남자는 소파에 앉아 있는지라 뒤통수만 보였다. 그런데 굉장히 낯익은 뒤태였다. 그녀가 어리둥절한 얼굴로 사무실 안으로 들어가려는데 남자가 고개를 돌려 그녀를 응시했다. 다운이 발걸음을 우뚝 멈추고 남자를 쳐다보았다. 민철이었다. 그는 재밌다는 듯 환하게 미소를 지으며 그녀를 쳐다보고 있었다.

"당신이 여기 왜 있어요?"

그녀가 뻣뻣한 얼굴로 황당하다는 듯 물어보자 민철이 무심한 얼굴로 어깨를 한번 으쓱하고는 말했다.

"아, 팥빙수 전해주려고 왔다가 당신이 없어서…… 기다리고 있었어."

"예? 파, 팥빙수요?"

생각지도 않은 대답에 그녀가 말을 더듬자 민철이 즐거운 기색이 역력한 얼굴로 웃음을 흘리고는 소파에서 일어났다. 그리곤 원장에게 인사를 했다.

"그럼, 전 이만 가보겠습니다."

원장도 일어나 인사를 하며 다운에게 타박하듯 웃으며 말했다.

"저렇게 남편이 버젓이 있으면서 왜 말 안 했습니까?"

순간 문 쪽으로 걸어가던 민철의 발걸음이 멈칫했다. 소개하기가 애매해서 그냥 남편이라고 했는데, 다운 앞에서 그 얘기가 나오니 이상하게 찔려왔다. 그러나 다운이 순간 정색을 하며 말하는 소리를 듣고 민철의 입매가 딱딱하게 굳혔다.

"전남편이에요."

"아⋯⋯."

어색한 얼굴로 고개를 끄덕이는 원장을 두고 다운이 사무실을 나왔다. 그녀가 계단을 내려가자 민철이 뒤따라 걸어 내려갔다. 잔뜩 굳은 얼굴로 계단을 내려가던 다운이 우뚝 멈춰 서서 몸을 획 돌렸다.

"도대체 무슨 생각으로 남편이라고 그런 거예요?"

그녀가 날이 선 목소리로 외치듯 말하자 민철도 똑같이 받아쳤다.

"그럼 꼬치꼬치 캐묻는데 뭐라고 해?"

다운이 짜증난다는 얼굴로 쏘아붙였다.

"친구라고 하면 되잖아요!"

그러자 민철이 비꼬듯 소리쳤다.

"아니, 어떤 친구가 팥빙수 갖다 주러 여자 직장까지 찾아와?"

그의 비꼼에 다운이 그를 한껏 노려보며 씩씩거리다가 이를 갈며 말했다.

"누가 당신한테 팥빙수 갖다 주라고 시켰어요?"

그리곤 다시 계단을 내려가려는데 민철이 그녀의 팔을 잡아채곤 그를 쳐다보게 만들었다.

"도대체 뭣 때문에 이렇게 난리를 치는 거야? 내가 네 남편이었다는 걸 알리는 게 그렇게 싫어? 아니면 남자라도 새로 만나고 있는 거야?"

두 사람은 처음으로 팽팽하게 맞서며 싸우고 있었지만 서로 감정이 격해 있는 상황이라 그런 것에 신기해할 틈이 없었다. 새 남자가 있냐는 민철의 마지막 말에 다운이 너무 기가 막힌다는 듯 입을 벙긋거렸다. 끓어오르는 짜증을 참을 수 없다는 듯 다운이 민철의 얼굴을 죽일 듯이 노려보며 씨근덕거렸다. 그녀가 진절머리난다는 얼굴로 인상을 찌푸리더니 얼음장처럼 차갑게 변한 얼굴로 말을 씹어뱉었다.

"강민철, 그걸 지금 말이라고 하는 거야?!"

이미 자신이 한 말에 대해 움찔하고 있던 민철이 그녀의 반말에 눈을 크게 뜨고 그녀를 응시했다. 반말이라니. 조용하고 고분고분했던 그녀가 반말을 하며 정면으로 부딪쳐 오고 있었다. 그러나 놀라움도 잠시, 눈을 껌뻑거리며 상황에 적응하지 못하고 있던 그가 딱딱하게 말을 뱉었다.

"그래, 말이라고 하는 거야. 도대체 그렇게 펄쩍펄쩍 뛰는 이유가 뭔데?"

논리적으로 설명해 보라는 식으로 민철이 그녀를 위협하자 다운이 폭발직전의 얼굴로 그를 노려보았다. 도대체 어디에서부터 어떻게 감정을 설명해야 한단 말인가. 왜 자기 마음대로 남의 현실을 헝클어뜨리는 건지. 그렇게 말하고 가면 결국 수습을 해야 하는 건 그녀 본인이지 않은가. 그러나 문제는 수습을 하고 안 하고의 문제가 아니라 민철이 여전히 자기 마음대로 한다는 것이다. 그걸 참을 수가 없었다.

그녀가 입술을 깨물며 목구멍까지 밀고 올라오는 감정이란 놈을 꿀꺽 삼키려고 시도를 하다가 결국 그게 잘 되지 않자 갑자기 그를 향해 주먹을 휘둘렀다. 민철이 자신을 향해 날아오는 그녀의 주먹을 보곤 재빠르게 손목 부분을 가로채 그녀의 행동을 저지했다. 그가 그녀의 양손을 움직이지 못하게 뒤로 손목을 쥐어 모으고 화난 듯 입술을 한일자로 그리며 그녀를 응시하자 다운이 분통이 터진다는 듯 눈물까지 글썽이며 잔인하게 비꼬았다.

"남은 그렇게 잘도 때려놓곤 맞는 건 그래도 싫은가 보네?"

순간 그녀의 손을 그러쥐곤 있던 그의 손이 스르륵 풀렸다. 그의 얼굴이 창백하게 변해 있었다. 거친 숨을 토해내며 그에게 잔인한 말들을 쏟아내던 다운이 기력이 없는지 순간 휘청거리며 아래로 주저앉을 뻔했다. 간신히 그의 손길에 의해 그녀가 지탱하고 서 있는데 민철이 그의 어깨에 기대고 서 있게 하고는 품 안으로 그녀를 끌어당겼다. 다운은 지금 말 그대로 눈앞이 캄캄했다. 아무것도 보이지 않았다. 어째 몸이 안 좋은 것 같다는 생각이 들었지만 민철과 거센 말다툼을 하면서 그나마 남아 있던 기운이 다 빠져나간 것 같았다.

추욱 늘어져 있는 다운이 숨을 헐떡이며 그의 한쪽 가슴에 머리를 기대고 있다가 갑자기 쥐어짜는 듯한 신음을 흘렸다. 아랫배 근처를 무언가가 강하게 비트는 것처럼 에이고 아팠다. 그녀가 입술을 깨물며 아랫배를 손으로 감싸더니 작게 중얼거렸다.

"민철 씨, 배가……."

더 이상 말을 잇지 못하고 그녀가 그의 상의를 손으로 비틀어 움켜쥐었다. 갑작스런 상황에 민철이 놀란 듯 정신을 차리지 못하고 있다가 얼른 그녀를 안아 올려 차가 주차되어 있는 곳을 향해 계단을 내려갔다. 건물 밖에 세워진 차에 그녀를 태운 그가 병원을 찾아 허둥지둥 운전을 했다. 병원에 도착하기까지 다운은 지친 기색이 역력한 얼굴로 눈을 감고 아무 말도 하지 않았다. 단지 두 손으로 아랫배만 감싼 채 호흡을 조절할 뿐이었다.

1시간 후, 병원에 도착하자마자 의사에게 진료를 받은 다운은 링거를 맞으며 병실에 누워 있었다. 의사는 스트레스와 육체적 피로, 그리고 영양 불균형으로 몸에 무리가 왔다는 말을 남기곤 두 사람을 병실에 두고 나갔다. 그리곤 자칫했으면 유산할 뻔했다는 경고조의 얘기를 하며 조심하라는 말을 덧붙였다.

의사와 간호사가 나간 후 일인실인 병실은 침묵이 감돌았다. 다운은 마치 아이에게 괜찮다고 다독이는 것처럼 손으로 아랫배를 쓰다듬었고, 민철은 침대 옆 의자에 앉아 말없이 그 모습을 지켜보았다. 그가 잔뜩 굳은 얼굴로 그녀의 손을 응시하다가 무뚝뚝한 목소리로 작게 중얼거렸다.

"미안해. 그렇게 몰아대는 게 아니었는데……."

사과를 중얼거리는 민철의 얼굴은 어두웠다. 갑작스럽게 병원에 오느라 아까 오갔던 감정적인 발언들이 다 사라진 듯 보였지만 그러나 속은 그렇지 않았다.

'남은 그렇게 잘도 때려놓곤……' 이라고 소리쳤던 다운의 말이 그의 가슴 한구석에 유리 조각처럼 박혀 있었다. 그 조각이 날카롭게 그의 가슴을 베고 있었다. 그가 스스로에 대한 경멸과 비난으로 괴로워하고 앉아 있는데, 다운이 움직이고 있던 자신의 손을 멈추고 담담하게 그를 위로했다.

"아니에요. 나도 몰아세웠는데요 뭘."

모든 결과의 원인을 그에게로 돌려 버리고 싶지는 않았다. 분명 두 사람이 그렇게 싸우고 괴롭히고 상처를 받은 건 손뼉이 맞은 부분이 분명 있었던 것일 게다. 그걸 블록처럼 조립하면서, 규명할 수 없다고 해서 한쪽 블록이 그렇게 생겨먹어서라고 비난하는 건 진실이 아니었다.

어쩌면 다른 여자를 만났으면 민철이 그러지 않을 수도 있지 않았을까? 그러나 문제는 민철이 그녀에게 끌렸다는 것이고, 그건 피할 수 없는 과정이라는 뜻이기도 했다. 어쩌면 그녀의 성격이 상대로 하여금 공격적으로 만드는 요소가 있을 수도 있다.

상대에게 좋고 싫음의 내색을 잘 안 하고, 분노나 불쾌한 감정들을 드러내지 않으니 많은 사람들이 그녀가 착하다고 했고, 어쩔 땐 함부로 대하는 경우도 있었다. 물론 다운 입장에서는 상대를 보고 소통할 의미를 못 찾았을 때, 그냥 상대 자체를 무시해 버리는 거였지만 상대는 전혀 다르게 해석하는 것이다. 그리고 그녀에게는 다른 사람보다 감정이입을 하는 경향이 강했다. 다른 사람의 입장을 깊게 생각하는 그녀는 자신의 입장을 내세우지 못하고 상대의 입장대로 끌려가는 경우가 많았다. 민철이 그런 경우였다. 그녀에게 애정을 갈구하는 그 반동으로 폭력을 쓰고 있다는 걸 다운이 느끼면서 민철의 그런 행동을 저지하지 않았고, 그냥 민철 스스로에게 맡기고 있을 뿐이었다. 아니, 어쩌면 내버려 두고 있는지도 모른다. 자신을 방치하듯 자신과 관계 맺는 타인들을 방치하고 있었는지도 모른다.

머리 속으로 스쳐 지나가는 수많은 생각들을 다운이 헝클어진 실타래를 풀듯 하나하나 들여다보고 있는데, 민철의 목소리가 그녀의 상념을 중단시키며 나지막하게 그녀의 귓가로 들어왔다.

"다운아, 아이 낳을 때까지만이라도 나와 지내는 건 안 되겠니?"

잠시 생각에 잠겨 있던 그녀가 고개를 저어 제안을 거절했다. 그러자 민철이 낮은 한숨을 토해내곤 다시 말을 꺼냈다.

"그럼 주말에 다니는 학원이라도 그만둬."

걱정스러움이 담겨 있어 마치 제안처럼 들릴 수 있는 말이었지만 그 속엔 명령 같은 강제성이 깃들어 있었다. 그런 부분을 일일이 설명하고 싸우는 게 귀찮은지라 다운이 무표정한 얼굴로 무심히 말했다.

"당신 머리 속엔 한다운이 알아서 할 거라는 생각은 떠오르지 않나 보죠?"

함부로 개입하지도, 함부로 조종하려 들지도 말라는 부드럽지만 단호한 경고였다. 민철이 흡사 어벙한 아이처럼 눈을 몇 번 끔뻑이더니 나중엔 눈을 가늘게 뜨고 그녀를 응시했다.

'이렇게 고집스럽고, 무서울 정도로 남의 터치를 받기 싫어하는 성격이 한다운의 성격이라니……'

느긋한 얼굴로 비꼬며 이야기하는 자신의 아내를 민철이 뚫어지게 응시하며 속으로는 내심 놀라워하고 있었다. 그동안 못 봤던 다운의 진짜 내면을 그는 요즘 아주 무서울 정도로 많이 보고 있었고, 그때마다 어안이 벙벙할 정도였다. 그동안 말없이 저 말랑말랑한 머리 속으로 저런 식의 생각을 했다는 인식이 들자 민철은 왠지 등골이 서늘하게 느껴졌다.

그날 저녁 링거를 다 맞은 그녀를 집에다 데려다 주고 자신의 오피스텔로 돌아가던 민철이 조용히 운전을 하다 갑자기 기가 막힌 듯한 웃음을 터뜨렸다. 잔뜩 독이 오른 눈으로 용가리가 불을 뿜어대듯 말을 쏟아내던 다운의 모습이 떠올라서였다. 둘

이 학원 건물 계단에서 아이들처럼 투덕거린 생각이 나자 그는
고개를 절레절레 흔들며 웃음을 흘렸다.

"강민철, 그걸 지금 말이라고 하는 거야?"

반말로 그에게 정면으로 부딪쳐 오며 그를 노려보던 다운의
눈빛을 그는 아마도 평생 잊을 수 없을 것 같았다. 그가 즐거운
듯 입가를 올리며 운전을 하다가 갑자기 또 다른 생각이 났는지
미간을 찌푸렸다. 팥빙수 생각이 난 것이다. 팥빙수가 담긴 종
이 가방을 차에다 두고 병원으로 달려간지라 이미 다 녹아 물이
되어 있을 것이다. 어찌어찌 어느 분식집에서 통사정을 해서 만
든 팥빙수였다. 입덧이 심한 아내 얘기를 하며 그가 거의 절박
하게 부탁을 하자 아줌마는 자신이 아이를 가졌을 때 입덧 때문
에 고생을 했다며 팥빙수 기계를 꺼내는 수고를 해주셨다. 내일
다시 한 번 가야겠다는 생각을 하며 민철이 이번엔 어떻게 아줌
마를 꼬실까 고민하기 시작했다.

다음날 다운은 영양제를 맞아서인지 몸이 한결 가벼웠다. 주
말의 힘겨운 수업이 끝나고 월요일 아침은 여유로웠다. 아직 학
기가 시작되지 않은지라 평일엔 두 번만 저녁에 강의하는 게 다
였다. 그동안 학원 일을 하면서 시험을 치러내느라 지쳐 있던
몸이 오랜만에 찾아온 여유에 한껏 늘어지는 듯했다. 그러나 다

른 사람이 다 그렇듯 바빴던 사람이 갑자기 시간이 생기면 좀이 쑤셔서 또 다른 할 일을 찾아내는 법이었다.

낮 1시경, 늦은 아침을 먹고 밀려 있던 설거지와 빨래를 마친 그녀가 더 이상 할 일이 없자 옷을 갈아입었다. 대학 도서관에 가서 읽고 싶은 책이라도 실컷 읽어야겠다는 생각이 든 것이다. 대학을 졸업하고 가장 아쉬웠던 것은 도서관이었다. 그건 그녀가 공부를 좋아해서도, 도서관에 자주 가서도 아니었다. 단지 책이란 걸 빌려보다가 사회에 나와보니 하나하나 직접 다 사지 않으면 안 된다는 걸 뼈저리게 느꼈고, 또 대학에서 보유한 책만큼 전문 서적도 없다는 것이었다. 특히나 원서로 된 책은 가격이 비쌌고, 구하기도 쉽지 않았다.

무심결에 청바지를 입은 그녀가 꽉 쪼여오는 허리 부분을 쳐다보았다. 어느새 평소에 입던 옷이 맞지 않았다. 아이는 나름대로 무럭무럭 잘 자라고 있었나 보다. 다운이 미소를 지으며 배를 쓰다듬더니 가지고 있는 옷 중에 가장 헐거운 니트와 바지를 입었다. 그리곤 코트를 입고 혹여 몸에 찬바람이 들어올까 목도리와 장갑까지 챙겼다.

임산복을 사기 위해 그녀가 학교로 가기 전에 고속터미널 지하상가에 들렀다. 몇 개 안 되는 임산복 매장을 다 들러본 그녀가 결국 맨손으로 가게 안을 나왔다. 하나같이 꽃이 달려 있거나 프릴이 달려 있었던 것이다. 임신한 여자는 자연적이고 생태적인 무언가로 규정하는 것 같아 그녀는 은근히 기분이 상했다.

그게 누구의 의도대로 만들어지는 건지 알 수 없지만 여하튼 그녀 마음에 드는 게 없었다.

예전 같으면 적당히 타협해서 옷을 고르던 그녀가 어느새 까다롭게 마음에 쏙 드는 걸 찾고 있었다. 그리고 대충 구하려 했던 옷에 부합된다 싶으면 별로 돌아다녀 보지도 않고 사버렸던 그녀가 맘에 들지 않으면 아예 안 사버리는 단호함까지 생겨났다. 다운이 새로 생긴 스스로의 일면에 조금 놀라워하면서도 즐거워했다. 적당히 타협하고 사서 안 입고 썩혀두고 있는 옷들이 꽤 되는지라 자신의 욕구를 정확히 알고 선을 그을 줄 알게 된 스스로가 좋았다.

나중에 다른 데로 가봐야겠다는 생각을 하며 다운이 지하철을 탔다. 그리곤 학교 도서관에서 그동안 읽고 싶었던 원서와 놓치고 못 읽었던 문학 작품들과 문학 관련 잡지들을 마음껏 훑었다. 그러다 칼릴 지브란의 시를 발견하곤 그녀가 한쪽 탁자에 앉아 찬찬히 읽기 시작했다.

Marriage —from The Prophet

Then Almitra spoke again and said, And what of Marriage, master?

And he answered saying.

You were born together, and together you shall be forevermore.

You shall be together when the white wings of death scatter

your days.

Aye, you shall be together even in the silent memory of God.

But let there be spaces in your togetherness.

And let the winds of the heavens dance between you.

Love one another, but make not a bond of love.

Let it rather be a moving sea between the shores of your souls.

Fill each other' s cup but drink not from one cup.

Give one another of your bread but eat not from the same loaf.

Sing and dance together and be joyous, but let each one of you be alone,

Even as the strings of a lute are alone though they quiver with the same music. Give your hearts, but not into each other' s keeping.

For only the hand of Life can contain your hearts. And stand together yet not too near together.

For the pillars of the temple stand apart, And the oak tree and the cypress grow not in each other' s shadow.

—Kahlil Gibran.

결혼에 대하여 —예언자 中에서
그러자 알미트라가 다시 물었다. 스승이시여, 그러면 결혼이란 무엇입니까?

그는 대답해 말했다.

너희는 함께 태어났으니, 영원히 함께하라.

죽음의 흰 날개가 너희 삶의 나날을 흩어 버릴 때에도 너희는 함께 있으라.

그렇다, 너희는 함께하라. 신의 말없는 기억 속에서도.

그러나 함께 있으되 거리를 두라.

하늘의 바람이 너희 사이에서 춤추게 하라.

서로 사랑하라. 그러나 사랑이 굴레가 되지 않도록 하라.

오히려 너희들 영혼의 두 해안 사이에 출렁이는 바다를 놓아두어라.

서로의 잔을 채워주되, 한쪽의 잔만을 마시지 말라.

서로의 빵을 주되, 한쪽의 빵만을 먹지 말라.

함께 노래하고 춤추며 즐거워하되, 너희는 서로 혼자이도록 하라.

루트의 줄들이 한가락을 울려내면서도 줄은 하나하나 혼자이듯이 마음을 주되, 상대방에게 아주 맡기지는 말라.

생명의 손만이 너희 마음을 지닐 수 있나니 함께 서되, 너무 가까이 서지는 말라.

사원의 기둥들도 따로 떨어져 서 있으며, 참나무와 삼나무도 서로의 그늘 속에선 자랄 수 없나니.

　　　　　　　　　　　　　　　　　　　　　　　—칼릴 지브란.

다운이 유독 하나의 영시에 빠져 헤어 나오지 못하고 있을 때쯤 어느덧 도서관 창밖에 어둠이 드리워져 있었다. 슬슬 출출해져 오는 뱃속을 느끼며 다운이 빌려갈 책을 고르고 있는데 누군가 그녀 옆으로 다가오는 게 느껴졌다. 고개를 들어 상대를 확인하니 민철이 서 있었다. 생각지도 못한 곳에서 그를 보게 되자 그녀가 눈을 휘둥그레 뜨고 퉁명스럽게 물었다.

"웬일이에요?"

그가 대답은 하지 않고 손에 들고 있는 종이 가방을 그녀의 눈앞에 들이댔다. 그가 씨익 미소를 지으며 가방을 살짝 흔들자 다운이 가방에 시선을 보내며 의아한 듯 물었다.

"뭐예요?"

"팥빙수."

넉살 좋은 얼굴로 그가 대뜸 가방 안에 든 게 무언지 말하자 다운이 벙찐 얼굴로 그를 응시했다. 어제 이놈의 팥빙수가 발단이 되어 그렇게 싸웠는데……. 다운이 기가 막힌다는 듯 코웃음을 흘렸다. 그리곤 그의 얼굴을 신기한 듯 빤히 쳐다보았다. '먹고 싶어했잖아!' 라는 뜻의 눈빛으로 민철이 그녀의 눈을 마주 응시하자 다운이 피식 웃음을 터뜨렸다.

둘은 도서관에서 나와 학교 앞 분식집에 들어갔다. 학생 때 애용했던 분식집이었다. 물론 그는 그대로 그녀는 그녀대로 각자 애용했던 분식집이었지만 그래도 추억이 동시에 서려 있는 한공간에서 같이 밥을 먹는 건 기분이 묘했다. 그녀가 팥빙수가 든 종이 가방을 한쪽 의자에 살짝 얹어놓고 메뉴가 적혀 있는 한쪽 벽을 쳐다보며 뭘 먹을까 고민하고 있는데, 식당 아줌마가 옆에 다가왔다.

"만두 주세요."

만두와 쫄면 중 뭘 먹을까 고민하고 있던 다운이 민철의 말을 듣고 그를 쳐다보았다. 그리고 자신도 주문을 했다.

"전 쫄면이요."

계산서에 쫄면 하나와 만두 하나를 적은 아줌마가 식당 쪽으로 걸어갔다. 다운이 종이 가방에 있는 팥빙수를 꺼내며 말했다.

"만두 좋아해요?"

결혼하고 살면서 왜 만두 좋아하는 걸 몰랐을까? 그런 얘기는 못 들어본 거 같은데. 민철이 피식 웃음을 지으며 말했다.

"아냐. 만두 원래 잘 안 먹는데 이 집 만두는 꼭 먹게 되더라구."

다운이 고개를 끄덕이며 그를 응시했다. 그녀 또한 만두를 그렇게 좋아하지 않았는데 학교를 졸업하고 나서 이 집 만두가 가끔 먹고 싶을 때가 있었다. 그리 특이한 재료를 쓰는 집도 아니었다. 평범한 재료였지만 주인 아줌마와 아저씨가 손수 하나부터 열까지 만들었고, 그 맛이 평이하기도 하고, 담백하기도 했다.

팥빙수를 탁자에 꺼내니 빙수는 겨울이라 하나도 녹지 않았다. 플라스틱 그릇 안에 과일과 팥, 그리고 색색깔의 젤리들이 예쁘게 빛을 내고 있었다. 그녀가 수저를 들어 팥빙수를 비비려고 하자 민철이 수저를 가로채 비비기 시작했다. 담아오느라 내용물이 그릇 위에 수북이 쌓여 있는 게 아니라서 비비기가 그래도 수월했다. 그 모습을 다운이 물끄러미 바라보고 있었다.

이렇게 잘해주는 사람이 한때는 그녀에게 폭력을 썼다는 게 믿어지지 않았다. 아니, 믿고 싶지 않은 것일 게다. 아이를 낳아 혼자 살아야 하는 미래의 삶에 대한 불안함으로 이 사람에게 다시 기대고 싶은 것이다. 그렇게 나 스스로를 세우지 못하고, 다시 이 사람에게 의존하려 하는 것이다. 현실을 직시해야 한다. 그가 왜 그랬는지를 알았다고 해서 그가 했던 행동까지 다 용납될 수 있는 일이 아니다. 사람들은 상대를 경멸할 수 있지만 함부로 때리거나 맘대로 하지는 못한다. 그녀가 그에게 기대고 싶다고 해서, 그리고 여자 혼자 아이를 키워야 하는 삶이 힘든 일이라 해서 그의 행동까지 합리화할 수는 없었다. 그러나 힘든 그녀에게 이렇게 잘해주는 사람은 이 사람뿐이지 않은가. 도망가려 했던 자신을 흔들어 세우려 했던 사람도 이 사람뿐이지 않은가.

깊은 생각의 끝자락에 서성이고 있던 그녀를 민철이 현실로 일깨웠다. 그가 그녀의 손 근처로 수저를 내밀자 약간은 낯간지러운 그의 행동에 다운이 주저하다가 수저를 받아 들었다. 그리곤 연한 분홍색을 띠는 팥빙수를 한입 떠먹었다. 맛있었다. 차가운 얼음 알갱이들이 입 안에서 싸르르 녹아가며 달콤하고 부드러운 감촉을 선사했다. 뜨거웠던 속 안이 시원한 바람에 씻겨지는 것처럼 상쾌함을 느끼게 해주었다. 다운이 자신도 모르게 입가에 웃음을 짓자 민철이 흐뭇한 시선으로 그 모습을 바라보았다.

잠시 후 둘이 앉아 있는 식탁에 김이 모락모락 나는 만두와 빨간 고추장을 뒤집어 쓴 쫄면이 나왔다. 그녀가 팥빙수를 먹는 동안 젓가락으로 쫄면을 비벼주고 있던 민철이 대뜸 그녀의 어머니 얘기를 꺼냈다.

"장모님한테서 어제 전화 왔었어."

입 안에 있는 팥빙수를 오물거리다 다운이 꿀꺽 삼키고는 대답했다.

"그래요? 뭐라세요?"

"당신 살고 있는 데 혹시 알고 있냐고……."

다운이 고개를 끄덕이며 물었다.

"그래서 알려줬어요?"

그가 낮은 한숨을 토해내며 얼른 대답했다.

"당신이 무슨 생각으로 집을 안 알려주는지 모르니까, 일단은 모른다고 했어. 내가 만나보겠다고만 했지."

그녀가 말없이 고개를 끄덕였다. 확실히 저번에 소리 지르고 화를 냈더니 그는 자기 마음대로 일을 처리하지 않았다. 그녀가 침묵을 지키며 팥빙수를 떠먹자 그가 고추장 양념을 온몸에 구석구석 바르고 있는 쫄면을 그녀 앞에 밀어주곤 말했다.

"집하고 연락 안 하고 있었던 거야?"

다운이 수저통에서 젓가락을 꺼내다가 그를 쳐다보며 말했다.

"아뇨, 연락은 했어요, 잘 지내고 있다고. 사는 곳만 안 알려줬어요."

"왜?"

바로 날아오는 그의 반문에 다운이 잠시 입술을 깨물다가 말을 이었다.

"이혼 문제로 엄마한테 시달리기엔 시간이 필요했어요. 내가 좀 더 여유를 찾으면 찾아뵐 생각이었어요."

민철이 묵묵히 고개를 끄덕이곤 젓가락을 쥐었다. 그리곤 만두를 간장에 찍어 한입에 넣고 씹었다. 그 모습을 눈을 동그랗게 뜨고 쳐다보던 다운이 의아한 듯 물었다.

"안 뜨거워요?"

입 안 가득 만두를 물고 씹으며 민철이 당연한 거 아니냐는 얼굴로 웅얼거렸다.

"뜨거워."

"잘라 먹지 그랬어요?"

당연한 걸 다운이 지적하자 민철이 입 안에 남은 나머지 만두를 삼키곤 말했다.

"한입에 먹어야 맛있거든. 잘라 먹으면 뭔가가 빠져나가는 것 같아서."

그녀도 만두를 먹을 때 그런 걸 느끼긴 했다. 뜨거운 만두를 반으로 잘라 먹으면 안에 있는 맛있는 무언가가 빠져나가는 느낌. 하지만 뜨거운 게 싫어서 항상 잘라 먹곤 했다. 그러나 그는 뜨거워도 한 번에 입 안에 넣곤 차라리 입 안에서 살살 식히곤 했다. 왠지 다운은 기분이 묘했다. 그래서 묘한 미소를 지으며 그를 바라보고는 자신의 쫄면을 먹기 시작했다.

두 사람은 그 이후 이렇게 가끔씩 만나 데이트 아닌 데이트를 했다. 그전에 잘 하지 않았던 방식으로 영화를 보고, 함께 서점에 가서 책을 읽었다. 결혼 생활을 할 땐 서로의 감정에 끌려 다니며 그 감정에 대응하는 것에 정신이 없었다면 오히려 이혼 후에 둘은 평범한 연인같이 함께하는 시간을 즐겼다. 그렇다고 두 사람의 관계가 육체적 관계까지 나누는 깊은 사이는 아니었다. 다운이 임신한 것도 있었지만 서로 달라진 모습에 둘은 조심스러워했고, 예전 같은 관계로 돌아가지 않기 위해 일정한 거리를 두고 서로를 만났다.

그렇게 서로의 공간에서 각자의 일을 하며 둘이 다시 만난 지 세 달이 되어갔다. 개학을 얼마 남지 않아 요즘 들어 학교 도서관에서 더 많은 시간을 보내던 다운이 그날도 학교로 향했다. 털레털레 한산한 길을 예상하며 전철에서 내렸는데 이게 웬일인가. 길에 나와보니 사람들이 넘쳐 나고 있었다. 특히 10대 소녀들이 눈에 많이 띄었다. 무슨 일인가 싶어 다운이 학교를 향해 걸으면서도 어리둥절한 얼굴로 길가에 있는 가게를 살펴보았다. 가게 앞마다 색색깔의 초콜릿들이 진열되어 있었고, 길가에는 화려한 천과 리본으로 장식된 바구니를 파는 상인들이 나와 있었다. 발렌타인데이가 내일인 것이다. 그러나 일단 움직이고 있던 그녀의 발걸음은 잘 멈추어지지 않았다. 힐끔힐끔 구경하듯 다운은 시선을 계속 초콜릿에 두면서도 발걸음을 계속 내디뎠다. 그러다 상인들이 나와 있는 그 길을 다 걸었을 때에서야 그녀의 발걸음이 우뚝 멈추었다. 다운이 다시 발걸음을 돌려 어린 소녀들로 둘러싸여 있는 어느 리어카로 다가갔다. 그리곤 손바닥에 올려놓을 정도의 작으면서도 앙증맞은 바구니 하나를 샀다. 그녀가 손가락으로 바구니 손잡이를 잡곤 다시 학교를 향해 걸음을 재촉했다.

"왔어요?"

책으로 둘러싸인 일반실에 그녀가 들어서니 속삭이는 듯한 낮은 목소리가 그녀를 반겼다. 이번 대학원 과정에 함께 입학 시험을 치렀던 여자애였다. 그녀는 대학을 졸업하고 바로 입학을 한지라 그녀보다 두 살 정도 어렸다. 입학 시험 때 힐끔 한번 얼굴을 스치고 나선 도서관에서 거의 매일 얼굴이 마주치면서 둘은 가까워졌다. 다운이 문학과 철학 분야의 책을 마음껏 읽기 위해 도서관에 온다면 그녀는 번역 자격증 시험을 준비하는 것 같았다. 다운이 인사를 건네는 선경에게 살포시 미소를 지으며 인사를 했다. 그리곤 그녀가 앉아 있는 탁자 옆에 앉았다. 그녀가 탁자 한쪽에 초콜릿 바구니를 놓고는 가방에서 펜을 꺼내려는데 선경이 조그맣게 중얼거렸다.

"그 남자 친구 주려고요?"

펜과 수첩을 꺼낸 그녀가 의아한 얼굴로 선경을 응시했다.

'남자 친구?'

"응?"

그녀가 시치미를 뗀다고 생각했는지 선경은 얄궂은 미소를 지으며 장난 섞인 어조로 말했다.

"도서관에 맨날 나타나는 남자요. 남자 친구 맞잖아요."

다운이 민망한 듯 어설프게 입꼬리를 올리며 말했다.

"맨날은 무슨……."

사실 자주 오긴 했다. 그녀가 학원 강의가 있는 주말을 제외하곤 거의 매일 도서관에 있다는 것을 알고 난 후엔 민철은 연락도 없이 나타나는 경우가 많았다. 퇴근 후에 곧장 오는지 딱 저녁 먹을 시간에 말이다. 어쩌면 근시일 내에 그가 나타날 거라고 생각했기에 초콜릿을 샀던 걸까?

다운이 탁자 위에 있는 작은 바구니에 시선을 주곤 말을 얼버무리자 선경은 그녀의 반응에 더 집요하게 묻기 시작했다.

"몇 년 사귀셨어요?"

그녀의 말에 다운이 대답을 하지 못하고 짧은 순간 눈만 껌뻑였다. 뭐라고 말하기 애매했던 것이다. 이혼한 전남편? 그럼 왜 이혼했는지부터 물어볼 텐데 뭐라고 말을 한단 말인가? 그녀가 단어를 고르며 주저하고 있는데 선경이 자신 앞에 있는 책으로 시선을 돌리며 짓궂은 얼굴로 말을 건넸다.

"남자 친구 간수 잘하셔야 될 거예요. 벌써 눈독 들이는 애들 이 몇 명 있던데요."

"그래요?"

다운이 피식 웃음을 흘리며 화답하듯 대답하자 선경이 일부 러 약 오른다는 얼굴을 만들어 다운이를 흘겼다. 다운이 작게 웃음을 터뜨리며 자리에서 일어나 책들이 꽂혀 있는 곳으로 발 걸음을 옮겼다.

그녀가 줄 서 있는 책장으로 간 지 몇 분이나 지났을까. 선경 은 탁자 주변에 서성이는 사람의 그림자를 인식하곤 고개를 들 었다. 민철이었다. 사람들 눈을 사로잡을 정도로 건장하게 잘생 긴 남자가 무표정한 얼굴로 주변을 돌아보고 있었다. 그녀의 가 방을 알아봤는지 민철은 다운이 앉아 있던 자리를 한번 힐끔 보 고는 책장이 있는 곳으로 발걸음을 옮겼다. 선경이 눈을 가늘게 뜨고 그 뒷모습을 응시했다.

묘한 느낌을 주는 사람들이었다. 사람 자체가 묘하다기보단 두 사람이 함께 있으면 참 묘했다. 애인이라고 하기엔 깊은 무 언가가 둘 사이에 흘렀고, 그렇다고 부부라기엔 거리가 있었다. 그리고 말을 아끼고 별 표정 변화가 없던 다운 언니가 저 남자만 나타나면 변화무쌍한 정도는 아니지만 표정이 다양해졌다. 뭐랄까. 감정 표현에 무딘 사람이 한 사람에게는 반응한다고 해야 할까. 남자도 만만치 않았다. 무표정하면서도 나른한 얼굴 안엔 주변 사람이 쉽게 다가가기 힘들 정도로 단단한 벽이 느껴지는 사람이었다. 그런 남자가 다운 언니만 보면 약간은 풀어진 듯한 편안한 분위기를 자아냈다. 두 사람에 대해 곰곰이 생각을 하고 있던 선경이 고개를 저으며 다시 자신의 책을 들여다보았다.

'세상엔 말로 설명할 수 없는 것도 존재하는 법이니까.'

"이렇게 일찍 웬일이에요?"

토요일이라 낮 근무가 있을 텐데 낮 12시에 그가 나타난 것이다. 도서관에서 책을 좀 보다가 학원으로 갈 생각이던 다운은 의아한 듯 물었다. 민철은 그녀의 옆에서 걷다가 그녀가 입고 있는 코트를 여며주며 말했다.

"오늘 쉬는 날이야. 요즘엔 한 달에 한 번씩 토요일을 쉬거든."

"아."

그녀가 말없이 고개를 끄덕였다. 둘은 아직 찬바람이 도는 교정을 걸으며 그의 차가 주차된 곳으로 향했다. 함께 살았으면 당연히 알 수 있는 각자의 사정을 이제 서로 묻고 확인했다. 그 거리를 인식하며 다운이 점심 먹고 다시 들어와야겠다는 말을 꺼내자 민철이 어깨를 으쓱였다. 그리곤 함께 책을 읽다가 학원에 바래다주고 가겠다는 말을 꺼냈다.

"아뇨, 밥 먹고 가요. 당신 옆에 있으면 신경 쓰여서 책 안 읽혀요."

다운이 살짝 미간을 찌푸리며 말하자 차 문을 열고 있던 민철이 고개를 돌려 그녀를 응시했다. 그는 무슨 대단한 고백을 받은 것처럼 그녀를 뚫어지게 바라보고 있었다. 아주 짧은 순간 일정한 선이 가로놓여 있던 사이가 좁혀지며 둘 사이에 깊은 무언가가 흘렀다. 다운은 얼떨결에 속내를 말하고는 어색한 얼굴로 그를 바라보다가 운전석 옆 자리가 있는 곳으로 걸어갔다. 그가 운전석에 앉아 히터를 틀고는 차를 따스하게 덥히기 시작했다. 민철이 차를 출발시키기 전에 어디로 갈까를 물었다.

"뭐 먹을까?"

입덧이 아주 조금씩 가라앉으며 그녀는 요 며칠 제대로 된 음식을 먹기 시작했다. 물론 몇몇 음식은 아직 비위에 거슬렸지만 그동안 못 먹었던 반동인지 식욕이 강해졌던 것이다. 정말 먹고 싶은 게 무얼까 그 하나만 집중하며 생각하던 다운이 뭔가 생각났는지 머뭇거리며 손에 들고 있던 바구니를 그에게 내밀었다. 퀼트처럼 조각 천을 이어 만든 바구니였다. 천 안에 솜을 넣었는지 바구니는 푹신푹신한 모양새였다. 바구니 안에 색색깔의 종이로 감싸인 작은 알맹이들이 들어 있었다.

"뭐야?"

민철이 무표정한 얼굴로 의아한 듯 물었다. 어느 정도 상대가 눈치를 채야 다음 말을 할 수 있는 건데 물어오는 그의 얼굴이 너무나 생뚱맞은 걸 대한다는 얼굴이라 발렌타인데이라고 초콜릿을 산 다운이 더 어색하게 느껴졌다. 결국 눈을 동그랗게 뜨고 자신을 바라보는 민철의 얼굴을 다운이 가만히 응시하다가 무덤덤한 목소리로 말했다.

"초콜릿이에요. 그냥 샀어요."

민철이 한쪽 눈썹을 치켜 올리며 그녀의 손가락에 걸려 있는 바구니를 집어 들었다. 머리 속으로 어제 사무실에서의 대화가 떠올랐다, 과장이 지나가는 말로 여직원에게 했던 말이.

"어째 사무실에 초콜릿 뒤꽁무니도 안 보인답니까?"

의뭉한 얼굴로 농을 건네듯 말을 꺼내는 과장의 말을 민철은 한참 보고서를 쓰느라 흘려들었던 것이다. 그때 그런 생각을 했었다. 갑자기 웬 초콜릿타령이지? 라고. 생각해 보니 내일이 2월 14일이었던 것이다. 이제야 알겠다는 듯 민철이 고개를 끄덕이며 지그시 그녀의 얼굴을 쳐다보자 다운이 입을 앙다물고 시침을 떼듯 창밖으로 시선을 돌렸다. 그런데 그녀의 귓가로 바스락거리는 소리가 들려왔다. 다운이 다시 고개를 돌려 민철을 바라보니 그가 바구니는 운전석 앞에 둔 채 초콜릿 하나를 들고 감싸고 있는 포장을 뜯고 있었다. 그가 포장이 다 벗겨진 초콜릿을 엄지와 집게손가락으로 집고는 그녀에게 말했다.

"먹을래?"

무심하고도 무심한 말투였다. 그녀가 뚱한 얼굴로 초콜릿을 쳐다보다가 고개를 끄덕이고는 그의 손이 있는 곳으로 고개를 내밀었다. 그러자 민철이 그녀의 입 안에 초콜릿을 넣어주고는 눈 깜짝할 새에 그녀의 뒷덜미를 손으로 감싸고는 자신의 입을 그녀의 입술에 갖다 대었다. 초콜릿이 입 안에 들어오는가 싶어 입을 벌리고 있다가 곧 이어 그의 촉촉한 혀가 밀고 들어오자 다운이 눈을 휘둥그레 뜨고 그를 응시했다. 그러나 민철은 눈을 감고 그녀의 혀에 감싸여 있는 초콜릿을 혀로 빼앗아 자신의 입 안으로 가져갔다가 다시 그녀의 입 안에 넣었다. 그리곤 두 사람의 입술이 만들어낸 공유된 빈 공간 안에서 초콜릿을 녹이며 혀로 핥았다. 달면서도 씁쓰름한 초콜릿이 그의 혀와 엉키며 뭐라 표현하기 어려운 유혹의 맛을 내고 있었다.

어느새 다운의 눈이 서서히 감겼다. 이제 초콜릿은 형체가 흐느적거리며 두 사람의 입 안에 녹아 있었다. 민철이 그 마지막 흔적을 다 먹겠다는 듯 혀로 그녀의 입 안 구석구석을 핥고 빨아들였다. 그녀가 결국 숨이 차서 그의 가슴을 손바닥으로 밀어내자 그제야 민철이 입술을 뗐다. 다운이 거친 숨을 토해내며 입을 벌리고 그를 노려보았다. 히터를 틀고 있는 차 안의 뜨거운 공기 때문인지, 방금 나눈 진한 키스 때문인지 다운의 얼굴이 붉게 달아올라 있었다. 민철이 그녀의 붉은 볼을 흐뭇하게 바라보고는 그녀의 입술에 묻어 있는 초콜릿을 재빠르게 혀로 핥았다. 그리곤 아무 일 없다는 듯 시동을 걸며 말했다.

"뭐 먹으러 갈까?"

그의 입꼬리가 슬며시 올라가 있는 걸 다운이 눈을 얇게 뜨고 노려보다가 피식 헛웃음을 터뜨리며 말했다.

"못 말려, 진짜."

차를 출발시킨 그가 정면에 있는 길을 응시하며 대뜸 말을 건넸다.

"화이트데이 때 사탕 꼭 사줄게."

그녀가 눈을 흘기며 퉁명스럽게 대답했다. 그러나 입가엔 웃음기가 어려 있었다.

"됐어요. 누구 좋으라고."

민철이 쿡쿡거리며 쉰 웃음소리를 흘리곤 즐거운 듯 운전을 했다. 창밖을 보고 있는 다운도 입가에 미소를 그리고 있었다. 민철과 이런 유치한 행동을 주고받으며 장난치듯 즐거워하게 된 게 그녀로서는 내심 신기하면서도 행복했다. 그리고 편했다.

૫

9

며칠 후 평일 한낮, 다운은 부모님이 살고 계시는 집으로 향하고 있었다. 민철과의 결혼 생활이 정리되고 그동안 그녀 혼자 거처를 마련하고 직장 생활에 적응하느라 집에 가보질 않았었다. 결혼 전엔 자주 갈 것같이 생각됐지만 막상 결혼을 하고 다시 그녀 혼자 독립하면서 그녀는 집을 찾지 않았다. 이제 어느 정도 혼자 정리가 되고, 요즘 들어 그와의 관계가 편해지면서 안정을 찾았다고나 할까. 소통에의 의욕을 잃어 더 이상 부모님에게 속내를 털어놓는 걸 안 한 지 꽤 오래됐지만 요즘 들어서 그녀는 다시 관계회복을 위해 다가서 보는 게 어떨까 생각 중이었다. 어쩌면 자신의 입장에서만 생각한 게 아닐까 하는 생각이 강해졌던 것이다.

보름 전 아이가 유산될 뻔해서 병원에 갔던 날, 다운은 엄마를 생각했다. 의사에게서 유산될 뻔했다는 말을 들었을 때, 그리고 아이를 잃을 수도 있었다는 생각이 들었을 때 다운은 꽤 놀라고 괴로워했다. 뱃속에 있는 아이를 낳을 것인가 말 것인가 홀로 고민한 시간부터 그녀는 뱃속에 있는 아이에게 말을 걸었고 어떤 모습으로 태어날까, 그리고 어떤 아이일까 기다려 왔는데 그 아이가 흔적없이 사라질 뻔했다니. 물론 옆에 민철이 있었지만 아이를 품고 있는 사람으로서의 그 예리한 고통을 그녀는 그에게 어떻게 말로 표현할 수가 없었다.

'이런 고통이었나요, 어머니? 아니, 이것보다 더 고통스러웠겠죠?'

십여 년 넘게 애지중지 기른 자식을 사고로 보냈던 엄마의 심정을 막연히 추측했을 때와 그와 비슷한 입장이 되었을 때의 그 느낌은 정말 달랐다. 어쩌면 그녀가 추측했던 것보다 더한 고통이 엄마에게 자리 잡고 있었던 게 아니었을까 하는 생각에 그녀는 엄마와의 관계를 재고했다. 어쩌면 그녀가 그녀만의 고통을 봐달라고 엄마에게 떼를 쓴 게 아닐까.

덜컹거리며 움직이는 전철 안에서 다운은 창밖으로 보이는 한강을 응시했다. 도도히 흐르는 물결. 그리운 바다를 향해 서서히 움직이고 있는 그 물결을. 햇살에 물결이 반짝이며 그녀의 눈을 파고들었고, 다운은 오래전 보았던 반짝이는 무언가를 떠올렸다. 그건 칼이었다. 비스듬히 열려진 방문 사이로 보이던 칼날. 그 칼날이 예리하게 빛을 내며 다운의 눈에 가득 들어차던 어느 날의 오후가 그녀의 의식 안으로 스며들듯 들어서고 있었다.

동생 아름이가 죽은 지 한 달여가 되던 어느 날이었다. 집 안에서 아름이 얘기를 더 이상 꺼내지 못하게 되면서 가족 모두 침묵을 지키게 되었고, 집 안은 예민하면서도 우울한 그런 정적이 감돌았다. 수업을 마치고 돌아온 다운은 굳게 닫힌 안방 문을 보고는 조용히 자신의 방으로 들어갔다. 그리곤 학원에 가기 위해 가방을 챙기다가 학원비를 내야 할 날짜가 지났음을 떠올렸다. 방에서 나온 다운은 안방 앞에서 서성이다 결국 얘기를 꺼내지 못하고 혼자 욕실로 들어가 샤워를 하곤 혼자 부엌으로 들어가 밥을 챙겨 먹었다.

그 시간 동안 안방에서 엄마는 나오지 않았다. 아름이가 죽은 후 엄마는 넋을 놓은 사람처럼 주변 상황에 관심을 두지 못했다. 그런 엄마에게 뭔가를 요구할 수 없었던 다운은 결국 학원 갈 시간이 다 되자 안방 문 앞에서 망설이며 서 있었다. 그러다 살며시 안방 문을 손으로 밀었다. 문은 소리없이 빼꼼이 열렸고, 그녀의 시야로 뒷모습의 엄마가 들어왔다. 등을 돌리고 혼자만의 세계에 빠져 있는 엄마를 보며 다운은 차마 말을 걸지 못하고 입을 벙긋거리고 있는데, 순간 엄마의 오른손에 들려 있는 칼날이 보였다. 창문으로 들어오는 햇살에 칼날이 반짝이며 그녀의 시야를 파고들었다. 말려야 한다고, 뛰어들어 가서 엄마를 제지해야 한다고 머리 속으로 외침이 들려왔지만 다운은 움직일 수 없었다. 그저 멍하니 입술을 떨며 입 밖으로 터져 나오지 못하는 말 한마디가 맴돌 뿐이었다.

'나 여기 있어요, 엄마.'

방문 사이로 보이던 엄마는 칼을 바닥에 내려놓곤 바닥에 머리를 숙이고 오열했고, 다운은 그 자리에서 조용히 걸어나와 밖으로 나갔다. 그리고 학원에 가서 그만두겠다는 말을 하곤 놀이터에 가서 시간을 보냈다.

그땐 알 수 없었다, 엄마의 그 모습을 보고 난 후 왜 자신이 속내를 잘 표현하지 않는지. 그때 왜 주변의 모든 것이 낯설어 보였는지. 그땐 알 수 없었다. 아주 오랜 시간이 지나서야, 그리고 민철과 결혼을 하고 이혼을 하게 되면서 조금씩 그 윤곽을 잡을 수 있었다. 그녀가 그때 부정당했다는 것을. 물론 엄마의 고통이 너무 커 그녀를 돌아볼 여력이 안 되었던 거지만 어린 다운으로서는 그건 받아들이기 힘든 충격이었다. 엄마가 자신을 두고 아름이를 따라가려고 했다는 것.

'그럼 난 뭔가요? 아름이가 엄마의 전부였나요? 그런가요?'

마음속으로 떠올랐던 그 말을 다운은 아무에게도 할 수 없었다. 그건 죽은 아름이를 질투하는 것밖에 될 수 없는 너무나 치사한 감정이었다. 그런 감정을 가진 자신이 추악하게 느껴졌다.

그날의 기억을 떠올리며 멍하니 앉아 있던 다운이 질끈 눈을 감았다. 이제 그런 감정을 느꼈던 어린 날의 자신을 용서할 수 있을 것 같았다. 그건 누구의 탓도 아니고, 자신이 못되서도 아니었다는 것을. 사람이기에 느낄 수밖에 없는 감정이라는 것을 있는 그대로 받아들일 수 있을 것 같다. 그리고 자신을 부정했다고 생각한 엄마도 그녀를 부정하기 위해 그런 게 아니라 그저 그녀 자신의 고통이 너무 커서 주변을 돌아볼 수 없었다고 이제는 조금은 담담하게 받아들일 수 있었다. 그저 그럴 수밖에 없는 그런 상황이었다고.

잠시 후 전철에서 내린 다운이 골목길을 향해 걷고 있었다. 어느덧 그녀의 눈앞에 부모님이 살고 있는 집이 보였고, 그녀가 대문이 있는 곳으로 걸어가 초인종을 눌렀다.

어쩌면 엄마에게 떼를 쓴 게 아닐까. 그녀를 돌아볼 여력이 없는 엄마에게 봐달라고 떼를 쓴 게 아닐까.

"도대체 이게 몇 달 만이니? 어디서 살고 있었던 거야, 이것아."

타박 어리지만 그녀를 걱정하는 듯한 엄마의 목소리에 다운이 입가에 웃음을 담았다. 결혼하고 명절 때, 기념일에나 찾아뵙고 요 몇 달 전혀 만나지 않았던 엄마는 이상하게도 나이 들어 보였다. 그러나 엄마의 외양이 크게 달라지거나 한 건 아니었다. 아마도 다운이 엄마와 거리를 두면서 감정적으로 떨어져나왔기 때문일까. 아니면 그녀가 홀로 생활을 하면서 조금은 어른이 되어서 그런 걸까. 그녀에게 무관심한 엄마를 애정이 결핍된 시선으로 바라보면서 품이 넓은 '엄마' 라는 존재로 생각했다는 것을 새삼 느낄 수 있었다. 이제 엄마가 한 여자로, 그리고 한 사람의 타자로 보였다.

말없이 웃음을 머금고 잘살고 있었다고 말하는 다운을 보며 그녀의 엄마는 조금은 호들갑스럽게 밥을 먹었냐고 물으며 주방으로 잔걸음을 재촉했다. 어떤 엄마가 다 그렇듯 엄마들은 자식을 보면 끼니를 제대로 챙겨주고 싶어한다. 다운의 엄마도 마찬가지였다. 다운은 그런 엄마의 뒤를 따라가면서 엄마의 안부를 묻듯 끼니를 물었다. 끼니를 챙겨 먹는다는 건 일종의 확인이다. 그 사람이 그래도 잘살고 있는지, 아니면 피폐하게 살고 있는지.

"엄마는요? 드셨어요?"

"나? 아까 동치미 국물에 국수 말아서 간단하게 때웠어."

12시인지라 아침 먹은 시간이 별로 지나지 않아 밥을 먹기가 애매한 시간이었다. 다운이 엄마가 먹었던 걸로 먹어볼까 생각을 하고 있는데 그녀의 엄마는 냉장고에서 생선을 꺼냈다. 다운이 고기보다는 생선 종류를 좋아했기에 당연히 엄마는 생선을 구울 태세였다. 그러나 임신을 한 후론 그 좋아하던 생선은 입에 대지도 못하고 있었다. 시장골목도 생선 냄새 때문에 삥 돌아서 가는 경우가 있을 정도로 말이다. 다운이 얼른 손으로 입을 막으며 말했다.

"엄마, 그거 하지 말아요. 그냥 다른 반찬 주세요."

다운의 엄마가 의아한 얼굴로 그녀를 살피며 중얼거렸다.

"왜? 네가 좋아하는 가자미인데……."

그녀가 조금은 민망하게, 그리고 어색하게 미소를 보이며 미간을 찌푸리자 엄마의 눈에 의혹 어린 빛이 감돌았다. 엄마는 얼른 그녀의 배를 응시하고는 다시 그녀의 눈과 마주쳤다. 살이 좀 쪘다고만 생각했다. 그러나 다시 보니 다운의 몸은 다른 부분은 그대로인데, 아니, 오히려 예전보다 핼쑥한데 배 부분만 부풀어 있었다. 겨울이라 헐렁한 스웨터를 입고 있어서 그 모양이 더 티가 나지 않았다. 그리고 그녀 자신이 그랬던 것처럼 임신한 게 티가 안 날 정도로 딸은 약간 뱃살이 찐 정도로밖에 보이질 않았다. 엄마의 입에서 망설이면서도 확신한다는 듯한 목소리가 흘러나왔다.

"너…… 혹시……."

다운이 고개를 끄덕였다. 엄마는 생선이 들어 있는 봉지를 아무렇게나 냉장고에 쑤셔 넣고는 그녀에게 다가왔다. 그리곤 그녀의 손목을 잡고 식탁이 있는 곳으로 재촉하듯 이끌었다.

"도대체 어떻게 된 거야?"

다운이 별다른 부정을 하지 않고 그저 담담한 얼굴로 앉아 있자 엄마의 말투는 이제 확신으로 바뀌어 있었다. 어디서부터 설명해야 할까 그녀가 잠시 말을 고르며 시간을 끌자 그녀의 엄마는 답답하다는 듯 급하게 말을 쏟아내기 시작했다.

"이혼하고 안 거야? 응?"

다운이 천천히 고개를 끄덕였다. 그러자 엄마는 심각한 얼굴로 입술을 꽉 다물곤 상황을 유심히 살피듯 날카로운 눈빛을 뿜어댔다. 그리곤 덤덤한 목소리로 물었다.

"몇 개월이니? 강 서방은 알고 있어?"

"칠 개월이요. 그이도 알고 있어요."

칠 개월이라는 다운의 말에 엄마는 깊고도 복잡한 한숨을 내쉬었다. 그리곤 민철이 알고 있다는 말에 그나마 안도하는 듯한 얼굴이 되었다.

"그래서 강 서방은 어떻게 한대니?"

순간 다운은 눈을 껌뻑이며 멍해졌다. 묘한 거부감이 가슴속을 스쳐 지나갔다. 이혼 후에 임신한 걸 안 그녀가 7개월이 되도록 지우지 않았다면 '낳기로 결정한 거니?' 라는 확인을 하거나 또는 '민 서방과 합칠 생각은 없니?' 라는 제안을 건넬 줄 알았던 다운은 갑자기 강 서방은 어떻게 하겠냐는 질문을 듣자 순간 아무 말도 할 수가 없었다. 마치 모든 상황의 열쇠를 쥔 자가 민철이라는 듯 엄마는 그녀에게 묻고 있었다. 왜 그녀를 객체로 만들어 버리는 걸까. 아이를 품고 있는 건 그녀인데.

도대체 이 느낌을 어디에서부터 설명해야 할지 실타래의 끄트머리를 찾을 수가 없었다. 다운이 그런 자신의 느낌을 조금이라도 전해주는 의미로 조금은 퉁명스럽게 말을 꺼냈다.

"무슨 상관이에요, 그 사람이 어떻게 하든."

그러나 서로의 사고방식이 달라서 그런지 그녀의 엄마는 다운의 말을 다른 식으로 해석하고 있었다.

"그럼 강 서방이 알고 있는데 합칠 생각이 없다 그러는 거니? 너 그런데도 그냥 아이를 뱃속에서 계속 키운 거야? 도대체 어쩌자고?"

이 여사의 말은 서서히 다그치는 듯한 말투가 되어가면서 편안하게 부드러웠던 다운의 얼굴은 조금씩 굳어갔다. 다운이 엄마에게 가 있던 시선을 아래로 내려 식탁을 조용히 응시하다가 쉽게 마음의 문을 닫고 상대를 마음대로 단정 짓지 말자는 생각으로 다시 한 번 그녀의 마음을 표현했다.

"민철 씨가 합치자고 했는데 제가 거절했어요."

어쩌면 단정 지은 건 상대가 아니라 그녀 자신이 그런 게 아닐까. 그녀 자신이 상대방의 말 한마디나 행동 한 번을 전체로 일반화시켜 더 이상 소통을 거부하고 있었던 게 아닐까……. 그러나 소통에서의 배려와 이해는 어디까지일까.

"이것아, 그럼 애를 너 혼자 키울 생각이야? 당연히 합쳐야지. 물론 살다가 부부 사이에 금이 가는 일도 생기는 법이지만 그렇다고 자식을 뱃속에 품고 어떻게 안 합쳐? 아무리 네가 아니라고 해도 그 애는 강씨 애야."

다운은 뭐라고 말을 꺼낼 수가 없어 입을 꼭 다물고 있었다. 그러자 그녀의 고집스러운 면을 느꼈는지 이 여사가 달래듯 자근자근하게 말을 이어 나갔다.

"이혼하기 전에 강 서방이 찾아와서 그러더구나. 자기가 나쁜 짓을 많이 했다고. 그래서 네가 못 견디고 집을 나갔다고."

옅은 한숨을 흘리며 말하는 어머니의 말에 다운의 눈빛이 깊어져만 갔다. 그는 그녀에게 화를 내지만 그렇다고 그 책임을 모두 그녀에게 돌리는 사람은 아니었다는 걸 직접 확인하는 느낌이었다. 말없이 다른 생각에 빠진 것처럼 깊어진 그녀의 눈동자를 이 여사가 힐끔 살피고는 계속 말을 이었다.

"다운아, 여자 혼자서 아이를 키운다는 게 쉬운 게 아니야. 그리고 박수 소리도 두 손바닥이 부딪쳐야 나는 법 아니니? 그 예의 바른 강 서방이 그렇게 행동했을 땐 이유가 있었을 거야."

다운이 말없이 침묵만을 지키고 있자 그녀의 어머니는 다른 이야기를 꺼냈다.

"그리고 시부모가 널 마땅찮게 여겼더라도 일단 아이만 낳아봐. 다 달라지게 돼 있어. 만약에 아들이라도 낳아봐라. 널 대하는 게 확 달라질걸. 그쪽에서 어쩌겠니? 엄연히 강씨 아이를 품고 있는데. 예전처럼 너한테 함부로 못해."

다운이 알았다는 듯 공허한 미소를 그리며 고개를 끄덕였다.

한 시간 후 엄마가 차려준 점심을 먹은 다운이 피곤하다며 집을 나섰다. 피곤했다, 통하지 않는 무언가를 확인한다는 것은. 무언가를 기대하며 재해석하려 했던 것이 사실은 재해석될 여지가 없음을 확인하는 것은 실로 피곤한 일이었고 온몸에 기운을 빼는 경험이기도 했다.

걱정스런 엄마의 시선을 받으며 터벅터벅 현관문을 나선 다운이 무표정한 얼굴로 골목길을 걸었다. 지하철이 있는 곳을 향해 길을 걷던 그녀가 순간 발걸음을 세우고 우뚝 멈춰 섰다. 그리곤 뭔가가 가슴속으로 치밀어 오르는지 인상을 찌푸리며 힘겹게 숨을 들이내쉬었다. 짜증이 났다. 언어로 분석할 수 없고, 논리로 증명할 수 없지만 짜증이 난다는 걸 확실히 인식할 수 있었다. 그녀가 지겹다는 얼굴로 미간을 찌푸리며 땅바닥을 물끄러미 응시하다가 이내 걸음을 옮겼다. 그리고 한 발자국 한 발자국 엄마라는 사람에게 전이된 이상한 기운에서 벗어나려는 듯 힘차게 걸음을 옮겼다.

평일 한낮, 도서관을 가기엔 시간이 애매했고, 딱히 할 일이 없었다. 학원 강의도 아직 며칠 남아서 지금부터 준비할 필요까진 없었다. 다운은 이왕 나온 김에 사지 못했던 임산복과 아기 용품을 둘러봐야겠다는 생각에 백화점이 있는 곳으로 향했다.

'아기가 태어나면 봄이 왔을 것이다. 노란 개나리가 피고, 선명하게 붉은 진달래가 흐드러지게 피겠지.'

잠실에 있는 백화점이 있는 곳을 향해 지하철을 갈아타면서 다운은 태어날 아이 생각에 미소를 짓기 시작했다. 그러나 어느 한쪽은 침체되어 있어 눈가에 그늘이 져 있었다.

그녀가 백화점에서 임산복 두 벌을 사고 그중 한 벌로 갈아입었다. 계속 사야지 하면서도 마음에 드는 디자인이 없어 사지 않았던 다운은 갖고 있던 옷으로 버티고 있었던 것이다. 헐렁한 스웨터와 플레어 스커트를 입고 있던 다운이 복숭아색의 천이 사선으로 이어져 작은 매듭을 짓는 원피스로 갈아입자 영락없이 임신부로 보였다. 그 위에 입고 있던 코트를 걸치자 자신이 마치 곰이 된 것 같은 느낌이 들었다. 물론 다운 그녀만의 생각이었다.

한결 편안함을 느낀 그녀가 아이용품 파는 곳에서 아이 옷과 여러 가지 물건들을 구경했다. 아직은 이르다 싶어 아이 물건 사는 걸 참고 있는 면도 있었고, 나중에 민철과 함께 와서 사야겠다는 생각도 들었다. 그러나 앙증맞으면서도 폭신폭신한 물건들을 구경하던 다운은 끝까지 참지 못하곤 몇 개의 물건을 사버리고 말았다. 가운데에 구멍이 뚫려 있는 작은 베개와 인형 옷처럼 작은 신생아 가운, 그리고 천으로 만든 동물 인형들이 매달려 있는 모빌을. 베개의 촉감을 손가락으로 부드럽게 쓰다듬던 다운은 황홀함에 빠져들어 갔다. 어찌나 천이 고우면서도 부드럽고 폭신한지, 그녀가 쓸 수만 있다면 대신 쓰고 싶었다. 어른들 베개도 이렇게 부드러우면 얼마나 좋을까.

잠시 후 한쪽 손엔 임산복과 갈아입은 옷이 담긴 종이 가방을, 그리고 다른 한쪽 손엔 아기용품이 들어 있는 종이 가방을 들고 다운이 에스컬레이터가 있는 곳으로 걸어갔다. 이왕 나온 김에 책도 사고 맛있는 음식도 먹어야겠다는 생각을 하며.

그 모습을 반대편 에스컬레이터를 타고 내려가고 있던 민철의 어머니가 보고 있었다. 잠실 백화점 한가운데에 들어서면 에스컬레이터가 크게 원처럼 모양을 이루어 반반씩 나뉘어져 있다. 다운은 그 위에 있는 서점을 보느라 민철의 어머니가 자신을 보고 있는 것도 모르고 있었다.

한편 친구와 오랜만에 쇼핑을 나온 민 여사는 무심결에 주위를 둘러보다 낯익은 사람이 보이자 유심히 상대를 살폈다. 약간 먼 거리라 잘못 봤나 싶어 눈을 가늘게 뜨고 반대편 에스컬레이터에 있는 여자를 응시했다. 다운이었다, 한때는 며느리였던. 민 여사는 다른 생각에 빠져들 틈도 없이 눈앞에 보이는 다운의 모습에 기겁을 했다. 임산복을 입고 있었던 것이다. 그리고 예전에 함께 살았을 때보다 꽤 달라진 것 같았다. 있는 듯 없은 듯 존재하는지조차 희미했던 며느리가 그 존재감이 더해져 자기만의 색을 내고 있었다. 그리고 항상 단정하게 빗어 내렸던 머리카락은 뒤로 묶여 경쾌함까지 느끼게 했다. 여하튼 민 여사의 눈은 휘둥그레져서 좁아질 기미를 보이지 않았다.

'임신이라니!'

아들이 이혼을 한 게 몇 달이 되지 않는데 임신이라니. 그것도 며느리는 한 번이라도 찾아와 사과를 하거나 변명을 하지도 않은 채 모든 것을 아들에게 맡기고 뒤로 숨지 않았던가. 그런데 임신이라니. 몸을 보니 최소한 5개월은 되어 보였다. 혹시나 잘못 봤나 싶어 계속 고개를 다운이 있는 쪽으로 돌리고 있던 민 여사는 시야에 다운이 보이지 않자 그 주변을 뚫어지게 응시했다. 그러다 옆에 있던 친구가 걸음을 재촉하자 주차장으로 발걸음을 옮겼다. 민 여사의 얼굴은 충격이 가시지 않아 어안이 벙벙한 정신으로 친구의 차를 탔다.

다운은 서점에 도착하자마자 소설 시간 코너로 걸어갔다. 도서관은 전문 서적과 종류의 방대함은 있었지만 신간 서적이 빠르게 구비되지는 않았다. 평소에 생각해 놓았던 책이 있었던지라 곧장 소설책을 골라 들었다.

예전엔 소설을 거의 안 읽었던 다운은 에세이나 명제로 표현되는 철학 서적을 좋아했었다. 소설이 구체적인 상황 속에서 사람을 이해하는 거라면 철학 책은 삶의 의미를 명제로서 풀기 때문에 그녀로서는 좀 더 편하게 느껴졌다. 소설책을 읽으면 다른 이의 구체적인 상황에 들어가고 싶어하질 않았다. 아직도 왜 그런 성향이 형성된 건지 알 수가 없지만 언젠가부터 조금씩 소설책을 읽기 시작한 것이다. 특히나 판타지 소설은 '허구' 라는 생각이 강해 아예 감정이입을 하지 못했고, 읽어야 할 의미도 알 수가 없었지만 이제야 왜 판타지를 읽는지 알 것 같았다. 관념 속에 살았던 그녀는 관념으로 만들어진 허상의 현실을 못 견뎌했지만 조금씩 현실에 땅을 붙이게 되면서 관념이 주는 상상의 나래를 즐길 수가 있었던 것이다. 그리고 이유없이 그냥 상상의 세계를 읽는 것의 즐거움을 있는 그대로 받아들일 수 있게 되었다고나 할까. 예전에 의미를 찾지 못하면 할 의욕조차 느끼지 못했던 어찌 보면 참 답답한 인간이었다, 다운이란 여잔.

여하튼 생각해 봤던 몇 권의 책을 계산한 다운이 이 코너 저코너로 돌면서 다양한 책들을 읽어보고 구경했다. 그리고 아이들의 그림책이 있는 곳에 다가갔다. 종이에 퍼진 물처럼, 화선지 위에 퍼져 가는 먹처럼 단순한 형태이지만 풍부한 색감으로 표현된 동화책 하나를 구경하고 있을 때 그녀의 핸드폰이 울렸다. 서점이라 다운이 얼른 가방에 있는 핸드폰을 꺼냈다. 민철이었다.

"네."

작게 속삭이듯 그녀가 전화를 받자 혹시나 그녀가 어디가 안좋은가 싶어 민철의 목소리가 조금 커졌다.

[어디 안 좋아? 목소리가 왜 그래?]

"아뇨, 서점이라서 그래요."

웃음을 머금으며 다운이 차분하게 대답하자 민철의 안도하는 숨소리가 귓가에 들리는 듯했다. 그리곤 바로 그녀의 위치를 확인하기 시작했다.

[서점? 어디에 있는 서점인데?]

"잠실이요."

[아…….]

짧은 한마디가 흘러나오고 민철의 목소리는 그 이상 들려오지 않았다. 퇴근하고 무작정 전화를 걸었지만 용건이 없었던 것이다. 짧은 침묵의 의미를 다운이 알아채고는 조금은 짓궂게 물었다.

"그런데 웬일이에요?"

[아…… 그냥. 퇴근하는 길에 그냥 전화했어.]

거리를 두고 만나기를 바라는 다운의 뜻이 있었기에 민철은 대답을 하면서도 조금 주저했다. 너무 자주 전화하는 건가 싶어 신경이 쓰였다. 그러나 다운은 민철이 이유없이 전화를 해서 좋았다. 혼자 쇼핑을 하고, 아이 물건을 사면서 조금은 허전했었는지 그의 전화가 내심 반가웠다.

"저, 여기로 좀 와주실 수 있어요?"

[응?]

다운이 먼저 만나자거나 와달라고 했던 일이 없었기에 민철은 바로 의미를 파악하지 못하고 반문을 하고 말았다. 서서 동화책을 읽고 있었던 다운이 다리가 아픈지 주저앉아서 전화를 계속했다.

"짐이 좀 많아요, 다리도 아프고. 나 바래다주고 가면 안 될까요?"

[아, 알았어.]

전혀 예상치 못한 말을 들은 사람처럼 민철은 허둥대며 말을 더듬거렸다. 마치 공주님의 부탁을 신성한 의무로 수행하는 사람처럼 그는 전화를 끊자마자 주차장으로 빠르게 걸어갔다. 그리고 정확히 30여 분 후에 그녀 앞에 나타났다.

그녀가 연필로만 그려진 흑백의 동화책에 푹 빠져 재밌게 읽고 있을 때 그녀의 위로 그림자가 드리워지는 게 아닌가. 다운이 고개를 들어보니 민철이 가쁜 숨을 내쉬며 그녀 앞에 서 있었다, 입가에 엷은 미소를 그리며.

다운은 자신도 모르게 활짝 미소를 지었다. 올려다본 민철이 근사해 보였다. 양복 상의는 한쪽 손에 들고, 소매 부분을 팔 중간까지 올리고 있었다. 파랑과 보라, 그리고 회색이 섞인 넥타이는 빛의 각도에 따라 미묘하게 그 색을 달리하며 그가 참 어떤 면에서는 풍부한 심성의 소유자라는 걸 보여주는 듯했다. 쭉 뻗은 키에 군살 하나 없이 날렵하면서도 부드러운 분위기를 자아내는 민철을 다운이 물끄러미 바라보고 있다가 천천히 자리에서 일어났다.

'이 사람이 내 남편이었구나. 이렇게 잘생긴 사람이⋯⋯.'

왜 새삼스럽게 이런 느낌을 받는 걸까. 처음부터 첫눈에 끌렸던 사람이었는데. 왜 이제 와서 처음 만나 어색한 데이트를 하는 사람처럼 쑥스러운 걸까.

계속 쪼그려 앉아 있었던 다운이 일어나면서 휘청이자, 민철이 재빠르게 한쪽 팔을 내밀어 그녀의 허리를 받쳐 안았다. 순간 그의 체취가 그녀의 콧속을 파고들었다. 은은하면서도 사람을 끌어당기는 그런 색, 그런 향기가 다운을 감싸면서 그녀는 새삼 얼굴을 붉혔다.

다운이 어색한 미소를 지으며 제대로 서고는 바닥에 있는 종이 가방들을 집어 들었다. 그러자 민철이 말없이 그녀의 손에 있는 가방들을 가져갔다. 결국 그의 손에 두툼한 종이 가방 세 개가 들려졌다. 책이 들어 있는 가방도 있는지라 꽤 무거울 것 같아, 다운이 가방 하나는 자신이 들겠다고 고집을 부렸다. 그러자 민철이 세 개의 가방을 내밀고 하나를 고르라는 시늉을 하자, 다운이 망설임없이 가장 가벼운 아기용품 가방을 집었다. 그러면서도 땀을 닦아내듯 손으로 이마를 쓸면서 중얼거렸다.

"어휴, 이거 너무 무겁다. 들어주니까 훨씬 낫죠?"

민철이 기막힌 듯 즐거운 웃음을 터뜨리곤 비어 있는 그녀의 한쪽 손을 잡았다. 다운의 이런 모습을 보게 될 줄이야. 그에게 장난을 치고, 짓궂게 약 올리는 그런 모습을. 민철이 묘한 눈길로 그녀를 응시하다가 그녀의 손을 잡고 있는 자신의 손에 더 힘을 주었다. 따뜻한 온기가 그녀의 손바닥으로 안으로 스며들어 오면서도 미묘하고도 뜨거운 무언가가 타고 흘러 그녀는 살며시 입술을 깨물었다.

"식사했어요?"

"아니."

앞을 보고 걷던 그녀가 고개를 올려 민철을 바라보며 눈을 말똥거리고 말했다.

"그럼 냉면 먹을래요? 나 냉면 먹고 싶은데……."

그가 긍정의 의미로 고개를 끄덕이자 다운이 걸음을 재촉하듯 그를 이끌었다. 신림동에 살면서 친구들과 만나면 잠실로 자주 놀러왔기에 어디가 맛있는 덴지 그녀가 알고 있었다.

　다운이 약간 앞장서서 걸음을 옮기는 동안 민철의 그녀의 뒷모습을 짙게 변한 눈빛으로 응시했다. 아까 그녀가 휘청여서 무심결에 품 안에 끌어당겼을 때, 순간적으로 그녀에게 키스를 퍼부을 뻔했다. 아니, 서점으로 들어와 그녀의 모습을 발견한 순간부터 그는 그녀가 안고 싶어 몸이 근질거렸다. 그건 단지 육체적 욕구와는 또 다른 감정이었다. 너무 사랑스러워서 함부로 손댈 수 없는 그런 기분이랄까. 임산복을 입고 한쪽 구석에서 동화책을 읽고 있던 다운의 모습은 한 세계의 주인으로 느껴졌다. 어느 신성한 땅에서 지그시 무언가를 응시하고 있는 여신 같은 그런 느낌? 그리고 그녀를 가까이 끌어당겼을 때 다운에게서 육체적 욕구를 느꼈다. 곱게 빗어 내린 흑단 같은 머릿결이 단정하게 뒤로 묶여 있어, 고운 목덜미가 그의 시선을 사로잡았을 때 그는 다운에게서 전해져 오는 연보라색의 향기에 숨을 들이켜야만 했다.

　그의 아내는 지금 그를 고문하는 것도 모르고, 그의 손을 잡고 냉면집을 향해 걸을 뿐이었다. 손가락 끝이 따가울 정도로 저릿저릿하게 뜨거워져 민철이 질끈 눈을 감았다가 다시 떴다. 다운이 식당가로 들어서자 한쪽 가게를 손가락으로 가리키며 즐거운 듯 말했다.

　"저기예요, 저기. 예전에 한번 먹어봤는데 회냉면을 아주 기가 막히게 하는 곳이에요."

'아…… 회냉면.'

그의 입에서 억눌린 듯한 신음 소리가 낮게 흘러나왔다. 그녀를 안지 못한 지가 7개월이 다 되어갔다. 마지막 관계로 다운이 임신한 후 그는 그녀에게 육체적으로 다가가는 행동은 함부로 시도하지 못했다. 몇 달 전 차 안에서 부들부들 떨며 아픈 속내를 털어냈던 다운의 외침을 들은 후엔 더욱더 그는 거리를 유지할 수밖에 없었다. 그러나 그런 관계 문제와는 또 다르게 육체로 타고 흐르는 욕망과 그녀를 안고 싶다는 욕구는 그도 어찌할 수가 없었다.

둘이 냉면을 먹고, 함께 아기용품을 매장으로 가서 물건을 고르고 나니 밖은 이미 어둑어둑한 어둠이 깔려 있었다. 아직 늦겨울인지라 조금만 늦어도 해는 벌써부터 저 산 너머로 돌아갈 채비를 했던 것이다. 발목까지 어둠이 내려와 더 짙어지기 전에 둘은 백화점을 나왔다. 그리곤 수북한 종이 가방을 차 뒷좌석에 싣고 그녀의 집으로 차를 몰았다. 일반 회사의 퇴근 시간이라 차는 도로에서 정체되었고, 그들이 도착했을 땐 짙은 어둠이 깔린 밤이 되어 있었다.

그가 천천히 차를 골목길 한쪽에 주차를 하곤 차에서 내렸다. 그리곤 다운이 내리는 동안 차 뒷좌석에 있는 가방들을 손에 잔뜩 쥐고는 빌라 앞까지 걸어갔다. 그녀가 그의 뒤를 따라 걸으니 먼저 도착한 민철이 우뚝 멈춰 서서 그녀를 기다렸다. 그리곤 그녀가 그의 앞에 시자 가방을 내밀며 인사를 건넸다.

"들어가."

다운이 말없이 볼에 우물을 만들며 가방들을 건네받았다. 그러나 발길을 떼지 않은 채 머뭇머뭇 그를 응시했다. 민철이 무슨 할 말이 있냐는 얼굴로 눈을 크게 뜨고 그녀의 얼굴을 살피자 그녀의 입에서 작은 속삭임 같은 말이 흘러나왔다.

"쉬었다 가요, 운전하느라 피곤할 텐데."

엷은 미소를 그리며 부드러운 얼굴을 하고 있던 민철의 얼굴이 순간 급속도로 굳어졌다.

'아, 그녀가 먼저 손을 내밀어줄 날을 기다리긴 했었다. 하지만……'

그가 진지한 눈으로 미동없이 그녀의 얼굴을 뚫어지게 응시하자 다운이 멋쩍은 얼굴로 얼굴을 붉혔다. 굳어진 얼굴로 자신을 빤히 응시하는 민철의 표정을 거부하는 의미로 해석했는지 다운이 작게 중얼거렸다.

"싫으면 됐고요."

그가 싫어할 수도 있겠다는 생각이 들긴 했다. 그가 다가왔을 땐 언제나 신경 쓰지 않고 관심을 기울이지 않던 그녀가 자신이 원한다고 바로 손을 내미는 게 조금은 뻔뻔하게 보일 수도 있겠다는 생각이 들었다.

"아니…… 그런 게 아니라……."

다운의 말에 민철이 급하게 말을 꺼내다가 다시 입을 꽉 다물었다. 그렇게 긴 침묵을 지키며 깊은 생각에 빠져 있던 민철이 천천히 손을 뻗어 다운을 품 안으로 끌어당겼다. 다운이 눈을 동그랗게 뜨고 그가 하는 대로 가만히 품 안에 안기자, 민철이 그녀의 머리 위에 턱을 괴고 무언가를 참아내는 듯 눈을 질끈 감았다.

"널 안고 싶어, 한다운. 그래서 지금 네 손을 잡으면 더 많은 걸 바라게 될 거야. 아니면 참아내느라 괴로울 거고."

담담한 목소리 속에 절박한 무언가가 깃들어 있어 그의 목소리가 떨리고 있었다. 다운이 고개를 들어 그의 눈과 마주쳤다. 욕망으로 짙어진 민철의 두 눈동자가 그녀의 얼굴에 고정되어 있었다. 태워 버릴 듯 그녀만을 원하고 있는 그 뜨거운 눈빛을 다운이 외면하지 않고 마주 보았다. 그리곤 천천히 그의 입술에 자신의 입술을 가져갔다. 그녀의 부드러운 입술이 살짝 그의 아랫입술에 닿으려는 순간 민철의 입술 사이로 거칠게 숨을 삼키는 소리가 흘러나왔다. 그렇게 입술이 맞닿은 채 다운이 속삭였다.

"나도 당신을 원해요."

민철이 방금 귓가에 들려온 말에 꼼짝도 못하고 서 있는데, 다운은 가방을 든 채 빌라 안으로 먼저 걸어 들어갔다. 민철이 눈을 껌뻑이며 그녀의 뒷모습을 뚫어지게 쳐다보다가 이내 귀신에 홀린 사람처럼 다운의 뒤를 따랐다.

빌라 안은 그가 상상했던 것보다 아기자기했다. 함께 살았을 땐 다운이 물건을 많이 사놓거나 화려하게 꾸미질 않아서 원레 깔끔하게 정돈된 모습으로 살고 있을 거라고 생각했던 민철이었다. 그러나 현관문 앞에 들어서자마자 보인 건 수십 가지의 화분이었다. 마치 작은 정원에 들어서는 것같이 거실에서 식물의 풋풋한 녹색빛 향기가 풍겨왔다. 거실엔 천으로 만든 소파 위에 진한 보라색의 천이 덧씌워져 독특한 느낌을 자아내고 있었고, 그 아래에 뜨개질을 하고 있던 재료들이 바구니에 담겨 놓여져 있었다. 민철은 다운의 또 다른 모습, 아니, 어쩌면 진짜 모습을 조우하는 사람처럼 눈앞에 보이는 집안 풍경을 세심하게 살펴보고 있었다. 결혼 생활을 할 땐 모던한 젠 스타일의 가구를 썼지만 이 집엔 엔티크한 가구가 놓여 있었고, 액자를 걸어놓곤 했던 한쪽 벽엔 꽃무늬가 은은하게 수놓인 천이 걸려 있었다.

어느 순간 그가 탁자 위에 있는 고양이 전화기를 뚫어지게 응시하고 있을 때 다운의 목소리가 들려왔다.

"커피 마실래요?"

민철이 여전히 그 고양이에게서 시선을 떼지 못하고 고개를 끄덕였다. 잠시 후 커피 한 잔과 홍차 한 잔을 두 손에 들고 나타난 다운이 소파에 앉은 민철 맞은편 바닥에 앉았다. 벽에 걸려 있는 꽃무늬 천과는 다르게 바닥엔 은은한 색감으로 만들어진 양탄자가 폭신폭신하게 깔려 있었다.

탁자에 있는 커피 잔엔 신경 쓰지 않고 그가 고양이 전화기를 손으로 집어 들어 해괴한 물건 보듯 살피며 말했다.

"이런 걸 좋아했었어?"

다운이 약간은 장난스런 웃음을 터뜨리며 말했다.

"재밌잖아요. 그거 전화 오면 고양이 소리로 울려요."

민철의 한쪽 눈썹이 휙 하니 치켜 올라갔다.

"그래?"

그리곤 다시 제자리에 내려놓았다. 그가 탁자에 놓인 자신의 커피를 한 모금 마시곤 주변을 둘러보며 뭔가 씁쓸한 듯한 목소리로 말했다.

"나랑 살 땐 왜 이렇게 안 꾸몄어?"

지나가는 말처럼 그저 담담한 목소리였지만 그 안에 알 수 없는 서운함과 씁쓸함이 담겨 있었다. 다운이 그와 함께 있었던 공간에 애정을 쏟지 않았다는 생각과 동시에 그녀의 이런 면이 드러나지 못할 정도로 그가 힘들게 했던 걸까 하는 생각이 들었다.

그의 그런 속내를 느꼈는지 그녀가 조금은 진지해진 얼굴로 고개를 가로저었다.

"그런 거 아니에요."

그녀가 잠시 말을 멈추고 무언가를 생각하는 듯하더니 다시 말을 이었다.

"예전엔 내가 뭘 좋아하는지 잘 몰랐어요. 그냥 이것도 저것도 다 괜찮다고 생각했지, 무언가를 특별히 선호하거나 하진 않았거든요. 그게 조금씩 달라진 거예요."

그가 고개를 끄덕이며 있는 그대로 다운의 말을 받아들였다. 그리곤 이제는 자신의 표현을 하는 다운에게 그에 대한 마음을 확인하려는 듯 그가 씨익 웃으며 손을 내밀었다.

"이리 와."

다운이 그 손을 말없이 바라보다가 그의 시선을 마주 보며 수줍은 미소를 지었다. 그리곤 한 손으로 부푼 배를 붙잡고 천천히 일어나 그가 앉아 있는 곳으로 걸어갔다. 멀리 떨어져 있던 두 사람의 사이를 좁혀 나가듯 그녀의 발걸음이 그 사이를 메워 나갔다. 다운이 그녀에게로 내밀어진 그의 손을 자신의 손끝으로 붙잡았다. 손가락 마지막 마디만을 주저하듯 잡고 있는 그녀의 손을 민철이 물끄러미 응시하다가 이내 그녀의 손 전체를 다 감싸 쥐었다. 그리곤 힘을 주어 그녀를 끌어당겼다.

어느새 다운이 그의 품 안에 갇혀 있었고, 그녀는 거친 그의 움직임에 놀란 숨을 들이켰다. 급하게 숨을 들이키려 벌어진 그녀의 입술 사이로 그의 혀가 입 안 가득 밀고 들어와 정신없이 그녀의 입을 탐하기 시작했다. 알고 있다, 천천히 부드럽게 해야 한다는 걸. 하지만 마음의 여유가 없었다. 당장이라도 몸을 묻고 그녀를 가지고 싶다는 열망이 그의 몸속을 휘저어 그녀의 몸을 안고 있는 그의 손이 미세하게 떨릴 정도였다. 그러나 그가 팽팽하게 붙잡은 열망의 끈을 조금은 느슨하게 풀 수 있었던 건 다운의 반응 때문이었다. 그가 이렇게 몰아치듯 다급하게 그녀를 안으려 하면 예전의 다운은 그가 몰아치는 대로 그저 몸을 맡기는 경우가 다반사여서 그게 감정적으로 그를 괴롭혀 더 그녀를 몰아세우곤 했었다. 그런데 지금 다운은 열정적으로 반응하고 있었다. 두 손으로 그의 얼굴을 감싸고, 그가 주는 아프도록 달디단 열정을 그녀도 그에게 전해주려는 듯 입 안으로 파고드는 그의 혀를 감싸며 똑같이 되돌리고 있었다. 다운의 그런 반응에 조급하던 그의 손길이 조금씩 여유를 찾으며 부드러워지고, 그녀의 몸을 빼앗을 것같이 굴던 그의 태도도 이제 무언가를 주고받으며 상대를 사랑하는 것으로 바뀌어 있었다.

그녀의 입술 안에서 오랫동안 머물러 있던 그의 입술이 조금씩 움직이며 그녀의 목을 따라 내려갔다. 임신을 해서일까, 아니면 너무나 오랜만에 그녀를 안기 때문일까. 그녀의 살결은 기억했던 것보다 훨씬 부드러웠고 촉촉했다. 하얀 살결 안에 푸르스름하게 비추는 혈관을 따라 민철이 입술로 빨아들이며 흔적을 남기기 시작했다. 그의 손이 천천히 그녀의 원피스 단추를 풀어냈다. 그녀의 어깨에서 옷을 벗겨내려 하자 그의 애무를 가만히 받고 있던 다운이 몸을 살짝 긴장시키며 손으로 그를 제지했다. 그러나 이미 그의 눈은 탁하게 흐려져 욕망으로 뿌옇게 변해 있었다.

다운이 뭐라고 말을 하기도 전에 이미 그의 손길은 그녀의 배를 쓰다듬고 있었다. 불룩해진 배를 민철이 소중한 무언가를 쓰다듬듯 그렇게 손으로 쓸어 내리곤 고개를 숙여 입맞춤을 했다.

다운이 숨을 들이키며 가쁜 숨을 몰아쉬자 민철이 자신의 옷을 벗기 시작했다. 어느새 마지막 한 조각까지 다 벗어버린 그가 다운을 안고는 방으로 걸어갔다. 그리곤 침대 위에 부드럽게 그녀를 내려놓곤 그녀의 온몸에 입맞춤을 남겼다.

"아아……."

그녀의 안으로 천천히 진입을 시도하던 민철이 다운의 날카로운 신음 소리에 움직임을 멈추었다.

"괜찮아?"

혹시나 어디가 잘못된 건가 싶어 그는 미동도 못하고 놀란 듯 휘둥그레진 눈으로 그녀를 살폈다. 다운이 입술을 깨물며 위로 올라가려는 입꼬리를 잠재웠다. 아파서 내지른 신음이 아니었다. 임신을 하면 몸이 예민해진다고 하더니, 그가 그녀 안으로 들어오는 것만으로도 미칠 것 같은 흥분을 느꼈던 것이다. 온몸에 있는 세포 하나하나가 마치 살아 있는 생명처럼 그의 작은 손길에도 몸에서 불이 나는 것 같았다. 다운이 새침한 얼굴로 속삭였다.

"내가 아프다고 하면 안 할래요?"

순간 민철의 얼굴에 난감한 기색이 역력한 빛이 떠올랐다. 날뛰고 있는 몸 안의 욕구를 참는 것만으로도 힘겨운데 여기서 중단해야 한다니. 그녀가 아프다고 하면 움직임을 늦출 생각이었던 민철은 당혹스런 얼굴로 땀을 흘릴 뿐이었다.

그 모습을 빤히 응시하고 있던 다운이 쿡쿡거리며 쉰 웃음소리를 흘리자 그제야 그녀가 그를 놀리고 있다는 것을 깨달은 민철이 신음을 삼키며 그녀 안 깊은 곳까지 몸을 밀어 넣었다. 더 이상은 들어갈 곳이 없을 정도로 그녀 안으로 깊게 몸을 묻은 그가 다운의 반응을 살피며 고개를 들었다. 그녀가 뿌옇게 흐려진 눈으로 그를 응시하며 손을 뻗어 그의 가슴을 쓰다듬었다. 그 작은 손길이 바짝바짝 그의 피를 태우는 것 같았다. 입 안이 메말라 갔다. 민철이 잔뜩 쉰 소리를 내뱉으며 천천히 몸을 움직이기 시작했다. 조심스럽게 그녀를 보호하듯, 마치 쓰다듬는 것처럼 그가 움직였다.

그의 부드러운 움직임에 애태우듯 그의 가슴 주변을 쓸어 내리던 다운이 손을 뻗어 그의 얼굴을 만졌다. 반듯하게 솟아 있는 그의 코와 냉철하기만 할 것 같은 분위기로 꽉 다물어진 입술이지만 이 순간 그녀에게만큼은 너무나 부드럽게 입맞춤을 하던 그의 입술을. 지금 이 순간을 공유하듯 그녀가 손가락 끝으로 그의 얼굴을 만지자 민철이 그녀의 손을 잡아챘다. 그리곤 짙은 붉은색의 향기가 피어오를 것만 같은 그런 키스를 그녀의 손바닥 안쪽에 퍼부었다. 다운이 눈을 감고 가늘게 떨리는 신음을 흘리며 그의 움직임에 맞추어 리듬을 타기 시작했다.

"하아…… 맙소사……."

당장이라도 숨이 넘어갈 듯한 민철의 목소리가 흘러나왔다. 이 만족감은 단지 육체로 타고 흐르는 쾌락 때문만은 아니었다. 그에게 몸을 열며 다가오는 다운의 몸짓이 그를 미치게 만들고 있었다. 뱃속에 있는 아이를 보호해야 한다는 생각에 조심조심 깨어질까 부서질까 그렇게 움직이던 민철이 좌절감 어린 신음을 내뱉으며 그녀의 목에 얼굴을 묻었다. 그리곤 한참 동안 무언가를 참아내듯 그녀의 목에 뜨거운 입김을 뱉어내던 그가 몸을 긴장시키며 그녀의 시선과 눈을 마주쳤다. 약이 오른다고 해야 하나, 너무 좋아 돌아버릴 것 같다고 해야 하나 가뜩이나 조심스러운 그였는데 다운이 몸을 움직이자 그는 복잡한 시선으로 그녀를 응시했다. 그 순간 그는 놓치지 않고 보았다. 그녀의 입술이 곡선을 그리며 유혹하듯 꼬리가 올라가는가 싶더니 그의 입맞춤을 원하는 양 촉촉하고도 붉은 혀를 언뜻 보이며 살며시 벌어지는 것을. 그가 으르렁거리며 그녀의 입을 먹어버릴 듯 키스를 퍼부으며 격렬한 몸짓으로 그녀 안으로 자신을 쏟아냈다.

어느 순간 뻣뻣하게 미동없이 움직임을 멈추고 있던 민철이 거친 숨을 토해내며 그녀의 손을 얽고 있던 자신의 손을 풀어내며 옆으로 쓰러지듯 누웠다. 그리곤 그의 곁에서 눈을 감고 가쁜 숨을 토해내고 있는 다운을 품 안으로 끌어당겨 안았다. 그의 한쪽 팔에 머리를 베고 말없이 호흡을 가다듬고 있던 다운이 천천히 눈을 떠 눈앞에 있는 민철의 얼굴을 응시했다. 민철은 잠이 들었는지 어느새 규칙적인 숨을 뱉어내며 눈을 감고 있었다. 홍조로 붉게 달아오른 얼굴로 다운이 땀에 젖어 있는 민철의 얼굴을 손으로 쓰다듬었다. 어느새 그의 땀방울은 뜨거운 몸을 식히려는 듯 차갑게 식어 있었다.

그녀가 손가락으로 그의 이마에 드리워진 머리카락을 만지작
거리자 나른하게 쏟아지는 잠의 여운을 즐기고 있던 민철이 빙
그레 미소를 지었다. 그리곤 그녀의 목에 얼굴을 묻고 코로 비
벼댔다. 어느새 깔끔하게 면도되어 있던 그의 수염이 하루나절
이 지나서 그런지 까끌까끌하게 그 모습을 드러내고 있었다. 그
의 수염이 그녀의 여린 살결에 닿자 다운이 투덜거림이 섞인 웃
음을 터뜨리며 고개를 돌렸다. 그러자 민철이 짓궂게 그녀의 볼
에다 턱을 문질렀다. 방 안 가득 두 사람의 웃음소리가 울려 퍼
지며 따스한 기운이 두 사람을 감쌌다.

두 사람이 서로의 몸에 기대어 잠이 든 지 몇 시간이 지났을
까. 동이 터오기 직전인지 창밖의 어둠은 파란 기운을 담고 있
었다. 죽은 듯 자고 있던 다운이 퍼뜩 눈을 뜨며 잠에서 깨었다.
오랜만에 깊이 잠들어서인지 의식이 선명했다. 그러나 손가락
하나 까딱할 수 없을 정도로 몸은 노곤하게 무거웠다. 다운이
고개를 돌려 창밖의 어둠을 응시하다가 다시 잠들어 있는 민철
을 응시했다. 슬프도록 아련한 그런 눈빛으로 그녀가 민철의 얼
굴을 물끄러미 응시하고 있다가 손을 뻗어 그의 볼과 이마를 쓰
다듬었다. 그녀의 입가에 미소가 어렸다. 슬프다. 그리고 동시
에 기쁘다.

다운이 낮에 만났던 어머니를 떠올리며 지친 듯 허허로운 웃

음을 머금었다. 한 번 관계가 틀어졌던 민철과 다시 관계가 회복되는 걸 겪으면서 어쩌면 다른 사람과도 가능하지 않을까 기대를 걸었다. 그가 그녀에게 다가와 준 만큼 그녀도 다른 사람에게 다가간다면 달라지는 게 있지 않을까. 그러나 달라지는 건 없었다. 여전히 어머니는 어머니였고, 다운은 다운이었다. 아름이가 죽은 게 원인이었다고 생각했다. 그러나 그건 아니었다. 아름이의 죽음을 그렇게 풀어 나갔던 가족 한 사람 한 사람의 문제였다.

이젠 인정해야 할 것 같다. 어머니와 아버지, 두 분이 그녀와 함께할 사람들이 아니라는 것을. 그걸 인정하지 않으려 하다 스스로를 괴롭히기만 했지 않은가. 이제 그걸 인정하니 가슴속에서 소용돌이치던 괴로움이 사라지고 대신 공허함이 자리 잡았다. 놓지 않으려 했던 끈을 놓아버린 후, 그녀의 가슴속으로 스산한 바람이 부는 듯했다. 그러나 더 이상 그녀 자신을 괴롭히며 누군가에게 스스로를 끼워 맞추려는 짓은 하지 않을 것이다. 더 이상은 남의 마음을 배려하느라 그녀를 소외시키는 사람들을 용납하지는 않을 것이다.

"왜 안 자고?"

게슴츠레 눈을 뜨며 민철이 다운의 몸을 쓰다듬었다. 다운이 자신의 몸을 어루만지는 그의 손길을 느끼며 그를 향해 고개를 돌렸다. 그녀가 별다른 반응 없이 진지한 얼굴로 그를 응시하자 민철이 잠이 확 깬 얼굴로 걱정스럽게 물었다.

"어디 안 좋은 거야?"

어젯밤 그가 마지막에 제어하지 못하고 그녀를 거칠게 안은
게 아닌가 민철은 덜컥 겁이 났다. 그가 얼른 상체를 일으켜 앉
자 다운이 고개를 저으며 굳어 있던 얼굴을 풀었다. 그리곤 그
를 따라 함께 일어나 앉고는 그의 허리에 팔을 두르고 가슴에
고개를 묻었다. 아픈 것 같지 않았지만 어딘가 가라앉아 있는
다운의 분위기를 느끼며 민철이 그녀를 감싸 안았다.

"왜 그래?"

그의 손이 그녀의 등을 따라 내려가며 위로하듯 쓰다듬기 시
작했다. 다운은 말없이 그의 품속에서 고개를 젓고는 한쪽 볼을
대고 가만히 안겨 있을 뿐이었다. 그의 입에서 낮은 한숨 소리
가 들려오는가 싶더니 그도 침묵을 지키며 그녀를 연신 쓰다듬
었다.

한참을 그러고 있는데 그의 귓가로 다운의 읊조리는 듯한 말
소리가 들려왔다.

"당신하고 다시 시작한다고 해도 부모님까지 다시 시작하는
건 아니에요."

그의 손이 순간 멈추어졌다가 이내 다시 움직였다.

"그래."

그 짧은 대답 이외에는 그의 말이 들려오지 않자 다운이 주저
하듯 말을 이었다.

"물론 노력은 하겠지만 만약 아니라고 생각되면 안 볼 생각이

에요."

"응."

순순히, 아니, 너무 간단하게 그녀의 말을 받아들이는 민철을 보며 다운이 약간 난감한 듯 그를 쳐다보다가 이내 머쓱한 얼굴로 볼을 긁적였다.

"나 배고파서 뭐 좀 먹고 자야겠어요. 당신은 더 자요."

그리곤 그녀가 침대에서 내려가 주방으로 걸어갔다. 정말 배가 고파 잠이 깼는지 다운은 바로 냉장고로 걸어가 그 안에서 주스와 과일들을 가득 꺼냈다. 한밤중에 사과를 한 손에 쥐고 아작아작 씹어 먹는 다운을 보며 민철이 기가 막힌 듯한 웃음을 터뜨렸다. 어떻게 저 여자를 다소곳하고 단아하다고만 생각했던 걸까. 저렇게 사람을 깨게 만드는 여자를.

민철이 그녀 가까이로 걸어와 사과를 뺏었다. 다운이 입 안 가득 사과 조각을 물고 있다가 마치 사탕을 빼앗긴 아이처럼 칭얼거리며 그에게 항의했지만 그는 느긋한 얼굴로 접시와 과도를 가져와 사과를 깎았다. 그가 접시위로 자른 사과를 하나씩 떨어뜨릴 때마다 다운이 쏙쏙 집어 들어 자신의 입 안으로 가져갔다. 이혼 후 처음으로 함께한 두 사람의 밤이 그렇게 깊어갔다.

다음날, 다운이 잠에서 깨어났을 땐 침대에 그녀 혼자 누워 있었다. 민철은 출근 때문에 바로 씻고 나간 모양이었다. 새벽

녘에 사과 맛처럼 풋풋한 사랑을 다시 나누어서 그런지 몸이
나른했다. 아직도 그의 온기가 느껴지는 것처럼 침대는 한낮의
햇살로 따스하게 덥혀져 있었다. 다운이 육체로 전해지는 노곤
하면서도 달콤한 여운을 느끼려고 이불을 끌어당기며 베개 속
으로 머리를 깊게 묻었다. 그리곤 눈을 감으려는데 그녀의 핸
드폰이 울렸다. 집에 있는 전화는 민철과 헤어진 후 최근에서
야 만든 번호였기에 대부분 일과 관계된 사람들이 아는 번호였
고, 핸드폰은 예전부터 관계가 이어져 온 사람들이 연락을 해
왔다.

　누굴까? 얼핏 잠에 취한 다운이 벨소리를 들으며 억지로 몸
을 일으켰다. 그리곤 어젯저녁 거실 한쪽에 놔두었던 가방을 찾
아 핸드폰을 꺼냈다. 무심히 핸드폰을 들어 번호를 확인하던 다
운이 폴더를 보는 순간 얼굴이 굳어졌다. 민철의 본가였다. 시
부모님이 사시는 곳. 갑자기 무슨 일일까? 이혼을 하는 동안에
도 한 번도 그녀에게 연락이 없었던 분들이다. 혹시 민철이 집
에 얘기를 꺼낸 건가? 짧은 순간 다운의 머리 속으로 수많은 생
각이 스쳐 지나갔다. 망설이며 핸드폰을 바라보던 다운이 이내
마음을 결정했는지 전화를 받았다. 피한다고 해결되는 것도 없
거니와 그녀가 무서워할 이유도 없었다. 법적으로 그녀는 엄연
히 남이었다.

　"예, 한다운입니다."

　[나다.]

"안녕하세요."

시어머니였다. 어색한 인사가 몇 번 오가고 침묵이 감돌자 민 여사가 군말이 필요없다는 듯 용건을 꺼냈다.

[시간 되면 나 좀 보자꾸나.]

두 시간 후 간단히 식사를 챙긴 그녀가 약속 장소로 가기 위해 택시를 탔다. 시간을 넉넉히 잡았음에도 뭘 입어야 하나 고민을 하다 마지막엔 약속된 시간에 촉박할 정도였다. 임산복을 입은 모습을 보여주어야 하나, 아니면 아닌 것처럼 품이 넓은 옷을 입어야 하나 그런 생각에. 임산복과 스웨터를 갈아입기를 몇 번, 그러나 그 고민은 외투를 입은 순간 어이없이 끝났다. 결국 스웨터와 치마를 입고 외투를 입으니 별로 태가 안 났다. 겨울 외투다 보니 워낙 품이 넓은 것도 있었고 그녀의 외투가 허리를 매는 스타일도 아니었다.

시내에 있는 어느 호텔 앞에 그녀를 데려다 준 택시는 다른 손님을 태우고 횡하니 가버렸다. 아직은 봄이 오지 않아 차에서 내리니 찬바람에 발목이 시큰거리는 것 같았다. 찬바람에 등을 떠밀린 사람처럼 그녀가 호텔 안에 있는 커피숍으로 들어갔다. 그녀가 커피숍 실내를 둘러보니 창가에 한때는 그녀의 시어머니였던 민철의 어머니가 앉아 있었다. 일하시는 분인지라 정장을 입고 있었고, 예전에 보았던 때와 같이 민 여사는 빈틈이 없을 정도로 정확하고 깐깐한 분위기를 풍겼다. 같은 공간에 있다는 것만으로 숨이 죄어오는 느낌이 들었다. 다운이 민 여사를 응시하다가 숨을 들이키고 조용히 내뱉었다. 그리곤 그곳으로 걸어갔다.

"안녕하세요?"

그녀의 정중한 인사에 민 여사 고개를 끄덕이곤 웨이터를 불렀다.

"날씨도 추운데 따뜻한 거 마시렴."

다운이 어리둥절한 눈빛으로 어머니를 바라보았다. 저렇게 따스한 말 한마디를 건네시는 분이 아니었는데 의외였다. 역시나 이혼을 한 며느리였기에 대하기가 조심스러워진 걸까. 감정적인 대립이 어느 정도 털어진 건가.

그녀가 웨이터에게 우유를 넣은 홍차를 주문했다. 민 여사가 앞에 있는 커피를 한입 마시더니 관찰하듯 그녀의 몸을 살폈다. 다운이 시선을 의식하며 의례적인 말을 꺼냈다.

"잘 지내셨어요?"

민 여사가 말없이 그녀의 얼굴을 뚫어지게 쳐다보고는 손에 쥐고 있는 커피 잔을 탁자에 내려놓았다.

"누구 아이니?"

"예?"

느닷없이 들려오는 질문에 다운이 잠시 눈을 크게 뜨고 민 여사를 응시하다가 이내 무표정한 얼굴이 되었다. 생각을 정리해야 했다. 다행히도 그녀에게 시간을 주기 위해선지 웨이터가 홍차를 가져왔다.

민 여사의 말을 듣는 순간 민철이 말을 했구나 싶었지만 다시 생각해 보니 그건 아닌 것 같았다. 민철이 말했다면 누구 아이냐고 묻지는 않았을 것이다. 그렇다면 지금 그녀를 보고 임신한 걸 안 걸까. 여자니까 어느 정도 짐작할 수 있는 건가. 사실 외투를 두르고 있다고 해도 예전보다는 통통해진 건 사실이었다. 그녀가 상황을 파악하느라 침묵을 지키고 있는데 민 여사의 말이 이어져 들려왔다.

"어제 백화점에 봤다. 임신했더구나."

"아…… 네."

다운이 무심히 고개를 끄덕였다. 임신했다는 걸 알고는 연락을 한 거였구나. 그녀가 별다른 말 없이 홍차에 손을 가져가자 민 여사가 재촉하듯 확인을 하기 시작했다.

"민철이 아이니?"

홍차를 입에 가져가려던 다운이 문득 시선을 들어 민 여사를 응시했다. 너무 당연한 거라고 생각해서 민철의 아이인지 아닌지라는 질문을 받게 될 줄은 예상 못했다. 그저 단순한 확인이라고 생각하면 그만이었지만 민 여사가 그녀를 못마땅해하고 있음을 알고 있는 그녀로서는 그 질문은 모욕처럼 들리게 했다. 마치 다른 남자의 아이를 가져 이혼을 한 게 아니냐는 뜻 같았다. 차라리 다른 남자의 아이라고 말해 버릴까. 문득 다운의 머리 속으로 그런 생각이 스쳐 지나갔다. 그러나 감정의 찌꺼기에 휘둘려 움직이는 건 바보 같은 짓일 게다. 입을 꼭 다물고 민 여사를 서늘하게 응시하고 있던 다운이 담담한 얼굴로 입을 열었다.

"민철 씨 아이예요."

순간 민 여사의 눈빛이 날카로워지는가 싶더니 이내 표정을 감췄다. 뭔가를 생각하는 것처럼 앞에 있는 커피 잔을 한참 동안 바라보던 민 여사가 다시 말을 꺼냈다.

"강씨 집안 아이를 가졌으면서 왜 진작 말을 안 한 거야?"

'강씨 집안 아이?'

다운의 미간이 살짝 찌푸려졌다. 계속 엇갈리는 듯한 이 대화에서 어떻게 말을 풀어 나가야 할지 다운으로서는 감을 잡을 수가 없었다. 그러나 그녀가 감을 잡을 필요도 없이 민 여사의 말이 계속 쏟아져 나왔다.

"아이는 우리가 데려갈 테니 너는 다 잊고 다시 새출발하거라. 그런데 민철이는 알고 있는 거냐?"

머리가 먹먹해지는 느낌이었다. 어느 말부터 맞받아쳐야 하는 건지 알 수가 없었다. 도대체 상황을 결정할 열쇠를 쥐어준 적이 없는데 왜 저런단 말인가. 다운은 한쪽 머리가 아파왔다. 그러나 예전의 방식대로 그저 침묵을 지키고 무시할 수는 없었다. 대꾸할 가치가 없다고 해서 침묵해 버리면 아무도 그녀의 몫을 말해 주는 사람이 없으니까. 결국 그 몫은 자신이 챙겨야 하고 지켜야 할 부분이었다. 그것이 설령 대꾸할 가치가 없다고 생각되어도. 어차피 세상은 대꾸할 가치가 있는 대로 돌아가는 것도 아니었다. 그저 마음대로 이유도 모르고 일어나는 현상이 다반사라면 그녀도 이젠 어느 정도 맞받아쳐 줘야 한다.

이제는 혼내는 듯한 태도로 그녀에게 말을 쏟아내는 민 여사를 보며 다운이 아픈 머리를 손으로 몇 번 만지작거리곤 호흡을 가다듬었다. 그리고 예전에는 하지 않았던 무뚝뚝한 어조로 민 여사에게 말했다.

"어머니가 나설 일이 아닙니다. 제 일이니 제가 알아서 하겠습니다."

버릇없을 정도로 그녀가 정색을 하고 말하자 민 여사의 얼굴이 순간 벌게졌다. 얼마나 기가 막히겠는가. 말없이 있는 듯 없는 듯 행동하던 며느리가 저런 식으로 나올 줄이야. 아이는 자신이 기르겠다고 사정을 할 줄 알았지 상관 말라고 통보하듯 말을 할 줄 누가 알았겠는가. 이미 아이도 생겼으니 민철이와 차라리 합치는 게 더 낫지 않을까, 뭐 그런 고민을 하고 있던 민 여사는 어안이 벙벙했다. 그러나 그런 민 여사의 반응에 상관없이 다운이 차가울 정도로 무심한 얼굴로 말을 이었다.

"그리고 어머니와 될 수 있으면 안 만났으면 합니다. 어머니와 있으면 제가 마치 죄를 지은 사람처럼 느껴져서 괴롭습니다. 그러니 연락하지 말아주세요. 굳이 하시고 싶은 말씀 있으시면 민철 씨에게 하시든가요. 그럼, 이만 일어나겠습니다."

민 여사가 차마 말을 못하고 입만 벙긋거리며 그녀를 노려보앉지만 다운이 그저 고개 숙여 인사를 하곤 자리에서 일어났다. 그녀가 탁자에 자신의 찻값을 올려놓곤 뚜벅뚜벅 걸어나오려는 데 뒤에서 날이 선 목소리가 들려왔다.

"불쌍해서 받아주려고 했더니…… 세상에."

걸어가던 다운이 순간 눈을 질끈 감고 있다가 다시 걸음을 옮겼다.

'신경 쓰지 말자. 내가 저 사람을 변하게 할 수 있는 게 아니고, 나도 저 사람에게 맞출 생각이 없다면.'

속에서 부글부글 끓어오르는 분노와 불쾌감이 다운을 엄습했지만 그녀가 그런 감정들을 털어내듯 커피숍을 나왔다. 그리곤 뒤도 돌아보지 않고 호텔 앞에서 택시를 잡아탔다.

"민철 씨…… 민철 씨……."

다운이 미간을 잔뜩 찌푸리며 옆에서 자고 있는 민철을 손으로 흔들었다. 어젯밤 늦게야 퇴근을 한 민철은 피곤했는지 잠에서 잘 깨어나지 못했다. 그러나 안 깨울 수는 없었다. 배가 아파오고 있었던 것이다. 그것도 아주 규칙적으로. 잠에 취해 신음을 뱉어내는 민철을 보며 다운이 짜증으로 얼굴을 일그러뜨리더니 이내 안 되겠는지, 그의 볼을 냅다 꼬집기 시작했다.

"아아앗!!"

아팠는지 그제야 시체처럼 자고 있던 민철이 눈을 떴다. 처음엔 인상을 찌푸리며 눈을 껌뻑이던 그가 눈앞에서 땀을 흘리며 얼굴이 창백한 다운을 보고 정신이 확 깨는 모양이었다. 그가 벌떡 침대에서 일어나 앉았다.

"왜 그래? 응?"

"아이가 나오겠다고 문을 두드리네요."

다운이 힘겹게 미소를 지으면서 대답하자 그가 흡사 좀비처럼 벌떡 일어나 욕실로 뛰어갔다. 이미 짐은 어느 정도 다 준비되어 있었다. 출산일이 오늘내일 한지라 소지품은 다 가방에 준비해 두었고, 방 안은 아기 침대까지 놓여 있었다. 어느새 그녀의 출산일이 다 되었던 것이다.

두 달여의 시간 동안 많은 것이 변해 있었다. 일단 민철이 그녀의 집으로 들어와 생활하고 있었고, 출산이 가까워오면서 아이에 관련된 물건을 장만한지라 집 안은 예전보다 훨씬 더 포근한 분위기를 자아냈다. 앙증맞고 귀여운 물건들이 사방에 하나씩은 배치되어 있었다. 게다가 가구 모서리에 아이가 부딪칠까를 대비해 보호하는 물건까지 장치되어 있었다.

처음엔 오피스텔과 다운의 집으로 옮기며 생활하던 민철도 그녀의 출산이 가까워지면서 그녀의 집에서 살게 되었다. 언제 아이가 나올지 모르는 것도 있었고, 배가 잔뜩 부른 다운 혼자 집에 있는 것도 불안했다. 함께 살면서 예전처럼 부딪치고 싸운 적도 있었지만 그렇다고 예전과 똑같지는 않았다. 둘 다 싸울 일이 있으면 미루지 않고 그 자리에서 속내를 털어놓게 되다 보니 감정이 쌓이질 않았다.

침대에서 호흡을 가다듬으며 어느새 변해 있는 집 안 곳곳을 물끄러미 응시하고 있던 다운이 욕실에서 민철이 나오자 고개를 돌렸다.

"천천히 해요. 심하지 않아요."

그가 서두르며 옷을 갈아입자 다운이 피식 웃음을 흘리며 그의 성급함을 누그러뜨렸다. 어느새 옷을 다 갈아입은 민철이 가방을 집고는 다운에게 다가왔다.

"걸을 수 있겠어?"

다운이 당연하다는 얼굴로 피식 미소 지으며 고개를 끄덕였다. 요 근래 들어 민철이 그녀를 무슨 유리그릇 대하듯 하는지라 잔뜩 겁먹은 듯한 그의 태도에 괜한 웃음이 비집고 나왔다. 이미 그녀는 옷을 갈아입은 상태였다. 새벽에 조금씩 진통이 오면서 느낌이 왔던 것이다, 오늘 두 사람의 아이가 태어날 거라는 걸.

잠시 후 두 사람이 타고 있는 차가 이른 아침 길을 내달리고 있었다. 어느새 봄이 성큼 다가와 아침 공기가 상큼할 정도로 바람결에 새 생명의 태어남을 알리는 향기들이 실려왔다. 창밖으로 개나리가 노란색 향기를 실어보내며 아침 햇살을 받고 있었다. 그리곤 정확히 열아홉 시간이 지나고 나서야 다운은 그 햇살을 다시 볼 수 있었다. 새로 태어난 아이와 함께.

"사랑해, 한다운. 널 많이 사랑해. 알고 있니?"

오랜 산고로 지칠 대로 지친 다운이 몽롱한 의식 속에서도 어디선가 들려오는 민철의 목소리에 엷은 노랑색 미소를 머금었다. 그리곤 입속에서 감도는 한마디를 웅얼거리며 깊은 잠 속으로 빠져들어 갔다.

"알아요."

"**엄**마, 사람은 왜 사는 걸까?"

"응?"

초여름 햇살에 바싹바싹 마른 옷가지와 수건을 거실에서 하나씩 개고 있던 다운이 아들의 뜬금없는 말에 고개를 휙 돌렸다. 아들 윤수는 뭔가 깊은 고민에 빠진 듯 생각에 잠겨 있었다. 다운이 윤수의 얼굴을 빤히 쳐다보자 윤수는 살짝 미간을 찌푸리다가 거실 유리 너머에 있는 하늘을 바라보며 말을 이었다.

"엄마, 사람은 왜 태어나는 걸까?"

정말 궁금한 듯 윤수는 진지하게 묻고 있었다, 이제 아홉 살 난 녀석이. 그러나 '왜 사냐고' 고 물으면 웃어넘길 다운이 아니었다. 다운은 윤수의 질문에 평소에 고민하고 있던 문제를 확인받은 사람처럼 멍하니 아들의 시선을 따라 거실 유리를 응시했다. 초여름의 따가운 햇살이 바람결에 춤을 추고 있었다.

"글쎄, 왜 사는 걸까?"

모자는 마치 도 닦는 사람처럼, 아니, 넋을 놓은 사람처럼 창밖에서 흔들거리는 나뭇가지들을 바라보고 있었다. 다운이 중얼거리듯 말을 이었다.

"나도 오랫동안 그것 때문에 고민을 했는데, 결국은 각자 그 답을 찾아야 하는 것 같아. 하나로 정해진 답은 아니었던 것 같아."

엄마의 진중한 말에 윤수가 고개를 갸웃거리더니 다시 사색하는 듯한 얼굴로 창밖을 응시했다.

"그럼 답이 없단 말이야?"

아들의 질문에 다운이 좀 더 자신의 내면에 집중하고는 대답했다.

"답이 없다는 것도 일종의 답이 아닐까 싶어. 근데 그건 내가 내린 답이었고 윤수는 윤수 나름대로 찾아봐야 할 것 같은데."

"후우……."

윤수가 깊은 한숨을 내쉬었다. 그 소리에 문득 정신이 든 사람처럼 다운이 고개를 휙 돌려 아들을 바라보더니 의아한 듯 물었다.

"그런데 왜 그런 생각을 하게 된 거야?"

'왜?'

예상치 못한 질문을 받은 사람처럼 윤수가 뜬금없다는 표정을 짓더니 골머리를 싸맨 사람처럼 미간 사이를 좁혔다. 그러다 이내 멀뚱한 얼굴로 대답했다.

"그냥 요즘 들어 그런 생각이 났어."

다운이 조용히 고개를 끄덕였다.

모자가 이런 대화를 나누고 있는 그때 민철은 부엌에서 무언가를 만들고 있다가 얼어버렸다. 들려오는 대화가 가관인지라 그가 기가 막힌 듯 헛바람 섞인 웃음소리를 뱉어내며 만들던 것을 마저 했다. 잠시 후 그의 손에 팥빙수가 들려져 있었다. 그가 쟁반에 팥빙수를 올려놓고는 숟가락 세 개를 담아 거실로 걸어나오면서 말했다.

"쓸데없는 얘기 하지 말고 이거나 드시지."

그의 말에 창밖을 물끄러미 바라보고 있던 두 사람이 천천히 고개를 돌려 민철을 응시했다. '말이 안 통한다' 뭐 이런 눈빛으로. 또는 '정말 다른 세계의 사람이야' 라는 의미의 눈빛이랄까. 두 쌍의 눈동자가 자신의 얼굴에 꽂혀 있는 걸 느끼며 민철이 눈을 가늘게 뜨고 두 사람을 노려보다가 입술을 일그러뜨렸다. 누가 엄마와 아들 아니랄까 봐, 아니, 뱃속에 있을 때 엄마와 단둘이서만 대화를 나누어서 그런지 아주 죽이 잘 맞았다.

그가 두 사람의 시선에 상관없다는 듯 터벅터벅 거실 한가운데로 걸어가 책상다리를 하고 앉았다. 그리곤 팥빙수를 퍽퍽 비비기 시작했다. 웃기는 건 그가 비빌 때는 여전히 창밖을 바라보고 있던 두 사람이 다 비비고 그가 한입 떠먹으려 하자 언제 그랬냐는 듯 옆으로 와서 숟가락을 집어 들었다.

다운이 한 숟가락을 떠먹자 민철이 반가운 기색으로 말했다.

"어때? 먹을 만해?"

다운이 고개를 끄덕이며 다시 한 숟가락을 뜨자 민철이 아들은 먹든 말든 쟁반을 다운 앞으로 밀었다. 그러자 옆에서 먹고 있던 윤수가 이내 시큰둥한 얼굴로 숟가락을 내려놓더니 자리에서 일어났다.

"나 잘래요."

그리곤 자기 방으로 쏙 들어가 버렸다. 다운이 걱정스럽다는 얼굴로 아이의 뒷모습을 바라보고 있다가 옆에서 팥빙수를 맛있게 먹고 있는 민철을 쳐다보았다.

"윤수한테 신경 좀 써야 될 것 같아요."

"왜?"

민철이 입 안에 있는 얼음을 오독오독 씹으며 멀뚱히 물었다. 다운이 작은 한숨을 내쉬곤 윤수의 방을 쳐다보며 말했다.

"우리가 요즘 뱃속에 있는 아이한테만 신경 쓰니까 소외감을 느끼나 봐요."

민철이 한쪽 눈썹을 치켜 올리며 의아한 듯 물었다.

"그래?"

이 무심한 남자의 언행에 다운이 약간 짜증난다는 얼굴로 힘

주어 말을 뱉어냈다.

"왜 사냐 그러잖아요."

민철이 알았다는 듯 고개를 끄덕이더니 다운의 배를 손으로 쓰다듬었다.

"근데 이번에 딸일까, 아들일까? 딸이면 좋겠는데."

다운이 뭔가를 참는 듯 신음 같은 한숨을 흘리며 다시 팥빙수를 떠먹었다. 어쩌겠는가. 9년 만에 둘째가 생겼으니 지금 이 남자 눈에 다른 게 보이겠는가. 윤수는 너무나 어이없도록 쉽게 생긴 반면에 둘째아이는 작정을 하고 치밀하게 준비하고 노력했지만 오랫동안 생기질 않아 둘은 오랫동안 둘째아이 소식을 기다리던 터였다.

다운이 방에서 시무룩하게 앉아 있을 윤수를 생각하다가 앞에서 싱글거리고 있는 민철의 얼굴을 응시하곤 소리없는 한숨을 삼켰다.

'윤수야, 도대체 네 아빠 왜 이런대니?'

후기를 쓰다가 몇 번이나 지우고 다시 지우기를 반복하곤, 후기가 잘 안 나오는 이 상태를 있는 그대로 받아들이려고 합니다. 그림자의 사랑에서 무얼 표현하고 싶었는지, 어떤 걸 담았는지 그런 이야기를 써내려가다 보니 문득 사족이 길다는 생각이 들더군요. 글은 제 안에서 나왔지만 이미 완결 지으면 저와는 구별되는 타인이 되는 것 같습니다. 민철과 다운이 제 안에서 나온 인물들이지만 그들은 중반을 넘어가면서 자기들의 삶을 만들어갔습니다. 그런 그들의 삶을 모두 제 안의 무언가로 규정하는 것이 어리석다는 생각이 듭니다. 어떤 명제를 말하기보단 단지 다운의 심리 상태, 그리고 각자의 심리들이 만나 어떻게 어긋나는지를 그리고 싶었습니다.

많이 아팠고 힘들어했던 글입니다. 연재 당시에는 매 회분을 쓰는 게 고역이었습니다. 한 회분을 쓰고 나면 위경련을 일으킬 정도로 나름대로는 몰입했다고나 할까요. 그리고 동시에 스스로의 한계성을 뼈저리게 느끼게 해준 작품이기도 합니다. 아직 한 인간을, 그리고 인간관계를 깊이있게 통찰하지 못한다는 것을 괴로워하면서 나중엔 저의 진지함에 제가 치이는 격이었습니다.

아직도 전 모르겠습니다. 부정당했기에 허무한 건지, 아니면 허무했기에 부정한 건지. 그리고 다운이와 민철을 다시 만나게 한 게 잘한 일인지 그것도 모르겠습니다. 단지 다운에게 평안을 주고 싶었고, 기댈 수 있는 품을 주고 싶었습니다. 그리고 민철이 다시 기회를 갖기를 바랐습니다. 그들이나마 어리석은 행동으로 서로의 안식처를 잃지 않기를 바랐습니다. 어쩌면 현실에서 살짝 눈을 감고 끝을 맺은 게 아닌가 하는 생각도 들지만 그들을 통해나마 시린 가슴을 위로받고 싶었는지도 모릅니다.

「그림자의 사랑」으로 가장 기억에 남는 일은 어떤 독자분의 얘기였습니다. 완결을 짓고 며칠 안 돼 로월사이트에서 팅을 하고 있었는데 그때 모르는 분이 들어와 저에게 〈귓속말〉을 하고 조용히 나가셨습니다. 글을 읽으며 많이 울었다고 말입니다. 또 제가 실제로 사람들과 있을 땐 넉살 좋은 장난꾸러기 기질을 많이 보이는지라 그분이 생각했던 이미지와 다르다고 하시더군요. 그 이후엔 기회가 없어 그분이 누구인지 아직도 모릅니다. 이 얘기를 하게 된 건, 그때 그분이 저의 장난 섞인 반응을 보고 그림자의 사랑을 단지 설정상의 글이라고 생각할까 봐입니다. 아니라는 말을 꼭 하고 싶었습니다. 그분이 이 후기를 꼭 읽게 되셨으면 좋겠습니다.

이로써 연두의 두 번째 로맨스 소설이 나오게 되는군요. 아직도 로맨스 소설이 여성의 삶에 어떤 역할인가, 어떤 역할로 자리 매김되어야 하나, 또 어떤 글을 지향해야 하는가의 고민에 대한 답은 나오지 않았고 아마도 쓰는 날까지 그 고민은 계속되겠죠? 다만 성급하게 규정하고 정의 내리고 또 그 잣대로 누군가를 규정하고 선을 긋기보다는 저에게 충실한 글을 쓰고 싶습니다. 그리고 그렇게 하고자 합니다.

다운아, 민철아, 내 속을 그렇게 끓이더니 너희들이 드디어 세상 밖으로 나오는구나.

이제, 안녕. 잘살 거라.

2003. 12. 4 연두

추신:민철아, 다운이 말 안 한다고 때리지 좀 말고, 다운이 넌 맘에 안 들면 말을 하든가, 하기 싫으면 그냥 살림을 때려 부숴 버려. 그러면 민철이가 알아들을 거다. 그리고 두 번째 아이는 남자아이니 능력되면 셋째도 도전해 보거라.

연두 (신순옥)

1977년 1월 (음력) 물고기자리
2002년 여름부터 〈로맨스월드〉에서 연재하다가
현재 〈연필 깎는 여우〉에서 연재 중
현재 만화 기획자, 만화 콘티 작가로 일하고 있음

〈어둠 속의 연인〉 완결, 〈지하철〉 단편 완결
출간작으로는 와이즈 북토피아에서 전자북
〈그림자의 사랑〉이 있다

현재 전자북 〈얼어죽을 놈의 나무〉,
〈Ja Esta〉, 〈그의 모든 것, 또는 …〉 출간 예정이다

『얼어죽을 놈의 나무』

"제사 때 가서 좆나게 일하고 나면 그 다음은 뭔데?
애새끼를 위해서 담배를 끊으면 그 다음은 도대체 뭐가 있는 건데?
네 뒷바라지 위해서 내 그림을 취미로 하는 거? 그게 그 다음이야.
또 그 다음이 뭔지 알아?
그렇게 살다가 어느 날 뒤돌아보면 난 네 집안 똥구멍 닦아주는 휴지가 되어 있겠지."

사랑이란 이름은 어떤 행동까지 용납되는 걸까?

● 연두 지음 값 9,000원

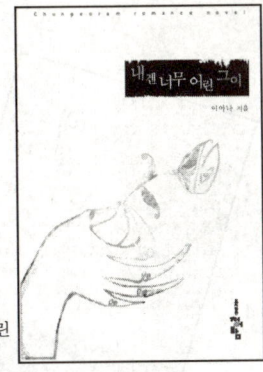

이아나

1978년 서울생.
와이즈 북토피아에서 전자책으로 '내겐 너무 어린
그이'를 내면서 데뷔.
지금은 그 후속편인 친구 정연의 이야기를 쓰고 있다.

『내겐 너무 어린 그이』

그녀의 머리는 미친 듯이 비명을 지르고 있었다.

나의 꿈은, 나의 희망은? 이상적인 남자는?

전문직을 가진, 어른스럽고 혼자 남은 날 거뜬히 돌봐줄 수 있는 남자는?

이 남자는 어린애야. 내가 평생 돌보며 살아야 할 거라구! 그건 싫어, 싫어!

그를 좋아하지 마, 그건 재앙이야!

당신이 좋아, 당신이! 맙소사, 그를 좋아해. 어쩌지?

● 이아나 지음 값 9,000원

도서출판 **청어람**
부천시 원미구 심곡1동 350-1 남성빌딩 3층 우420-011

E-mail : eoram99@chol.com
☎ 032-656-4452 FAX 032-656-4453

C hungeoram romance novel

임미성

197X년 11월(양력) 사수자리

1996년부터 약 3년간 천리안문단에서 시와 수필 연재

2002년부터 〈로맨스월드〉에서 소설 연재를 시작해 현재 〈로망띠끄〉, 〈연필 깎는 여우〉에서 활동 중

〈사랑입니까〉 〈우화(雨花)〉 〈땡잡은 여자〉 장편 완결, 〈메탈이브〉 〈내 마음의 소행성〉 단편 완결, 〈연애유통기한〉 〈앤(Anne)〉 〈白鶴別曲 (백학별곡)〉 등 연재 중

출간작으로는 〈사랑입니까〉 〈우화(雨花)〉와 전자북 〈땡잡은 여자〉가 있다.

『땡잡은 여자』

자신의 위치는 여기까지다. 자신은 그에게 있어 한낱 고용인일 뿐이다.
넥타이가 필요하면 불러다가 넥타이를 골라달라 하고,
나갈 때 위신을 세워주기 위한 도구로 돈을 써야 하는 사람일 뿐이다.
여자도 아닌 사람일 뿐이다. 그에게 자신을 여자로 봐달라고 하는 건 역시 무리인 듯했다.
더욱이 그에게 애정을 가져 달라고 하는 건 있을 수도 없는 일이었다.

'그를 사랑하는 거니?'

● 임미성 지음 값 9,000원

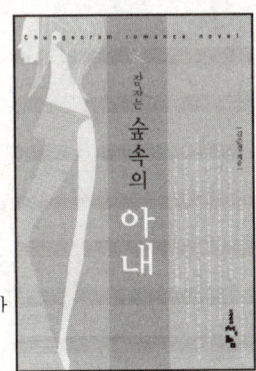

김준경

와이즈 북토피아에서 전자책으로 '잠자는 숲속의 아내'로 데뷔.
현재 비슷한 분위기의 아내 시리즈를 준비하고 있다.

『잠자는 숲속의 아내』

세나는 마침내 차가운 아스팔트에 주저앉았다.
"넌 내 아내야. 나하고 가야 해."
"그냥 내버려 두세요. 난… 서훈 씨랑 있을래요. 서훈 씨랑 있고 싶어요."
"세나야, 난……."
"그냥 가세요. 죄송해요. Juste…… Laisse moi, allez a elle…… allez! allez a` votre amie……."

5년 동안 깊은 침묵에 빠져 있던 아내가 깨어난다!

● 김준경 지음 값 9,000원

도서출판 청어람
부천시 원미구 심곡1동 350-1 남성빌딩 3층 우420-011　☎ 032-656-4452　FAX 032-656-4453
E-mail : eoram99@chol.com

그림자의 사랑